葛冰幽默奇幻童话星系

★哈克和大鼻鼠全传★

 接力出版社
Publishing House

图书在版编目（CIP）数据

哈克和大鼻鼠全传/葛冰著. —南宁：接力出版社，2007.2
（葛冰幽默奇幻童话星系）
ISBN 978-7-80732-689-2

Ⅰ.哈… Ⅱ.葛… Ⅲ.童话－中国－当代 Ⅳ.I287.7

中国版本图书馆 CIP 数据核字（2007）第 007078 号

责任编辑：周　锦
美术编辑：卢　强　责任校对：张　莉
责任监印：梁任岭　媒介主理：代　萍

出版人：黄　俭
出版发行：接力出版社
社址：广西南宁市园湖南路 9 号　邮编：530022
电话：0771－5863339（发行部）　　5866644（总编室）
传真：0771－5863291（发行部）　　5850435（办公室）
网址：http://www.jielibeijing.com　　http://www.jielibook.com
E-mail：jielipub@public.nn.gx.cn

经销：新华书店

印制：三河市汇鑫印务有限公司
开本：710 毫米×1000 毫米　　1/16
印张：14.5　字数：210 千字
版次：2007 年 4 月第 1 版　印次：2007 年 4 月第 1 次印刷
印数：00 001—10 000 册
定价：20.80 元

我想……
老着死！

？！

好！好极啦！
我明白啦！

咔——

哇——

不要！不要动马的耳朵！你这个老头！

马的耳朵？

不要动那玻璃马的耳朵！

厚

我……我又恢复到原状了。

哈哈，别叫我老头儿，我还年轻着呢！

目录

哈克和大鼻鼠全传

哈克和大鼻鼠全传

万能投影机

　　哈克虽然其貌不扬，厚嘴唇，圆肚皮，长得又矮又胖，却十分忠厚正直，是个挺不错的刑警，就是有时候爱冒点傻气。大鼻鼠呢，则聪明透顶。他们俩在一块搭档破案，简直是珠联璧合，再好不过了。

　　这天，他们俩正坐在屋子里吃饭，忽然看见窗外蓝天上飘过一艘漂亮的飞艇。

　　"嗨！坐飞艇旅行可不错！"哈克仰脖看着，羡慕得都快淌出口水来了。

　　"这有什么了不起，我这个玩意儿比飞艇还好玩呢！"大鼻鼠耸耸鼻头，打开墙边的保险箱，从里面取出个既像望远镜又像照相机的东西。

　　"这是什么？"哈克瞪圆了眼。

　　"这是我发明的万能投影机！"大鼻鼠神采飞扬地吹嘘，"有了这玩意儿，把影子投到哪儿，人也就跟着到哪儿去。"他说着，用投影机对准哈克往上一照，哈克马上被挂在天花板的吊扇上了。急得哈克大叫："赶快把我放下来！"大鼻鼠用万能投影机的镜头对准哈克往下一照，哈克又站在地板上了。

　　哈克拿过投影机，喜欢得不忍撒手。"这玩意儿要给小偷可不错！想到哪儿偷东西，就把自己往哪儿一照。可惜，咱们不是小偷，是抓小偷的，不过，我们可以玩玩！"哈克傻乎乎地说。

大鼻鼠嘻嘻笑着："这机器操作规程十分复杂，只有达到硕士学位的人才能掌握，可是你连小学算术都不及格！"

哈克最怕别人提他学习的事，他红着脸说："甭唬我，我懂，一按电钮就行。电钮多，我挨着个按！"

天气不错，哈克兴冲冲地扛着投影机同大鼻鼠一同去逛动物园了。他们看见一只美丽的孔雀在笼子里开屏，绚丽的阳光照在带有图案的翠绿羽毛上，好看极了。

大鼻鼠看着四周没有人，忍不住悄声对哈克讲："你用投影机把我投进孔雀笼里，我去拔根漂亮的孔雀羽毛。"

哈克来劲了："没问题！"他正想玩投影机呢。他神气活现地把投影机对准大鼻鼠，使劲一按电钮。糟糕！电钮按错了，万能投影机在他手里嘣嘣直跳，一下子把大鼻鼠的影子投到旁边的老虎笼子里去了，大鼻鼠也跟着昏头昏脑地跌了进去。

老虎正闲得无聊，张着大嘴，慢腾腾地踱过来，望着大鼻鼠说："哈哈，生牛肉我都吃腻了，这回吃个活老鼠解解馋。"

大鼻鼠吓得大叫："快！快用投影机把我投出去！"

投影机还在哈克手里乱蹦，哈克一边使劲按住，一边嘴里大叫："有我哈克在，你放心！"他笨手笨脚地把投影机对准笼子，又一按电钮，这回投影机倒不跳了，可更坏事了，他把老虎的影子投出来了，而把大鼻鼠留在了笼子里。老虎在笼子外面奇怪地四下张望："我怎么到外面来了？嗯！在外面玩玩也不错，笼子里面太憋得慌。"老虎大摇大摆地朝人群走去，逛公园的人们立刻吓得四散奔逃。卖冰激凌的车子被撞翻了，冰激凌撒了一地。老虎开心地大嚼起冰激凌来，它还是第一次吃冷饮呢。

哈克紧张极了，他抱着投影机，满头大汗地跟在老虎后面，心里暗暗鼓励自己："不能慌，这回我可要瞄得准准的，一定要把老虎送回笼子！"趁老虎低头吃冰激凌时，他悄悄向老虎靠近，一步，两步，投影机都快挨到老虎头上了。这回绝对十拿九稳，哈克狠命地一按电钮，这回倒是对准了，可太近了，只照到老虎的前半部，哈克一转镜头，把前半截虎身投进虎笼里了，后半截老虎丢在了笼子外面。

笼子里，前半截老虎看见大鼻鼠，便一张口，把他吞了下去，可大鼻鼠马上就从老虎肚子里掉出来了。老虎又是一吞，大鼻鼠又从老虎肚子里掉了出来。老虎吃惊地望着他，不知是怎么回事，再也不敢把大鼻鼠往肚里吞了。

这会儿，笼子外面，后半截老虎还在悠闲地散步。哈克急得满头大汗，抱着投影机左照右照，总算让老虎在笼子里复了原，大鼻鼠也回到了笼子外面。

"唉!"哈克累得一屁股坐在地上，像泄了气的皮球，小声地嘟囔着，"看样子，我好像是有点傻!"

"不!"大鼻鼠却欢喜地跳着脚叫，"你是个发明家! 你把我这个投影机变成最新式的捕盗机了。"

"什么捕盗机?"哈克糊里糊涂地问。

"要是看见强盗，用投影机把他分成两半，强盗的上半身和下半身一分开，他想跑也跑不了了!"

哈克一听也来劲儿了："有人说'发明都是在不知不觉之中'，真是一点也不假。今天晚上，我就带着这捕盗机去巡逻。"

夜里，街上静悄悄的，没有一个行人，只有哈克扛着捕盗机在雄赳赳地巡逻。猛然他听到前面有呼救的声音，哈克奋力向前跑去。街道拐角处，有两个人影，原来是强盗在拦路抢劫一位妇女。

"不许动! 叫你尝尝捕盗机的厉害!"哈克大喊着，勇敢地冲上去。他一边跑，一边心里暗暗嘱咐自己："投影机要拿平，要按第二个电钮，要对准强盗，不要对着妇女，要照半个强盗。预备——按!"哈克一切都按着他心中叙述的操作程序去做了，只可惜，他把投影机拿反了方向。天这么黑，能怪他吗?

就这么着，哈克用投影机一下子把自己分成了两半，上半截落在地上，动也动不了，下半截两腿就站在上半截的旁边。强盗看见哈克这副狼狈样子，笑嘻嘻地说："太好了! 你真会帮我们的忙! 哈克先生，再见!"他们拿着抢来的钱，吹着口哨，大摇大摆地走了。

　　哈克急得脸都青了。他一向忠于职守，怎么能叫强盗从眼皮底下溜掉呢？"我的腿！快过来，要是把强盗放跑了，我打断你们的狗腿！"哈克一着急，都不知道说什么好了。奇怪！哈克的下半截身子抖了一下，突然噔噔地迈开两腿，也朝前飞奔而去。太糟了！他的腿大概也被吓跑了。就在这时候，背后有脚步声，原来是大鼻鼠赶来了。"大鼻鼠，快用这破捕盗机把我的两腿抓回来！"哈克哭丧着脸。

　　大鼻鼠搔着脑瓜："可你的下半截身子不在这儿，怎么照呢？"

　　"那你赶快去找，要是野狗把我的腿当成骨头啃了可不得了！"哈克带着哭腔。

　　大鼻鼠用鼻头贴着地面，吸溜着，跟踪追击。拐过了好几条大街，进入了一条漆黑的小巷。他听到了砰砰的踢打声和喊叫声，便端着投影机冲过去。他看到了一幅奇怪的画面：那两个抢东西的强盗正龟缩在墙角，紧紧捂着头喊"救命"，哈克下半截身躯的两条腿正在拼命地踢强盗呢。大鼻鼠不由得大笑，瞧，哈克的责任心多强啊！

哈克和大鼻鼠全传

遗失的脸皮

神秘的蓝气球

刑警哈克真羡慕同伴阿西，羡慕阿西碰到了前所未有的好运气。他的脸竟一下子年轻了二十岁，变得无比英俊帅气。

那是昨天黄昏，阿西全副武装，雄赳赳地在街上巡逻。行人已经很少了，天空中浮着紫色的云。突然半空里飞来一个蓝色的大气球，下面吊着只筐子，沿着灰房顶和绿树梢腾移。眨眼间，大气球停在阿西的头上。阿西好奇地仰起了脸，看见筐子里伸出一只胳膊，手里握着一个亮晶晶的东西。猛地一道白光闪过，阿西便失去了知觉。

当他醒来时，发觉自己身上的警服和手枪全不见了，只留下一面小镜子。阿西拿起镜子一照，发现自己尖嘴猴腮的脸竟变得十分英俊——浓眉大眼，满面红光。阿西惊呆了，随后欢喜地跳了起来，得到这样一张漂亮的脸，关几天禁闭也值得。

这会儿，哈克也到这条街上巡逻来了。大鼻鼠跟在后边提醒他："喂，这可不是你值勤的地段。"

"难道我就不能帮帮朋友吗？上回要不是我向医生说情，你的大鼻子能保住？"哈克振振有词。

"对，对，可你为什么老仰脸看着天？"大鼻鼠不解地问。

"要知道，贼有时候是躲在房顶上的，老刑警都懂得这一点。"哈克一本正经地说。其实他是眼巴巴地等着空中飘来个蓝色的气球。实话说，哈克对自己的相貌十分不满意：厚嘴唇、大肉鼻头、脸蛋上的疙瘩肉，再加上细小的眼睛，这样的脸早该换一换了。

哈克鼓着嘴巴，仰着脖子，两眼直盯盯地看着。忽然，他感到脑后吹来一股风，回过头去看，哦，正是大蓝气球。

哈克等不及了，亮光还没闪，他便仰脸倒在地上，做出昏迷的姿势。但他很快便真的昏迷了，大鼻鼠也一样。

哈克醒来一睁眼，马上摸摸自己的脸，鼻子变得小巧俊俏了，像个小蒜头，两颊的肉疙瘩也减轻了分量。他狂喜地捡起地上的小镜子一照，好极了！顶呱呱的英俊的男子汉。

"你怎么换成这样的脸了？"大鼻鼠眼睛都瞪圆了。

"因为我看见蓝气球了。"

"为什么不早告诉我一声？"大鼻鼠苦着脸叫，"让我换上一张猫脸。"

"晚了，气球早飞远了！"哈克幸灾乐祸。

"可是你的手枪也没了，留神关禁闭！"大鼻鼠吓唬他。

"放心，"哈克得意洋洋，"我早就有所准备，今天带的是一把木头做的假手枪。"

关于脸皮的新闻

哈克高兴地回到家里，坐在梳妆台前，踌躇满志。有这样一张漂亮英俊的脸，实在应该好好打扮打扮。

宽大的梳妆台上，摆了一大排五颜六色的高级化妆品。大鼻鼠坐在镜子旁边，不动声色地注视着他。

哈克身体挺得笔直，美滋滋地系上一条紫色的金利来领带，接着，又把奥琪抗皱美容霜涂在自己的嫩脸蛋上。

"还有大宝牌润发香膏！"大鼻鼠殷勤地递上一筒。

哈克忙不迭地在头上抹着："嗯，这香膏真不错，抹得头发黑亮亮的。"

他咂着嘴自我欣赏。

"当然不错，'黑又亮'嘛！"大鼻鼠挤眉弄眼地说。

"黑又亮？"哈克赶忙看那个被挤空了的筒壳。该死！大鼻鼠把黑鞋油递给了他。

哈克的头上整整抹了一筒鞋油，他感到手和头发都黏糊糊的，抓起桌上的一张报纸就要擦。

"别忙！先看看报纸吧！"大鼻鼠说，"我在上面闻到了你脸皮的消息。"

"我的脸皮？"哈克莫名其妙。

"当然，就是原来那张厚嘴唇、疙瘩肉的。"大鼻鼠用尾巴把报纸翻到第三版，右下角登着这样一则消息：

脸皮招领启事

　　　　本报编辑部今收到一张脸皮，是一个男孩子送来的。这男孩子在草坪上玩弹弓，发现空中飞过一个吊着竹筐的蓝气球。他用弹弓打破了气球，竹筐掉在地上，随即从筐里跑出一个穿西服、戴墨镜的男人，慌慌张张地钻进了灌木丛。但从他的鼓鼓囊囊的皮包里掉出一张脸皮来。该脸皮似经过化学处理，新鲜而柔嫩，特征如下：厚嘴唇、大肉鼻头……

哈克不再看了，这准是他的。"还有必要去领吗？"他摸摸自己细嫩的脸皮迟疑着。

"再丑，也是自己的脸皮好！"大鼻鼠真心实意地劝他。

"可是……"

"想一想吧，要是让自己的脸皮随随便便地丢在大街上，再被哪只多事的狗叼去垫屁股，那是什么滋味？"大鼻鼠冷笑着说。

哈克不再犹豫了："我这就去把脸皮领回来，有一张备用的，就不怕再丢脸了。"他考虑得挺周到。

他们匆匆赶到了报社。

"那脸皮刚被人领走。"一位编辑说。

"谁?"哈克十分奇怪。

"一位叫阿西的警察。他说是哈克的朋友。"

"这位阿西长得什么样?"

"尖嘴猴腮。"

"对,是我的朋友!"哈克放心了,"我想阿西会替我保管好的。咱们走吧!"

"等等!"大鼻鼠眼珠一转,"你那朋友不是换过脸皮了吗?"

对呀!哈克这才想起来,阿西现在也不是尖嘴猴腮了。那么领走他脸皮的是谁呢?那人拿他的脸皮去干什么呢?

"你等着吧,说不定坏蛋带着你的脸皮去偷东西、去抢劫呢!"大鼻鼠吓唬他。

寻脸记

"大鼻鼠!快用你的鼻子闻,闻闻我的脸在哪儿?"哈克恳求大鼻鼠。

"我一向喜欢用脑子思考,而不是用鼻子。"大鼻鼠倒背着手,在写字台上踱着步,"那蓝气球上的人专门给两个警察换了脸,而且拿走了你们的警服,这说明什么呢?"

"他也想当警察吧?"哈克吞吞吐吐地猜测。

"对极了!"大鼻鼠夸奖他,"可装成警察又去干什么呢?"

"去巡逻!"哈克来劲了,"他一定会替我们去执勤,这下省得我们受累了。"

"呸!又说傻话了!"大鼻鼠盯着哈克,"他换上你的脸皮,一定是……想去见最熟悉你们的人,哪儿的人最熟悉你和阿西?"

"警察局!"哈克叫了起来。

"让我闻闻!看你的判断是否正确。"大鼻鼠探头探脑地向四面吸溜着鼻子,突然紧张地喊,"快去警察局!"

摩托车风驰电掣，大鼻鼠昂首站在车上。

"停下！"警察局的门卫已经不认识哈克了。

"我是哈克呀！"哈克急忙从摩托车上跳下来。

"胡说，哈克刚进去！"

"他是假的！戴的是我的脸皮……我……我才是真的！"哈克着急地辩解。

"何以证明？"

"请看我的身份证！"哈克一指大鼻鼠。因为谁都认识大鼻鼠，哈克才被放行了。

他们开着摩托车，直奔指挥中心——局长办公室。办公室的门紧闭着，挂着窗帘。

"砰砰砰！"哈克敲门。

门缓缓地开了，出来个眉清目秀的小白脸，但哈克一看那鼓鼓的肚皮就判定他是局长，大概也被换了脸。

"局长，您变得年轻了！"哈克话中有话地说。

"是的！是的！"局长十分兴奋，他没认出哈克来，"昨天我还是满脸皱纹，心想再干一年就该退休了。可是刚才我的两位部下——哈克和阿西来了，告诉我他们学会了一种换脸术，可以使我年轻三十岁。"

"于是亮光一闪……"哈克讥讽地说。

"对极了！"

"于是您就买了许多高级化妆品。"哈克瞥了一眼桌上大大小小的瓶子。

"对！对！"局长很高兴，"像这样漂亮的脸，不抹上一点，实在是……"

"您上当了！"哈克大吼一声，吓了局长一跳。这使哈克很得意，他有生以来还是头一次对局长这么吼。

"换走你脸皮的是假哈克，真哈克在这儿！"哈克神气地说着，又招呼大鼻鼠，"身份证，过来！"

局长的小白脸上冒汗了，紧张地问："我那脸皮他们拿到哪儿去了？他们为什么要换去我的脸？"

哈克一愣，他也不知道。但他故意装做胸有成竹的样子说："这样容易的问题，还用我来回答？让我的助手大鼻鼠回答就绰绰有余。"

大鼻鼠皱着鼻头问："局长先生，这两天您将有哪些重大活动？"

"我将去烤鸭店出席宴会。"局长沉吟道。

"快走！"哈克大呼小叫，"去晚了，他们会把烤鸭全吃光，连鸭屁股都不给咱们剩下。"

"回来！"大鼻鼠一声吼，吓了哈克一跳。

"还有什么活动？"大鼻鼠继续皱着鼻头问局长。

局长敲着脑门儿："嗯，上午还要到监狱提审绿脸大盗……"

"马上去监狱！"大鼻鼠一下子从桌上蹦下来。

蓝脸、绿脸落网

监狱里正在举行隆重的典礼。所有守卫的士兵正持枪列队在大门两旁，欢迎他们的最高首脑——警察局局长。

"局长"挺胸腆肚，身后跟着颠儿颠儿小跑的"哈克"和"阿西"。当然他们都是假的，是蓝脸大盗和他的小喽啰装扮的。换脸皮的怪事都是蓝脸干的，他从激光研究所里偷出了最新试验品——激光美容手术刀，只要一分钟就能使人无痛无血地"换脸"。他现在冒充局长是打算劫狱救绿脸的。

"全体士兵紧急集合！""哈克"尖着细嗓叫，"跑步到第一号狱室等局长训话！"

士兵们都很奇怪，不知道叫他们到狱室里去干什么，但还是疑疑惑惑地进去了。

"哈哈！""哈克"奸笑着，在狱室外面上了锁。

"局长"直奔楼顶最高一层，绿脸大盗被关在这里，还有一名士兵专门在门口守卫。

"我是局长，快把门打开！"

门刚一打开，"局长"便取出激光手术刀。亮光一闪，士兵晕倒了。他把士兵的脸皮给绿脸换上。

"我们可以大摇大摆地往外走!"蓝脸说。

"戴上这样的脸皮,去抢劫金库也万无一失!"绿脸说。

"我们现在就去!""哈克"、"阿西"兴高采烈。

走到大门口,他们突然怔住了。迎面停着一辆摩托车,上面坐着局长、哈克和阿西,还有大鼻鼠。

假局长手疾眼快,从口袋里取出手枪:"举起手来!谁动就打死谁!"

哈克愣呆呆地举起手,突然眼睛一亮,他认出来了,那手枪是假的,是他做的那个。假局长想扣扳机,却扣不动。趁这时,哈克利索地掏出手枪,啪地就是一枪,碰巧打到了屋顶烟囱上的避雷针尖。

啊!强盗们全傻眼了。他们都以为碰见了神枪手。

"看咱这枪法怎么样?"哈克趁势吹嘘,"说打你的左眼,不打你右眼。"

强盗们吓得忙举起手来。哈克从他们身上搜出了那把激光手术刀。当然,在把强盗关进监狱之前,第一件事就是要换脸皮,因为再丑也还是自己的脸好!

哈克和大鼻鼠全传

色味盗窃案

哈克正在用早餐。他刚要用叉子叉起一片香肠时，听到一阵轻微的嗡嗡声。他漫不经心地朝窗外一望，眼睛立刻瞪圆了，一种奇异的景象吸引了他：一个穿粉红裙子的小姑娘，在绿草坪上走着。距她头顶一米多高的上空，旋转着一个银白色的草帽样的东西，闪闪烁烁，在蓝天的背景下晃着耀眼的光。

"这大概又是什么新型电子玩具。"哈克一边咕哝着，一边把香肠片送进嘴里。他咀嚼的嘴巴猛然停住了，怎么香肠片竟然像棉花一样，一点味儿也没有。再一看咖啡，也变成了白水，那诱人的棕色消失得无影无踪。更使他惊异的是，屋里窗外所有的东西通通都褪掉了颜色，到处都是白白的一片。

"大鼻鼠！大鼻鼠！"哈克慌忙冲到里屋找他的助手。

大鼻鼠正守着一盘油炸花生米发愣。哈克一看，那盘油炸花生米也变成了白色，抓起一个尝尝，一点味道也没有了。他明白了：大案子发生了，有人偷走了所有的颜色和气味。他二话没说，揪住大鼻鼠的鼻子就往外跑，街上已是一片混乱，什么都是白色的了。白房子、白汽车、白树……

"看见了吧！"哈克紧张地说，"这都是一个穿粉红裙子的大盗，利用她的飞碟干的。"

"你怎么知道？"大鼻鼠问。

"我闻出来的！"哈克骗他，"下一步该看你的了，走！到草地上闻去！"

"你们在这儿干吗呢？"两个人正趴在草地上闻味道，忽然背后有人拍哈克的肩膀。他回头一看，不好！是那个穿粉红裙子的小姑娘。唯独她的裙子没有变化，还是粉红色的，手里拿个红彤彤的东西。

哈克顾不得多想，一把抓起大鼻鼠，就地十八滚，滚到路边的垃圾桶后边趴下，顺势掏出手枪。这一连串的动作干净利落，要是局长在这儿，肯定会表扬他。

"你闻闻这女大盗手里拿的什么枪！"哈克害怕得闭上眼睛，小声地对大鼻鼠说。

"不用闻，一看就知道，她手里拿的是一串糖葫芦，而且她也不像是大盗。"大鼻鼠倒显出一副老练沉着的样子。

真的，那小姑娘在树下拴猴皮筋呢。

哈克神气起来了，对小姑娘庄严宣布："你被捕啦！因为你用飞碟盗窃气味、颜色。"

"什么飞碟？"小姑娘莫名其妙。

"就是那旋转的银色草帽！"

"你们弄错了，"小姑娘说，"早晨，我看见它在空中飞，就跟着它捡掉下来的豆子，后来，豆子不掉了，我就回家了。"她说着从衣袋里取出一瓶五颜六色的圆豆豆来。

大鼻鼠拿过几粒，使劲闻着，又轻轻一咬，咬不动，不过味道倒是蛮香的，他咕噜着咽了下去。

哈克和大鼻鼠东张西望地往回走，一边走一边吞着那些味道香甜的彩豆，不一会儿便吃得干干净净。

一群乌鸦在他们头顶上盘旋，呱呱呱地叫着。

"听乌鸦叫不吉利，看来咱们要倒霉。"

"可这是白乌鸦！"大鼻鼠费力地仰着脑袋，他看见一群白花花的乌鸦正在高高的树顶上，围着它们的窝乱冲乱撞，心里一动，"那飞碟可能在乌鸦窝里。"

"你会上树吗?"哈克忙问。

大鼻鼠摇摇头。这时,一个老婆婆推着小车,慢腾腾地走过来,车上拴满了花花绿绿的气球。

哈克一咬牙把气球全买了过来。用手抓住,深吸一口气,往上一蹿,气球群立刻轻飘飘地升起来了,高过房顶,升到树尖。他连忙用脚钩住一个树枝,探头探脑地往乌鸦窝里看,银光闪闪的飞碟真在上面被树杈卡着呢。

"好哇! 可抓到你了!"哈克伸手就去摸枪,他忘记自己是悬在半空了,手一松,气球群猛然升向蓝天,哈克却直往下坠,"砰!"地面被砸了个大坑,树都被震动了,树叶纷纷飘落下来,飞碟也被震离了树杈,又在空中飘荡起来。

哈克顾不得屁股痛,爬起来就追,一直追到化工厂。烟囱里的黑烟忽然变得白而透明了。

"怎么飞碟又变了颜色了?"大鼻鼠惊愕地说。

哈克啪地就是一枪,不过子弹打到脑勺后边去了。他索性把两眼都闭起来。不是说瞎猫能碰死耗子吗?"砰砰! 砰! ……"一阵乱放,有一枪还真打中了。飞碟颤抖了一下,跌落在地,放出刺鼻的滚滚浓烟。烟雾中,他们听见许多工人在愤愤地问:"谁把咱们的除烟器打坏了?!"

哈克和大鼻鼠都感到不妙。哈克重重地跺了跺脚:"又一次彻底失败!"

"别忘了,失败是成功之母呢!"大鼻鼠揉着鼻头说,"你没想到两个飞碟会有什么联系吗?"

"联系在哪儿? 一个干好事,一个干坏事。"

"可它们都会吸味、吸色,说不定是同一个人制造的呢! 我想,我们可以在报上登个广告,说明我们要出高价买一个吸味、吸色的飞碟。"

哈克明白了,这样,那幕后的家伙就会自己送上门来。

晚上,哈克和大鼻鼠坐在屋子里等着,听到敲门声,他们不约而同地站起来。

"请问，是你们要买吸味、吸色的飞碟吗？"进来的是一位头发花白戴眼镜的老头。

"是的，要银白色的。"大鼻鼠冷静地说。

"并且要能干坏事的。"哈克连忙补充。

老头惊愕地瞅了哈克一眼："干坏事的飞碟我们可没有。"

哈克追问："那请问，在哪儿能买到呢？"

"恐怕你哪儿也买不到。"老头说着生气地转身要走。

大鼻鼠连忙追上去解释："您不要误会，哈克先生酒喝多了，在说胡话，特别是他看见一个银色的飞碟把这条街上的色味全吸跑了……"大鼻鼠说着，使劲地盯着老头。

老头哆嗦了一下，低声自语："是那可恶的家伙。"

大鼻鼠厉声说："看来，你就是那个银色飞碟的主人了！"

哈克马上掏出枪来，大喊："不许动，再动我就开枪了！"他使劲儿闭上双眼瞄准。

老头苦笑着："不，那是我的小孙子做的。我是个清除污染的专家，最近研制出一种吸收废气、废味的飞碟，并取得了成功。我那调皮的孙子到我的研究室按图纸胡乱安装了一个银色的飞碟，飞出去后不加选择地吸收了所有的味和色，现在它的能量用完了，成了废铁，不知坠到哪儿去了，而且……"

"而且什么？"哈克严厉地问，俨然像个审判官。

"而且那飞碟没有把浓缩的'色味丸'带回来，色、香、味全丢了。"

"等一等！"哈克慌忙问，"那'色味丸'是不是一粒粒彩豆？"

"是的。"

"有毒吗？"大鼻鼠着急了。

"如果吃进肚子里了，吃泻药能不能把它泻出来！"哈克也十分关注。

"你们把这些彩豆吃了？"老头吃惊地问。

"当时，我们口袋里实在没地方装，就只好装进肚里了。"哈克和大鼻鼠忸忸怩怩，"请问，怎么把它取出来呢？"

"用苏打水加醋、加盐、加碱、加糖、加辣椒水混在一起，喝下去，就能使浓缩丸外皮化掉，气和味就会跑出来。当然，这样要受点罪。"

药水配制好了，老人把哈克和大鼻鼠领到街上，让他们把药水喝下去，就像发生了化学反应，他们的肚皮立刻膨胀起来，像两个圆鼓鼓的球。

"咕噜噜，咕噜噜……"五颜六色的气泡从他们的嘴巴里飞出，飘散到空中，散落在房上、树上，飞进屋子里。树变绿了，花变红了，楼房变灰了，各种香味又都散发出来了。

哈克和大鼻鼠全传

蓝　鸟

傍晚，刑警哈克正在吃饭，突然听到里屋有响动。他急忙摘下挂在墙上的手枪，冲了进去。里屋的窗子开着，一团玫瑰色的东西在他眼前一晃，落到桌子上。

"不许动！"哈克大吼一声，用枪瞄准。

他愣住了，写字台上立着一只玫瑰色的兔子，肚皮、四肢、尾巴、三瓣嘴，全是色泽鲜艳的玫瑰色，连眼珠也是紫莹莹的，好像是两颗透明的玫瑰香葡萄珠。哈克看着，又使劲揉揉自己的眼睛，没错，那兔子就是紫色的。他怀疑自己得了色盲，着急地大叫："大鼻鼠！大鼻鼠！"大鼻鼠闻声从外面跑了进来。

"你看这兔子是什么色的？"哈克问。

"好像是玫瑰色的！"大鼻鼠吃惊地望着桌子。

"得！你也得了色盲了！"哈克乐了，"世界上哪有紫兔子呢？"

"不！的的确确是紫色的，因为我抹了紫色的油！"那兔子突然呻吟着说。

兔子还会说话，大鼻鼠顿时感觉到事情有些不寻常，他发现那玫瑰色的眼珠里还闪着泪花。"噗噜！"一滴晶莹的泪水顺着肚皮滚落下来，落在兔子的爪子上。

"发生了什么事情？"大鼻鼠试探地问。

"是不是后面有狗在追你？"哈克胡乱猜测。

"不!"兔子摇摇耳朵，费劲地说，"请给我一支笔，我的嘴是三瓣的，说话漏风，有些词语讲不出来。"

哈克急忙把一支毛笔和一张白纸递到兔子面前。兔子两爪抓起毛笔在白纸上写着：请找一瓶超级洗涤剂，洗掉我身上的颜色。

"超级洗涤剂？那玩意儿可厉害，听说有人用它洗脸时，把眉毛都洗掉了。"哈克吐着舌头说。

大鼻鼠已不声不响地从外屋端来一个瓷盆，把满满一瓶超级洗涤剂倒进盆里。兔子立刻灵巧地跳进盆里，在洗涤剂中打着滚儿，身上的玫瑰色就像一层薄膜融化了。

真奇怪，兔子不见了，盆里却站着一个一尺多高的穿牛仔裤、高跟鞋的女人。大鼻鼠和哈克吃惊地看着她的身体一点点胀大，一直长到和普通人一样高，衣服和头发被洗涤剂弄得湿淋淋的。

"谢谢，谢谢你们，今天的奇遇简直像一场梦!"女人迷迷糊糊地自言自语。

"可以告诉我们吗？"大鼻鼠试探地问。

"当然可以，我也正有些不明白的问题想向你们请教呢。"年轻女人开始讲述事情的经过——

下午，她同几位朋友一起去参观著名的古建筑群遗址。中途，她迷了路，一个人在倒塌的废墟间摸索着，无意中，脚踩了一大块长满青苔的石头。突然，她感到身体下陷，轰隆一声掉进一个石砌的隧道里。她又恐惧又好奇，顺着石阶往下走，不知拐了几个弯，终于发现了一扇厚重的木门。好容易才把木门推开，她看到里面是一间小巧的化妆室，高大的梳妆台上摆满了各色各样的小瓶子。她抓起一瓶，打开一看，里面放满玫瑰色的香脂，一种清幽迷人的香味直扑鼻孔。年轻的女人见识过各种各样的化妆品，她一眼就断定，即使市面上最高级的香水也抵不上这种香脂的百分之一，何况她又是那么喜欢打扮的人。于是她不由自主地用指尖轻轻蘸了一点玫瑰色香脂涂在脸上。突然，她感到玫瑰色的香脂像水一样，在她脸上、身上蔓延开来。她感到全身发热，身体在一点点变小，当她从梳妆台的镜子里看见一只玫瑰色的兔子时，她吓坏了，拼命地跑了出来。

"就这样，我一直跑到你们这里，因为我知道你们是最能干的破案专家！"年轻女人惊魂未定地望着大鼻鼠说，想起当时的情景，她还感到害怕。

"等一等！"大鼻鼠皱着眉思索着，突然像想起了什么，跑到书架跟前，取下一本厚书。书很大，加上他身体小，只能两手一起翻动书页。

"找到了！"大鼻鼠欢喜得大叫一声，"这本书上记载过，一千五百年前，古代的化学家曾发明一种神奇的化妆剂，能把人化装成各种各样的动物。但这种药剂失传了，现在竟然被你找到了！"

"是吗？"年轻女人欢喜地说，"可是它有什么用呢？"

"当然有用！"哈克振振有词地说，"强盗或小偷要是有了这东西，可以偷盗任何珠宝。而我们警察有了它，化装成猫啊狗啊什么的，就可以捉住任何狡猾的强盗！"

"你能带我们去地下化妆室吗？"大鼻鼠问。

"我……"年轻女人脸红了，结结巴巴地说，"我……我是变成兔子后跑出来的，原来的路……一点儿也记不清了。"

"那没关系，"大鼻鼠望了她一眼说，"我们可以把这盆水熬成玫瑰色香脂，委屈你再变一次兔子！"

"对了，你变成兔子，就可以认识原来的路了！"哈克恍然大悟地说。

"这样，也许……可以试试。"年轻女人犹犹豫豫地说。

他们在屋子里点燃了四盏酒精灯，把那盆玫瑰色的水放在玻璃容器里加热。四股火苗燃烧着，随着水的沸腾，一股股热气上升，屋子里弥漫着洗涤剂味。

"这倒不错，洗涤剂蒸发了，最后会只剩下玫瑰色的香脂！"哈克笑着说。但过了一会儿，他感觉有点受不了，超级洗涤剂的气味太呛了，熏得他又流眼泪又流鼻涕。大鼻鼠的眼睛也熏得红红的，他吸溜着鼻子，转着眼珠说："不行！这洗涤剂有猫味，我得到外面待一会儿。"说着跑了出去。

"这小子真精，什么猫味儿，纯粹是想偷懒!"哈克气得鼓鼓的，只过了一分钟，他也装模作样地大叫起来，"哎哟，这味都熏得我腿肚子抽筋了!"他也叽里咕噜地跑出来了。

大鼻鼠揭露他："你腿抽筋还跑得那么快!"

哈克哼哼唧唧地瞎说："哪是跑出来的，是抽筋抽出来的!"

这时年轻女人从屋里探出头来，眼泪哗哗地说："没关系，我能坚持，你们在外面等着吧!"

"我想，还是应该我们去!"大鼻鼠思索着。

"我们可以戴防毒面具进去!"哈克灵机一动，他顿时觉得自己聪明极了。

两人七手八脚从柜子里找出防毒面具，刚要戴到头上，突然听到年轻女人在屋里惊叫："救命啊! 快来救命啊!"接着响起哗啦哗啦玻璃器皿撞碎的声音。

"不好!"大鼻鼠扔掉防毒面具，急忙冲向里屋，只见房间里弥漫着一片白色的雾气。雾气中隐约看见一只巨大蓝鸟的背影，撞开窗户飞了出去。

白雾慢慢散去，年轻女人不见了，地上只剩下打碎的玻璃器皿，玫瑰色的液体顺着地板缝隙蔓延开来，流了下去。

"那个女人被蓝鸟抓走了，神奇的化妆水也没了。"哈克怔怔地说。

大鼻鼠皱着眉头在屋里走来走去，鼻子贴着地面使劲地嗅着。他突然惊奇地睁大眼睛，用镊子从地板缝里挑出一小粒芝麻粒大的蓝色颗粒。

"这是什么? 是大蓝鸟的粪?"哈克好奇地问。

大鼻鼠笑道："有了这个，它跑到哪儿，我也会把它闻出来!"

夜幕降临了，星星在空中眨着眼。大鼻鼠不慌不忙地吸溜着鼻子，像一条真正的猎狗，在小道上走着。哈克挺着肚皮，持枪跟在后面，他把自己想象成一位牵着猎狗走路的英俊警官。但他嘴上可不敢说，实际上，大鼻鼠不仅是他的平等伙伴，而且智商比他高得多，每次侦缉行动中都是大鼻鼠领导哈克的。

"脑子里又冒什么坏水呢?"大鼻鼠突然头也不回地说，吓了哈克一大跳。天哪! 他连脑子里想的都能闻出来，这个该死的神奇鼻子! 其实大鼻鼠说的不是哈克，他是在猜测那只大蓝鸟。他突然感觉有些不妙，因为他发现他们是在朝建筑群的废墟里走。

"快！"大鼻鼠紧张地喊了一声，加快了脚步，动作十分灵巧。哈克气喘吁吁地跟在后面。他们终于在树林后面一片十分隐蔽的废墟间，找到了石砌的地下隧道入口，刚要迈下台阶，突然一阵狂风扑面而来，他们不由自主地后退趴下。只见一个巨大的黑影从隧道里扑了出来，升腾到空中。

"蓝鸟！"哈克惊叫一声。

"砰！"大鼻鼠已射出一枪。蓝鸟的身影被黑暗吞没了，空中飘飘悠悠落下一样东西，哈克用手电筒一照，却发现是只女人的高跟鞋，"唉，是只鞋，一定是那可怜的女人的鞋子，她准是叫蓝鸟吃了！"哈克一面叹息着，一面就要下隧道去搜索。

"大概里面不会有什么东西了！"大鼻鼠摇摇头。

哈克不相信，下去一看，果真小屋子里空空的，所有的古代化妆品全没了，只剩下一面落满灰尘的梳妆镜。他回到地面，发现大鼻鼠正若有所思地注视着那只鞋子。

"怎么办？"哈克傻乎乎地问。

"马上回去！"大鼻鼠似乎发现了什么，眼睛蓦地一亮。

他们回到住所，已经是半夜了。大鼻鼠从柜子里拿出小玻璃片，用放大镜看那蓝颗粒，看着看着，他失声叫道："哈克，我上了你的当了！"

"怎么会上我的当？"哈克莫名其妙。

"这根本不是蓝鸟的粪，而是一种蓝色的化妆香脂！"

"这又能说明什么？"哈克迷惑不解。

"说明一个很重要的问题！"大鼻鼠神秘地眨眨眼睛。

正在这时，响起了急促的电话铃声。哈克抓起话筒，他的脸色骤然变了，十分紧张地说："珠宝店被盗，是一只蓝鸟从天窗飞进去，偷走了一提包最名贵的金首饰和钻石。"

"果然不出我所料！"大鼻鼠似乎了如指掌。

"我们快去珠宝店！"哈克全副武装。

"不！到那儿也没用，鸟已经飞了。我想我们应该去那家专卖超级洗涤剂的百货商场。"

天已经接近黎明，哈克和大鼻鼠在百货商场的柜台后面趴了三个多小时，已经疲惫不堪了。哈克忍不住低头埋怨大鼻鼠："你真是抽风了，谁会来偷超级洗涤剂呢？"他说着，突然吓得闭住嘴。原来一个巨大的鸟的影子，从房顶高高的出气孔落下来，落在他们前面的柜台上。是蓝鸟，脖子上挂着一个书包，在柜台上蹦着，用尖嘴咬住一瓶瓶洗涤剂丢进书包里。就在这一瞬间，大鼻鼠突然蹿上去，只听咔嚓一声轻响，一只细小的金属链子铐住了蓝鸟的腿。

受惊的蓝鸟扑腾着，掀起狂风，把大鼻鼠扇得打了几个滚，掉下柜台。然而蓝鸟再也飞不起来了，它被金属链子铐在一根粗大的柱子上。

"不许动！再动我就开枪了！"哈克举枪瞄准，大声吼着。蓝鸟似乎能听懂人话，垂下翅膀一动不动了。

这时候，大鼻鼠跳上柜台，他手里拿着一瓶超级洗涤剂，笑眯眯地望着蓝鸟说："我们大概是老相识了，用不着再化装了吧！"说着，把超级洗涤剂洒向蓝鸟。蓝鸟身上的颜色慢慢溶化，褪掉了。

哈克目瞪口呆，站在他面前的，竟是那个穿牛仔裤的年轻女人，一脚穿着高跟鞋，另一只脚光着，浑身水淋淋的。

"这是怎么回事？"哈克问大鼻鼠。

"这个女人开始也没有犯罪企图。"大鼻鼠思索着，"但听我们讲了这是一种神奇的化妆品，她便起了贪心。趁我们俩被刺鼻的洗涤剂熏出屋时，她取出了藏在身上的另一瓶蓝色香脂，将自己变成蓝色的大鸟，打破器皿，飞出窗子，又抢在我们前面偷走了地下化妆室的宝物。但她的鞋子和无意中掉在地上的蓝色香脂却使她露了马脚，使我猜到是她。她必然要来拿超级洗涤剂，因为一只鸟是用不着金项链和钻石的。"

"我也是这么想的！"哈克想了想，也神气活现地说，"而且我还比你多想到一点，那就是我们应该马上到她家去，千万不能让那些神奇的化妆品再落到坏人的手里。"

哈克和大鼻鼠全传

稀奇的知识药片

整整一个礼拜，哈克和大鼻鼠都在屋子里学习，到处都摆满了书。没办法，警察局要进行业务考核，合格的才发毕业证书。

"我们是好孩子，我们爱劳动！"哈克脑门儿上冒着汗珠，费力地背着，他过去太不用功了，才小学三年级水平。

"爱因斯坦的相对论是……"大鼻鼠比他强多了，准备攻读研究生。

哈克背了两句，又站起来往外走。大鼻鼠叫住他："一小时之内，你已经喝过八次水、上过九次厕所了。"

"这回是脑仁疼，我得出去遛遛。"哈克煞有介事，这回他一出去就是半天，不过，回来时却是兴高采烈，简直是冲进来的。

"喜事！喜事！天大的喜事！"哈克满面春风，"有了这个，就不用再用功了。"他从背后取出一个小药箱，神气活现地说，"两秒钟之内，我就可以成为世界上知识最渊博的人！"

"您发高烧了吧？要不要我给您拿温度表来？"大鼻鼠讽刺地问。

"我没发昏！"哈克恼火地打开小箱子，里面是花花绿绿的药片、药水、针剂。"这是从新开业的知识药店买来的最新科学成果，有了它，所有的学校、老师通通可以取消！"哈克带劲地一挥手。

大鼻鼠疑惑地抓起一把药，眯起眼睛仔细瞧：浓缩英语单词、唐诗宋词胶囊、近代史针剂、小说创作糖浆……"你留神，现在可净是卖假药的！"大鼻鼠一边看着，一边半信半疑地说。

"你不信？"哈克有点伤心，"人家广告上讲得明白着呢，吃下去包灵，傻子也可以讲'微积分'，疯子也可以讲'逻辑学'，甚至抽羊角风都能抽出一首诗来，我马上就吃给你看！"他在小箱子里翻着，拿出一片"武器学"药片，张开嘴吞了下去。

"你感觉怎么样！"大鼻鼠小声问。

"凉飕飕的，一股寒气向全身扩散。"哈克迷迷沉沉地打量大鼻鼠，看得大鼻鼠有点发毛，"从武器学的观点来看，你的体形可不是标准的，中间不圆，两头不尖，勉勉强强还可以设计成水雷的样子。我来给你讲讲水雷的构造及爆破原理吧……"哈克滔滔不绝。

大鼻鼠心想，这一定是药物发生作用了，要不然哈克怎么变得这么能说呢？看来这药还真灵。他对哈克说："你要到军事科学院去做报告，管保叫那些武器专家们目瞪口呆。不过，现在还是马上去做饭吧，今天该你值班，我肚子已经饿了。"

哈克口中念念有词地到厨房里去了，不一会儿，他端来一大盆热气腾腾的紫色的汤。

"就喝汤？"大鼻鼠探着脖子向厨房里张望。

"一支枪总不能打两种子弹！"哈克振振有词地说。

大鼻鼠觉得有点不对劲，舀起汤来尝了尝，好像有点怪味，但毕竟太渴了，他咕嘟嘟一口气全喝了下去，把盆子放在桌子上。

"成了！"哈克望着他很有把握地说。

"你成了一个标准的火焰喷射器。这种紫色的液体只要和胃液中和，便会成为一种自燃的流体。"

"啊！"大鼻鼠几乎要吓瘫了。

"请放心，在你的肚子里着不了，因为没有氧气。"哈克安慰他说。

大鼻鼠觉得自己的肚皮胀得厉害。

"赶快对着窗子！"哈克用大盘子挡住自己的脸，向他尖叫。

大鼻鼠终于憋不住了，冲着窗子一张嘴，"嗖！"一股紫色的火流直冲出来，把玻璃窗穿了个洞。

"你……你不应该搞这……这种恶作剧！"大鼻鼠生气地说，"你应该到厨房去做点真正的饭菜！"

"请放心，我已经把厨房弄成一个火药库了！"哈克一本正经地告诉他，"比如高压锅，加上水，只要把安全孔堵上，放在火上猛加热；还有煤气罐，用爆竹药做的导火线连上……"他手里拿着一条导火线，顺着地板一直通到厨房里。

哈克说着用打火机一点，导火索着了，火星刺啦刺啦地向厨房窜去。"不好！"大鼻鼠顾不得多想，忙往厨房里冲。要知道，高压锅、煤气罐一爆炸，整座楼都会毁掉。大鼻鼠不知哪来的勇气，一下子扑到煤气罐边，用嘴咬断了燃烧的导火线。

"砰！"高压锅炸了，滚热的汤汁四下溅开，正溅在跟在后面的哈克身上，哈克被烫昏倒在地上。

等哈克醒来时，发现自己的屁股被烫伤了，一片薄铁皮嵌进大腿，躺在厨房的地板上，动不了了。

"你受了伤，我马上去找医生！"大鼻鼠要往外走。

"等一等！"哈克叫住他，一边爬过去，在小药箱子里翻来翻去，找出一瓶白色药水。他瞪大眼睛看了又看，直到确切无误地认出那商标上真真切切地写着的"医学浓缩剂"，才放心地递给大鼻鼠。

"干吗？"大鼻鼠愣了。

"喝下它，你会成为一个出色的医生的，好给我看病。"哈克对知识药物还满怀希望，为了实验，他甘愿做出牺牲。

"你还想着这药？"

"当然，"哈克坚定不移，"你要是我真正的朋友，你就喝下去！"

大鼻鼠想了想，叹了口气，终于喝了下去。他像被注入了兴奋剂，眼睛亮盈盈地放出光来，他像个真正的医生似的盯着哈克左看右看，说："做手术总是要麻醉的，不知您是要针灸麻醉还是药物麻醉？"

你看他说得多内行，哈克有点放心了："还是药物麻醉吧！"他怕大鼻鼠的针下错地方，要是不麻醉用刀子割肉可受不了。

"可是没有现成的怎么接呢？"

"什么？接什么？"哈克吃惊地问，不知大鼻鼠的话是什么意思，可话还没说完就被麻醉了过去。

过了一会儿，哈克醒来了。他担心地看看，还好，麻醉手术顺利，自己的大腿已经用纱布包扎好。旁边的白瓷盘里，放着从大腿上取出来的铁片。

"好极了！"哈克不由得喝起彩来。

"您再看看这条尾巴怎么样？"大鼻鼠问。

"什么尾巴？"哈克说着，恍惚觉得自己屁股上多点东西。他扭头一看，啊！自己屁股上居然接了个鸡毛掸子。用手一拽，好疼！它牢牢地接在上边了。"你怎么给我接这个东西？"哈克简直气昏了。

"实在抱歉，因为我找不到更好的材料。"大鼻鼠晕晕乎乎地说。

哈克忽略了一点，大鼻鼠是动物，如果这种神奇的"医学药水"能使人成为医生，自然要使动物成为兽医，在动物眼里，当然都得有尾巴。

哈克坐在地上，急得冒出汗来，不知道怎么办才好。大鼻鼠的药力过去了，似乎清醒了过来，不好意思地对哈克说："看样子，这'知识药片'确实不能用，灌进去的知识没有一点是真懂的，人都成了知识支配的机器了。"

哈克垂头丧气地提着小药箱，和大鼻鼠一瘸一拐地溜着墙根走。他要先去医院取掉鸡毛掸子尾巴，再到"知识药店"去退货。

哈克和大鼻鼠全传

好大一场龙卷风

一股凉丝丝的风从窗缝钻了进来，正好飘进大鼻鼠硕大的鼻孔里。大鼻鼠忙推开门跑出去，冲着蔚蓝的天空，猛地吸溜了好几下鼻子。

"好极啦！"他眉开眼笑地蹦回屋子，吩咐哈克，"快！把一切能装东西的容器都找出来！"

"干什么？"哈克愣愣地问。

大鼻鼠机警地四下望望，凑到哈克的耳朵旁边，小声说："千载难逢的好机会来了！我的鼻子闻到了一股特大龙卷风！这场龙卷风在万里之外卷起了半条食品街，明天夜里到这儿。好吃的全会落下来！"

"哈哈！"哈克乐得嘴大了一圈，忙喜滋滋地说，"快闻闻，有果丹皮吗？有辣子鸡丁吗？有巧克力吗？"

"有！有！"大鼻鼠连连吸溜鼻子说，"还有蜜糖饼干、鸡蛋油饼、奶油烤猪、五香熏鱼……"

哈克连连吧唧着嘴说："咱们得好好吃一顿，这几天老不过节，我都馋坏了！"

哈克和大鼻鼠紧张地忙碌起来。他们把碟子、碗、杯子腾空了，把洗脸盆、饭锅、菜篮子腾空了，把抽屉、小柜橱、大澡盆腾空了，甚至连大衣柜也腾空了。当然，他们的肚皮也是空的，像两条口袋，等着往里足足地装美味佳肴呢。

现在正是夜里十二点钟，街上静静的，人们都已进入了梦乡。只有一大一小两个黑影在来回走动，大鼻鼠和哈克正悄悄地在马路中央给各种容器排队呢。

"呼呼呼——"树梢抖动，紧接着，一片彩云被风卷着刮过来了。哈克和大鼻鼠都闻到了浓烈的香味，他们仰脸向空中看。哈！头顶上是一片食物组成的彩云，在繁星和圆月的照耀下，缓缓地向地面落下来。香肠、烤鹅、油炸蛋卷、巧克力、果仁、葡萄干……哈克兴奋地向一只烤鹅伸出手，陶醉地闭上了眼睛。忽然，一阵凉飕飕的微风沿着房顶扫了过来。

"糟糕！风向又变了。"大鼻鼠惊慌失措地喊。马上就要到手的食物又随风飘了起来。

"到嘴的烤鹅又飞了！"哈克伤心地喊，蓦地，他的眼珠放光了，"瞧！"他指着空中一个圆圆的黄色的大物体。大概是这物体过大，风托不住了，它忽悠悠地直往下落。

"会不会是大面包？"哈克猜测。

"像是酒桶，我闻到了酒的香味。"大鼻鼠耸着鼻子嘟囔着，"大概是烤全牛，非洲烤牛都用美酒先灌醉了。"

"咚！"黄色的物体一下子落在大澡盆里。哈克和大鼻鼠急不可耐地推起带轱辘的大澡盆就往家跑。

刚到家，哈克便迫不及待地去拿刀叉。正在这时，黄色的物体动了，他们才发现那是个大口袋，从口袋里钻出个胖乎乎的圆脑袋。哈克和大鼻鼠顿时目瞪口呆：原来是个大胖孩。他看见哈克头一句话就是："我饿！饿极了！快给我吃的！"

"你的鼻子和耳朵呢？"他们发现这家伙的脸有些异样。

"先给吃的再说吧！"看来大胖孩只长了个能吃的嘴巴。

哈克和大鼻鼠连忙从食品柜里取出面包、肉肠。

"咕噜！咕噜！"一眨眼的工夫，食物全被大胖孩吞了下去，"快！快！再拿点来！"大胖孩又嚷着叫着。

哈克赶忙到邻居家里，借来两大锅米饭，再加上十个馒头，大胖孩这才不叫了。

"你怎么被风刮到这儿来了？"大鼻鼠问。

大胖孩咕哝着："我是去食品街参加'赛吃'大会的。刚得了冠军，还没来得及领奖，就被刮到这儿来了。"

"还认识回家的路吗？"

"不认识。在这儿也挺好，我挺爱吃你们家的香米饭。"大胖孩傻乎乎地说。

哈克和大鼻鼠傻眼了："那可不行，我们养活不了你，你必须回家！"

"可我不能把耳朵、鼻子丢在大街上呀！"大胖孩说着扑簌簌地滚下泪珠来。

唉，总不能把他撵走吧？是他们把他请到家里来的，而且还是个孩子。

哈克只好挎着大篮子，挨家挨户地去借吃的。左邻右舍把蔬菜、食品全拿出来了。他想起昨夜的事，羞愧得直脸红。哈克系好白围裙，戴上厨师帽，满头大汗，蒸了一锅馒头，又炒了一盆辣子肉丁。

大鼻鼠吸溜着鼻子，在街上仔细地搜寻着那大胖孩丢失的鼻子和耳朵。难办的是，鼻子和耳朵似乎是在两个方向，他不知朝哪边走才好。

"大鼻鼠，快来吧！天上掉下来好多美味食品呢！"十字路口，一个翘鼻头男孩朝他嚷。原来龙卷风卷来的食物都落在这里了。人们喜气洋洋，像过节一样。

大鼻鼠不好意思地支吾着："我是来帮人找鼻头的，你可看见一个胖胖的圆鼻头？"

"一群孩子在街心花园里当橡皮球踢呢！"

柔软的鼻头在草坪上跳跃，男孩子们兴高采烈地追逐着。噗的一下，鼻头正好跳进大鼻鼠的怀里，大鼻鼠慌忙抓住它躲进草丛。

"现在重要的是找耳朵，可别被哪个馋鬼给吃了。"大鼻鼠担心地想，因为他闻到了一股蜜糖的味道，自然而然想到了一种叫"糖耳朵"的美味食品。

他把鼻子贴地，猛地一吸气："哇！不好，哈克正要喂大胖孩糖耳朵呢！"

大鼻鼠跌跌撞撞地跑回来，发现哈克正托着一大盘糖耳朵往大胖孩嘴里送呢。他们从一大堆糖耳朵里找出了两只耳朵，连同鼻头一起，用透明的医药胶水粘在大胖孩的脸上。哈！配上耳朵、鼻子，他还蛮漂亮呢！

"我要回家！我要妈妈！"大胖孩哭了起来。

"怎么办呢？"哈克发愁地搔着脑袋。

"只有一个办法，"大鼻鼠慢吞吞地说，"等着再刮一次龙卷风，把他送回去。"

"下一次是什么时间？"哈克眼巴巴地问。

"明年二月份。"

"啊?!"哈克像泄了气的皮球。好家伙，还有八个月，非得把他们吃穷了不可。

哈克和大鼻鼠全传

螺旋桨飞行器之谜

哈克和大鼻鼠挤在人群里，伸长脖子，仰着脸向上看。街口这座六层大楼塌得太神了，下面两层倒在地上，上面四层却还飘在空中，晃晃悠悠，一会儿擦着这座楼房的边，一会儿碰了那边的大烟囱。住在楼里的人吓坏了，纷纷从窗口坠下绳子，惊慌失措地往下滑。

"应该把那个建筑师抓起来！"哈克生气地嘟着厚嘴唇说。

"嘿嘿！我知道这小子搞什么鬼了！"大鼻鼠挤眉弄眼地使劲吸溜鼻子。

"你又闻到什么味了？"

"酸面包味。凭着这股味，轻而易举可以找到他。"大鼻鼠像条真正的猎狗一样，鼻子贴地，沿着大街小巷走。在公园的湖边上，他们找到了汗流满面的建筑师。

"这楼房是怎么回事？"哈克威严地问。

建筑师吓白了脸，结结巴巴地说："我……也是才……才知道的，我……小儿子淘气，趁我……不注意，往水泥里掺了一……一桶发酵粉。刚才……我把他打……打跑了。"

"该打！找到他以后你一定要好好管教管教！"哈克教训建筑师。

"是！是！"建筑师抹着脖子上的汗走了。

大鼻鼠嘻嘻笑了："这个傻瓜，赶跑了一个发明家！"

"你说什么？"哈克愣了。

"哎哟！不好！"大鼻鼠突然一耸鼻头叫了一声，"发明家快被他爸爸捉住了，我得赶快通知他跑！"

第二天，一座奇特的小房子放在广场中间，四角用螺丝固定在地上，米黄色的小门、小窗子，漂亮极了。大鼻鼠和一个塌鼻子男孩，神气活现地站在小房子旁边，塌鼻子男孩就是建筑师的儿子。昨天，大鼻鼠和他忙了一夜，才造出了这间奇特的房子。

"快来看最新发明——浮动房屋。"塌鼻子带劲地喊。

大鼻鼠钻进小房子，从窗子探出脑袋，神气地一挥手。塌鼻子立刻卸掉房子四周的螺丝钉，小房子飘起来了。塌鼻子像放风筝一样，用绳子拽着，小房子平稳地停在空中。

"多好的房子呀！一点也不占土地面积。"大鼻鼠使劲赞美。

"可你挡住了我们的阳光！"下面住房里的人朝上面大声喊。

大鼻鼠忙让塌鼻子把绳子往一边拽，一边忙不迭地解释："没关系，我这房子可以移动！"

"你这房子会不会断裂？像那座楼房一样，我们可不愿意从空中掉下来摔死。"有人大声喊。

"我们加了特殊黏合剂，绝不会断裂！"大鼻鼠急忙笑着说。

"怎么办？"起劲了半天，还是没人买，塌鼻子有些泄气。

"我们做广告宣传好了！"大鼻鼠颇为自信，"对于这一手，我是很在行的，主要是吹！"当天晚上，电视上便出现了一则广告：

　　您想让房子随太阳转动，屋子里充满明媚的阳光吗？

　　您想东西不出屋就轻而易举地搬家吗？

　　您想在繁星满天的夜晚，坐上轻悠悠的飞艇欣赏良辰美景

　吗？那就请购买浮动飞房吧！

　　本产品存货有限，千万不要错过良机！千万！千万！

广告真灵，第二天一早，已经造好的小房子便销售一空，订货的人在门口排起了长队。

"买房子的人好像都不太正经。"哈克疑疑惑惑。

"管他正经不正经，他出钱，我卖货。"大鼻鼠已完全沉浸在一种成功的喜悦中了。

"看样子，我们得成立浮动房屋制造厂，批量生产了！"大鼻鼠喜滋滋地吸溜着鼻子，得意洋洋地对塌鼻子说，"我当厂长，你当总工程师好了！"

"我呢，我当什么？"哈克也动心了，抢着问。

"会计师怎么样？"大鼻鼠笑着问，他知道哈克数学从来没及过格。

哈克脸红了，他给自己封了个官："我当不管部长好了！"这官多棒！既当部长，又什么都不管。

没过多久，五颜六色的小房子在空中随风飘荡，像一朵朵彩色的云。每座小房子的尾部都像轮船一样，用绳子拴着一个大铁锚，想在哪儿停住，随便用铁锚钩住树干或墙壁就可以了。大鼻鼠、哈克和塌鼻子也坐在一间白色的小房子里四处巡视。

"多好呀！要是造许许多多这样的小房子，把它们连在一起，就可以成为一座空中城市了！"大鼻鼠得意地闭着眼睛想象。

忽然，一座棕色的小浮动房屋迅速地从他们身边飘过去，从小窗子里伸出的鼓风机在呼呼地吹。

"这主意可真妙！"大鼻鼠看得眼珠都发亮了，他看见棕色的小房子飘到他们的住处上空了，一个棕色的铁钩子钩住了院子里的苹果树。

"这一定是向我们提改进建议的。"大鼻鼠高兴地说。

棕色小房子的门打开了，一根粗绳子坠向地面。三个戴礼帽的男子顺着绳子滑下去，他们砸开了哈克家的窗子跳了进去。

"不好！是贼！"哈克紧张地说。

"他们在用我们的浮动房子偷东西！"大鼻鼠惊慌地叫。

三个戴礼帽的人把彩色电视机抬出来了，把席梦思床抬出来了，把大沙发抬出来了，并不慌不忙地用绳子吊上去。

"快让房子飘过去！"哈克他们一齐喊。

多不凑巧，这会儿刮的是西北风，他们的小房子朝相反的方向飘去，越飘越远，一直飘到了大广场的西边。

傍晚，他们拖着疲惫的脚步走回家，屋子里空荡荡的，所有的东西都被人从空中运走了。"砰砰砰！"有人敲门。没等他们反应过来，轰隆一声，门推倒了，一群人拥了进来。

"你们搞的是什么鬼房子？全让小偷买去偷东西了！"

"你到我家看看，都被偷光了！"

"不用看，我们这儿就是样板！"哈克哭丧着脸，指指空空如也的屋子。

"我们保证把小偷抓住！一定！"大鼻鼠的鼻头上沁出了一颗颗黄豆大的汗珠，亮晶晶的。

哈克和大鼻鼠顾不得休息，拖着疲惫的身躯连夜搜索。塌鼻子男孩也跟在他们后面，他觉得这事自己也有很大责任。

突然，夜空中亮起了一串幽蓝色的小灯，是一队浮动房屋飘到了街市上空，房屋的小窗子全打开了，小偷们坐在窗台上，滴溜溜地转着眼珠东张西望。

"嗖！"一根尼龙渔线从小窗口甩下来了，钩起了熟食摊的一只熏鸡。

"嗖！"又一根甩下来了，钩起了一段火腿香肠。

"嗖！"一件 T 恤衫上去了。

"嗖！""嗖！"牛仔裤、皮鞋……全上去了。

"这些坏蛋！"哈克愤愤地骂着，朝空中放了几枪。

"打不着的！你上来呀！"小偷们在空中嬉皮笑脸，从四面八方向他甩渔钩，把哈克的帽子都钩走了。

"钩他的大鼻头！"他们吓唬大鼻鼠。

大鼻鼠慌忙低下头嘟嘟囔囔："等着吧！早晚会捉住你们的！"

第二天，哈克、大鼻鼠、塌鼻子男孩和警察局的刑警一齐出动了。他们坐上浮动房子，飘到空中，然而，所有小偷的浮动房子似乎一下子都不冀而飞了，消失得无影无踪。半天时间，只抓到一个歪眼的，因为他眼歪，看什么都是歪的，他的浮动小房子也歪撞到大烟囱上，小房子上还坠着四个特大的气球。

"你的同伙都到哪儿去了？"哈克厉声问。

"都到上边云彩里去了，"歪眼指了指上边，"吊上气球，增大浮力，就可以升上去，晚上再用绳子爬下来偷东西。"

哈克发愁地仰脸看看天上白茫茫的云海。

大鼻鼠在原地转了三圈，敲敲脑门儿，突然眉开眼笑："我有办法了！"

"什么办法？"哈克莫名其妙。

大鼻鼠、塌鼻子和一位老教授在实验室里关了三天。第四天，便贴出了一张广告：

　　　最新螺旋桨飞行器。

　　　将这种飞行器安放在背上，一按电钮，人即可飞起来，关上即可落下。上下楼可不用走楼梯，方便至极。

紧接着，一批小巧的螺旋桨飞行器在商店出售了，一开门就全让小偷们抢光了。哈哈，有了这种飞行器再加上浮动房屋，偷东西就更方便了。

入夜，一群小偷像苍蝇一样，在街市上空嗡嗡飞行，虎视眈眈地寻找自己想偷的东西。他们这样明目张胆地干偷盗勾当，街上却一个警察也没有。其实，警察此刻都集中在广场上严阵以待。每位警察手里除去一把手枪，还有一个带天线的小方盒子，那是无线电操控器。原来大鼻鼠他们在每个小飞行器里都悄悄安放了一个小小的接收器。只要一按操控器电钮，接收器就接受指挥。

"注意！发返航控制信号！"塌鼻子神气活现地宣布。

"啪！啪！"操纵机一齐按动旋钮。空中飞行的小偷正得意洋洋，突然像着了魔似的，背上的螺旋桨飞行器带着他们朝大广场飞去，一个接一个地降落在广场中间了。对号入座，警察乌黑的枪口正等着他们呢。

"怎么样？这回我的功劳不小吧？"大鼻鼠得意地朝哈克挤眉弄眼。

哈克和大鼻鼠全传

广告病案

一行人鱼贯而入，走进哈克的屋子，最前面的是一个拄拐杖的老头，后面跟着推小车的老婆婆、挎篮子的妇女、夹书本的男人，还有咬手指头的小女孩、挤眉弄眼的小男孩。

拄拐杖的老头随手摘下了帽子，客气地一鞠躬。他脑袋完全秃了，嘴里冒出一句："丽丽牌生发水可使您一夜间黑发丛生，请用丽丽牌生发水。"

哈克明白了，这是推销商品的，便嘲笑说："我看你的生发水不灵，你的头那么秃，为什么不抹一点？"

"您说得对极了，"拄拐杖的老头苦恼地说，"可不知怎的，我只要一摘帽子，就不由自主地冒出这么一句。"

精瘦的老婆婆也挤上来说："我也是，只要一笑，"说着她一抿嘴，立即用最文雅的声音说，"大力牌起重机，力大无比，记住，大力！大力！"

中午妇女一放下篮子，便习惯地冒出："魔宝牌收录机，音色最美，效果极佳，请用……"

中年男人一翻开书，便大声喊："哎哟，肚子好痛哟！啊，现在完全好了，因为我吃了SAB止痛药，SAB止痛药效果最好！"

小女孩一挤眼："我吃了福字长寿丸，一下子年轻了二十岁，福字能长寿不老……"

小男孩一吐舌头："咯嘀，咯嘀，咯嘀，一休哥，好！一休穿的拖鞋——虎牌拖鞋各大百货商店均有销售。"

哈克和大鼻鼠都看愣了："这到底是怎么回事？"

拄拐杖的老头说："大概是我们得了一种怪病，叫什么'广告病'吧，这种病目前很流行呢，都是先得感冒，接着就犯这种病。"

"可是这种病你们应该到医院去看看。"

"我们全去过了，不管用，听说您大名鼎鼎……"

哈克皱起眉头想了一会儿，不露声色地说："我明白了，这案子马上就会破的。"

等人们走后，哈克瞥一眼大鼻鼠说："这回该我露一手啦！"他得意地拿起电话筒，"警察局吗？马上给我派辆警车来，要大一点的，至少要五排座的。"

"要那么多座干吗？"大鼻鼠不解地问。

"毫无疑问。犯案者决不少于五个。"哈克胸有成竹。

一辆警车，风驰电掣，在城里各条大街上行驶，不一会儿，便装满了犯人，而且个个都是有身份的：丽丽牌生发水公司经理、起重机厂厂长、魔宝收录机公司董事长、SAB止痛药发明者，还有虎牌拖鞋店老板、福字号药店理事……

"为什么要抓我们?!"他们愤怒地在哈克的办公室里吵吵嚷嚷。

"因为你们是广告病的制造者。"哈克向他们宣读记录的案情。

"我们的广告都是交纳了广告费，由广告公司制作的。"这些人都不约而同地说。

哈克傻眼了，他抓错人了。但他反应迅速，立即向门外喊："快，警车！"

警车风驰电掣，不一会儿，抓来满满一车广告公司的人。

"为什么抓我们?"广告公司经理鼓着眼珠问。

"你们在制造广告病！"哈克把案情记录甩给他们。

"这事与我们毫无关系！"广告公司经理满肚子冤屈地告诉哈克说，就在上个月，一个戴墨镜、面孔用头巾包得很严的女人，来到广告公司要出卖一种"使人成为活广告"的专利，他们以为这个女人是在说疯话，是他们把她轰走的。

哈克听得张大了嘴，他又抓错人了。等放走了这些人后，哈克便把气出在大鼻鼠身上："你这个坏东西！你明明知道我在干蠢事，还不言不语地看笑话！"

"因为你的推理还有点道理，只不过不应该去抓人，而应该先去调查研究才对。而在这以前你最好先得病。"大鼻鼠一本正经。

"你发昏了？"哈克有点吃惊。

"不要忽视，这有利于你调查研究，发病的人都是先得了感冒，然后才得广告病的。"

"看来，做个侦探家，什么罪都要受一点！"哈克咕哝道。他万万没想到，想得感冒还并不那么容易呢。他先用凉水浇身，浇了半个多小时，连个喷嚏也没打——他身上的脂肪太厚了。没办法，只好钻到电冰箱里去冷冻，出来时眉毛、嘴巴都结了白霜。

"快……快，快拿被子，我都成了冰激凌了！"哈克喊着。他真得了病，不过不是感冒，而是肺炎，呼哧呼哧猛喘，幸亏家里还有消炎针剂。

肺炎减轻了，变成了感冒，哈克坐在沙发上流着清鼻涕，大鼻鼠眼睛一眨不眨地盯着他，皱着眉头问："你怎么不说广告呀？"

"说什么广告？"哈克糊里糊涂地问。

"犯广告病的人不是都从流感得来的吗？"大鼻鼠自言自语着，突然猛一拍鼻头，"想起来了，他们得的是流感——是病菌感染。"

哈克明白了："这么说我还得去得流感？"

"没办法，实验不能中断。"

哈克只好苦着脸到街上去找流感病人。他看见街上有个人戴着口罩，便上前去搭讪："您那流感病菌能不能借我一点？我一定加倍还您！"

"呸！"戴口罩的人瞪他一眼，转身就走。

哈克这才明白自己说了傻话，他猛然想起个聪明的主意，追在戴口罩的人后面喊："收买感冒病菌，一块钱三个！"

"我卖！"戴口罩的人一把扯下口罩，冲他打了一个喷嚏。哈克顿时觉得鼻子凉飕飕的，这回真的得了流感了，然而并没说广告。

"你怎么不说广告？"大鼻鼠催他。

"都是你出的馊主意。"哈克赌气地说，"把我折腾了半天，一点线索也没有！"

"不，很有收获，至少证明广告病不是靠流感传染的。下一步，我们可以去抓犯人了。"大鼻鼠正儿八经地告诉哈克，"你要去医院，去全城所有的医院。"

"大概每个医院开的药，我都得尝一点吧？"哈克反唇相讥。

"你说得对极了，说不定哪座医院的药有问题。"大鼻鼠却十分认真，"你还要化装一下，因为城里都认得你这个大名鼎鼎的刑警哈克。"

"那你去买三斤橡皮泥来！"哈克决定整治一下大鼻鼠。

"您别忘了，我体重才半斤。"

"化装你总会吧！"哈克买来橡皮泥后，坐在镜前问。

"那看您想化装成什么样子了，要是鸡蛋脑袋还容易点。"

"算啦，还是我自己来吧！"哈克开始往自己脸上抹橡皮泥。他的手实在是笨，本想化装成一个英俊的男子汉，却成了一个丑陋的老头，穿上一件旧大褂，驼背弓腰，胳膊上挎个书包，把大鼻鼠藏在里面。

他开始去医院看"感冒"，从第一条街开始，把每个医院开的药都尝一点，吃了一肚子药，什么事也没发生。他感到自己受骗了，在受大鼻鼠的捉弄。要是到各家食品店去品尝糖果，大鼻鼠准自己去干。

"喂！大鼻鼠，明天的药你吃吧！"

"这可是最后一家医院了，立功的机会就在眼前！"

"还是把荣誉留给你吧！"哈克挖苦道，他才不信呢。

"可我的鼻头谁都认得出来。"

"没关系，可以买橡皮泥，把你化装成一只猫。"

第二天，"驼背老人"带着一只"猫"来到了最后一家医院，这其实是个小诊所，只有一个男医生。

"我可不是兽医！"医生说。

"那您就把我当人看好啦！"大鼻鼠迫不及待地说。

"这'猫'还会说话？"医生吃惊地瞪圆了眼睛。

"不仅如此，而且我还像人一样患了流感。"大鼻鼠冷静地说。

"好的，好的，我马上给你开药！"医生骨碌着眼珠，"不过，本诊所开的药只能在这儿吃。"医生把两个小药片放在桌子上。

"请您给我倒点水。"大鼻鼠说。趁医生转身的机会，他巧妙地把药片放进医生的茶杯里。

哈克在一边看了，几乎气歪了鼻子。大鼻鼠有这个好主意，却不讲出来，害得他在别的医院吃了那么多药片。他翻着眼珠狠狠地瞪大鼻鼠。

大鼻鼠却装做没看见似的，假装把药片往嘴里一放，喝了口水。"请喝茶！"他又殷勤地对医生说。

医生笑着喝了一口茶，狡猾地注视着"猫"，想看看这药片在"猫"身上的效果。可是他突然打起喷嚏来，接着嘴里冒出一句："猫牌除臭剂，除臭力极强，气味芬芳，请认准猫牌！"

"好极了！"哈克一下子跳起，闪电般地用手铐铐住了医生。

"为什么抓我？"医生大惊失色。

哈克冷笑着，扒掉脸上的橡皮泥。他到玻璃柜前随手拿起一个药瓶，又取出一片，命令医生："吃下去。"

医生吞下药片，过了一会儿，低头看着手铐，自言自语："飞龙牌手铐，是用特种合金制成，戴着舒服极啦，飞龙，飞龙，人人佩戴飞龙！"

"这回你无法抵赖了吧？"哈克振振有词。

"可是你也抓错了！"医生冷笑着，"别忘了，干这种坏事的是个蒙头巾的女人。"

哈克又傻眼了，他尴尬地要打开手铐。

大鼻鼠却突然叫了起来："别打开，他正是罪魁祸首！"

"有什么证据？"医生问。

大鼻鼠冷笑着问："你怎么知道我们要抓的是个蒙头巾的女人呢?"

"这……"医生愣住了。

"是你化装的。只要搜查这屋子,我想是可以找出一个假头套的。"

医生立刻变得垂头丧气,嘟囔着："我只不过利用条件反射原理发明了一种广告药片,可并没害人。"

"如果你能再发明一种解药,治好广告病,也许可以得到宽大处理。不过,那不是我们的职权范围,是法院应该处理的事了。"大鼻鼠一本正经地说。

哈克和大鼻鼠全传

逆反肥料水

十字路口，看热闹的人围成了一个挺大的圆圈，大鼻鼠和哈克也挤在人群中探头探脑。

圆圈中央摆着一盆月季花，一位戴眼镜的青年，手里举着一小瓶透明药水，正在眉飞色舞地宣扬："快来买呀！最新试制的超级速效肥料水，用五百五十八种元素制成，只要浇在种子上，一天之内就可发芽、开花、结果！"

"请看！"青年做了个优美的姿势，把药水滴在花盆里，大声喊着，"月季花马上就长大！"

"刷——"随着轻微的声响，月季花不但没长大，反而一点点往下缩，越来越小，一眨眼的工夫，缩成了花生米般大小。

"这是怎么搞的？"青年吃惊得张大了嘴。

这时，花盆却像发了酵的面包一样，一点点胀大，长高，高过了人们的大腿，高过了人们的腰、肩膀、脖子，粗得充满了圈子的空间，把青年给挤到了边上。

"这肥料水真棒，把花都浇没了！"大鼻鼠挤眉弄眼地嘲笑。

"谁有名贵的君子兰，快浇这肥料水，马上变成特制微型君子兰！"哈克龇牙咧嘴地说着俏皮话。

人们都哄笑着，青年的脸一阵红一阵白，一边嘟囔："大概是我把哪种配方搞错了。"

大鼻鼠一拧鼻子："这破药水，也说什么超级，骗人！"

哈克也一拧鼻子："这破药水，倒给我钱，我都不要！"

"卖给我一瓶！"从人群外边突然挤进来一个穿黑衣服的驼背老太太，她把十块钱往青年手里一放，拿起一瓶药水走出了人群。

大鼻鼠望着老太太的背影怔怔地自语："她买去干什么呢？"

说着他猛地一吸溜鼻子，顿时脸色变了："不好，快跟上！这家伙身上有一股浓浓的'贼'味！"

驼背老太太步履蹒跚地拐过街角，回头四下看看，突然直起了腰，原来驼背是装的。"她"剥下假脸皮，露出了樱桃似的红鼻头。躲在树后的哈克和大鼻鼠看了，都大吃一惊：这正是他们一直追捕的惯盗"红鼻头"。这家伙十分狡猾，而且驯养了一头十分凶猛的狮虎兽，干了许多坏事。

哈克哆嗦着问："这小子带了那头猛兽没有？"

大鼻鼠一耸鼻头："没有！快跟上他！"

红鼻头沿着林荫道飞快地走着，鲜红的鼻头一闪一闪的，十分引人注目。蓦地，他停在一堵高围墙外面，围墙上装着电网。

"里面是金库！"哈克小声告诉大鼻鼠。

红鼻头仰脸望着天，似乎在寻找什么。两只白蝴蝶翩翩飞舞，从头上飞过去了，红鼻头举起手，犹豫着，又放下了。一只黄蜻蜓又飞过去了，红鼻头又扬了一下胳膊，缓缓放下，似乎仍下不了决心。一只翠鸟落在旁边的小树上，叽叽喳喳地叫着，红鼻头把那小瓶奇特的肥料水对准翠鸟一扬，肥料水准确地落到了翠鸟的头上。

"噗！"翠鸟像折断了翅膀，一下子掉在地上，再也飞不起来了。红鼻头的身体却轻飘飘地升起来，飘到了空中。

"哈！到底找到了它的用途！"红鼻头兴奋地尖叫着，平伸两臂，在空中滑翔，兜了两圈，奋力向前一冲，飞过了围墙，扑通一声，似乎是重重地落了下去。

"红鼻头会飞?"哈克傻眼了。

大鼻鼠嘟嘟囔囔:"不会飞的,倒会飞了;会飞的,倒落了下来。月季花缩小了,花盆却长大了……"他恍然大悟地惊叫道,"一定是这种肥料水有奇怪的逆反作用,这可是个新发明呀!可我们还嘲笑那个戴眼镜的青年呢!"

"管他什么肥料水,得先抓住那个红鼻头!"哈克瞪起眼睛大声说,"快闻闻他从哪儿出来!"

他们埋伏在墙边的一棵树下,一只乌鸦正呱呱地叫着绕飞。突然从围墙里面喷出一股细流,乌鸦落地了,紧接着,红鼻头夹着两个沉重的保险箱,跌跌撞撞地飞过来,落到了地面上。

哈克和大鼻鼠猛扑过去,用枪对着他的胸膛:"哈!终于抓到你了!"话还没说完,红鼻头已经打开盛肥料水的小瓶,把剩下的半瓶全洒了出来。

刹那间,哈克觉得好像有一种无形的力量控制了自己,竟不由自主地说:"我有罪,我不该偷金币,请把我铐上!"

"你们被捕了!"红鼻头神气十足,俨然像个警察,从哈克腰间拿下手铐,把哈克和大鼻鼠全铐上了,大声喊着:"走!去公安局!"

哈克和大鼻鼠低着头,像真的罪犯一样,老老实实地往回走。等到了公安局门口,他们才如同大梦初醒,可红鼻头早溜了。

"咱们被肥料水逆反成小偷啦!"哈克懵懵懂懂地说,"看来这逆反肥料水真不是好玩意儿!"

"不!"大鼻鼠似乎悟出了其中的奥妙,"我们应该找到那个戴眼镜的青年,并且要一点逆反肥料水。"

哈克和大鼻鼠在街上巡逻。大鼻鼠口袋里装着半瓶逆反肥料水,只有半瓶,因为青年自从受了嘲笑,糊里糊涂地把造这种药水的配方烧了。

哈克边走边嘟囔:"我想不出,这逆反肥料水会有什么用途,难道咱们还想再一次变成小偷?"

"你等着吧!我已经想好了,"大鼻鼠不露声色地说,"咱们可以做一次新的试验。"

正在这时，只见一群人慌慌张张地往这边跑。

"出了什么事？"哈克紧张地问。

"红鼻头大盗在前面抢劫商店呢！"

"好小子，这回一定得抓住他！"哈克雄赳赳地冲过去，蓦地，又停下来问，"那强盗带狮虎兽了吗？"

"他叫那狮虎兽把门呢！"

"啊！"哈克一听，扭头就往回走。

"你往哪儿去？"大鼻鼠疑惑地问。

"我……我来个迂回包抄。"哈克支吾着，猛然看见红鼻头正骑在狮虎兽身上，威风凛凛地往这边走呢。

"哈！咱们又见面了！"红鼻头狞笑着拍拍狮虎兽的脑袋，"平时你活鸡活兔吃腻了，今天吃个活人尝尝鲜儿！"

狮虎兽一步步朝哈克走过来。哈克有点慌，一边拔手枪，一边胡乱说："你还是吃个瘦的吧，肥的胆固醇高！"

他砰地放了一枪，准确性太差了，子弹从狮虎兽头上三米高的地方飞了过去。狮虎兽前爪搭地，身子微微下压，眼看就要扑过来了。大鼻鼠一步蹿上来，打开玻璃瓶，把逆反肥料水向狮虎兽和哈克身上泼去。

奇怪的现象发生了。只见狮虎兽哆嗦了一下，后腿像人一样地站立起来，一下子把红鼻头摔在地上。哈克却弯下腰，两手着地，像一匹小马似的奔跑起来，"嘻嘻！从来都是老虎吃人，今天我也要吃一口虎肉！"他怪模怪样地笑着，张开大嘴，向狮虎兽冲去。

"好呀！这家伙的嘴好大！"狮虎兽的胆子像是被换掉了，吓得战战兢兢、晃晃悠悠地后退。

"嘻嘻！两条腿跑不过四条腿的！"哈克在后面挤眉弄眼地扮着鬼脸，紧紧跟在狮虎兽后面，穷追不舍。

"哈克，您饶了我吧！法律上说要保护珍稀动物！"狮虎兽边跑边回头说。

"不行！非吃你不可！"哈克在后面一路猛追，有几次，差点儿咬住了狮虎兽的屁股。

最后，狮虎兽急中生智，赶快钻进了路边的一个商店，啪的一下关上了大铁门。可是到底动作慢了一点，被哈克咬了尾巴尖。

"好险!"狮虎兽缩在角落里，汗流满面，心有余悸地喘着。

铁门外面，照相机咔咔作响，记者在给满嘴虎毛的哈克照相。连红鼻头也傻呵呵地愣在那里，直到哈克用手枪对准了他，他才恍然大悟。红鼻头拔腿想跑，可已经晚了。

哈克立了大功，连电视台也来采访了。

"听说您使用了一种特殊的肥料水，能否给观众介绍一下这种宝贵药水的制作方法及用途?"

"这⋯⋯"哈克脸红了。唉! 当初他和大鼻鼠要是对戴眼镜的青年不冷嘲热讽怎么会毁掉这伟大的发明呢!

哈克和大鼻鼠全传

吸金石

哈克穿着笔挺的警察制服，雄赳赳地走上了领奖台。由于哈克在大鼻鼠的配合下屡立战功，市长决定授予他一枚金质勋章，授予大鼻鼠一只巧克力做的猫。

鼓乐声中，市长满面春风，把亮闪闪的勋章戴在他的脖子上："祝贺你，哈克。"下面掌声雷动。

突然，哈克感觉头顶上有个小东西在飞。他仰起脸来，哦，是架蓝色的小直升机。

"嗡！嗡！"小飞机一下子降低了高度，停在哈克脑门儿上，就像有一股无形的力量把那枚金质奖章吸了上去，一直吸进机身下面一个圆洞里。

"啊！我的勋章！"哈克的话还没喊完，小直升机已向上盘旋。勋章的带子还拴在哈克的脖子上，竟然把哈克也带离地面一尺多高。全场的人都惊呆了。

"哈克，咬断带子！"大鼻鼠在下面大喊。

哈克本能地张开了嘴。可咬断带子，金奖章就没了，哈克这辈子才得这一枚呀！哈克真舍不得，他急中生智，使劲伸长脖子，扑哧一口咬住了飞机。谁会想到，紧急关头，哈克的牙齿会这么厉害，咔吧一声把飞机尾巴咬下来了，断成了两段的直升机同他一起跌在地上，只剩下一个螺旋桨，盘旋着，一头扎到云彩里去了。

哈克从地上爬了起来，金质勋章还戴在他的脖子上，安然无恙。

"咦，这上边还粘了块什么东西?"大鼻鼠问。

金质奖章上粘块灰色的东西，像是块石头。哈克掰下来一松手，它噗地又吸到金奖章上。哈克生气了，使劲抠下来扔出老远。

"你这个傻瓜!"大鼻鼠埋怨他一句，急忙追过去。还没等他赶到，灰石头已斜飞起来一直飞进旁边坐着的一个中年妇女的嘴里。

"啊! 你用石头砸我?!"中年妇女向大鼻鼠瞪起了眼睛。她的嘴张得大大的，镶着金牙，灰石头正吸在金牙上。

"是石头自己吸上去的!"大鼻鼠咧嘴笑笑说，"我猜想，这是块新奇的吸金石。"

哈克也走过来了，手里拿着裂成两半的飞机，皱着眉头说:"有人追上来了!"

大鼻鼠忙问:"是不是吸金石的主人?"

"不，是丢金币的人，这架小飞机在来会场之前，先在服装商店里转了一圈，把那里的金币全吸走了!"哈克说着从飞机肚子里倒出了一小堆金币。

事情很明显，有人发明了吸金石，并把它放在小飞机里开始到处窃取金子。

"你认为怎样才能抓住偷窃金币的幕后人?"大鼻鼠问。

哈克听出大鼻鼠故意要考他，顿时被刺激了，回到家，他把自己锁在屋子里冥思苦想。

哈克喝了十几杯茶水，又用冷水冲了二十次头。天亮时，他眼圈黑黑地冲了出来，一见大鼻鼠，就得意洋洋地说:"不入虎穴，焉得虎子，这话有道理吧!"

"太有道理了，办法想出来没有?"大鼻鼠又问。

"早想出来了，"哈克马上接上去，"你溜进保险公司躲在金奖杯里，杯子一被吸走，你自然也跟着去了，人比窃听器可灵多了!"

大鼻鼠张大嘴说不出话来，他万没想到，哈克居然也想出了这么聪明的主意。

"其实，我比你更想去呢，只是我身体太大，哪儿找这么大的金奖杯去呀！"瞧，哈克也会说便宜话气人了。

保险公司的金奖杯展览了三天都平安无事。第四天晚上，夜深人静，天窗的玻璃砰的一声被敲碎了。埋伏的警察还没有反应过来，金奖杯已呼的一声被吸上了房顶。等警察跑到院子里，只见一架像写字台那么大的直升机消失在漆黑的夜空里了。

驾驶飞机的是皮特博士，他正洋洋得意，神不知鬼不觉就把金奖杯偷来了。可他一点也不知道，大鼻鼠就躲在这金灿灿的奖杯里呢。

飞机降落在一个废弃的花园里，皮特博士把吸金石留在飞机里，把飞机推到一丛灌木下面，用杂草伪装好。然后抱起金奖杯，穿过几堵断墙，来到一个角落。他掀起一块石板，下面是地道，沿着石阶走下去，是一个地下室，里面真是富丽堂皇。箱子里、柜子上、地上，到处都是亮闪闪的金币、金首饰、金项链。

"哈！我发财了，我会成为世界上最富有的人。"皮特博士狂笑着，把金奖杯放在桌子上，"我要痛痛快快地庆贺一番！"他从食品柜里拿出啤酒、烧鸡、香肠，大吃大喝起来，嚼得鸡骨头咯吱咯吱地响。蓦地，他听到一种轻微的咂吧嘴的声音，原来是大鼻鼠闻到了那股香喷喷的味，馋得不由自主地在金杯里咂吧起嘴来。

"什么声音？"皮特警惕地四下张望。

"咚！"大鼻鼠把一粒小石子扔到墙角。皮特马上循声冲过去，趁这工夫，大鼻鼠把尾巴甩出去，灵巧地卷起一条鸡大腿，拖到金杯里。他又甩出尾巴，想卷起啤酒杯，可惜杯子太重了，只好遗憾地用尾巴使劲蘸了一下，飞快地缩回去。行，这回酒菜全有了。

"简直撞见鬼了！"皮特嘟囔着回到桌边。忽然，他发现金奖杯边沿露出个圆鼓鼓、肉乎乎的东西——这是大鼻鼠的大鼻头，因为鸡大腿占的地方太多，把大鼻鼠的鼻头给挤出来了。

"闹了半天是你在捣鬼！"皮特博士一把抓出大鼻鼠举到眼前冷笑着，"没想到吧，大侦探家先生，你也会落到我手里！"

"那不是你的本事，是我自己送上门来的！"大鼻鼠笑嘻嘻地一耸肩。

"听说你这鼻头能闻出七百万种味？"皮特贪婪地问。

大鼻鼠眨眨眼说："哪里，您太高抬了，比你那吸金石差远了！"

皮特吓了一跳："你也知道我有吸金石？"

"并且知道你利用吸金石干坏事。我劝你快去自首吧！"

"不行，我得赶快把吸金石藏起来！"皮特慌忙自言自语，"可是藏哪儿呢？"他急得火烧火燎地直跳脚。

"藏在哪儿也没用，我这鼻子都能闻出来。"大鼻鼠狡黠地眨眨眼睛说，"我倒有一个最保险的办法，你把吸金石吞到肚子里。"

"妙极了！"皮特高兴的大叫起来，"这样谁也偷不去，而且我到哪儿，金币都会吸到我的肚皮上。你真聪明！不过……"他把大鼻鼠塞进金奖杯，放进箱子，哗啦一声锁上，"我想，用不了两天，你就会饿死的！"皮特兴冲冲地跑了出去。

幸亏大鼻鼠在金奖杯里还放了个超小型发报机，他抹着大鼻头上的汗珠，飞快地发起报来。

哈克开着警车来了，把大鼻鼠从箱子里救了出来。他十分抱歉地对大鼻鼠说："那家伙太狡猾，我们一包围这座废墟，他就开着直升机跑了。"

"放心！他早上了我的圈套了！"大鼻鼠咧嘴笑笑。

大鼻鼠和哈克又紧张地忙碌起来。这会儿，他们成了造金匠，把地下室里缴获的金块熔化了，包在一个巨大的铁球上。这铁球真够大的，足足有八百公斤！然后他们把它推到院子里，金光灿灿。

"报告！"一个男孩急匆匆跑来告诉他们，珠宝店发生了一起怪事，一个穿黑大衣的人刚一进门，许多金戒指便朝他飞了过去。

"报告！"一个女孩跑来说，"那个穿黑大衣的人走进钟表店，里面的金壳手表都不见了！"

"快，把大金球推到街上去！"大鼻鼠急忙说。

"骨碌碌，骨碌碌！"他们推着大球在街上走，多好看呀，所有的人都出来看了，看得眼都直了。推到十字路口，人群中起了骚动，一个戴墨镜、穿灰大褂的男人身不由己地向前猛冲，噗的一下被吸在金球上。

"皮特先生，久违了！"大鼻鼠笑嘻嘻地给他摘掉墨镜。正是皮特，他虽然伪装得特别隐蔽，但他吞到肚子里的吸金石却轻而易举地暴露了他，铁球太重，吸金石反被吸过来了。哈克脱下皮特的大褂，他的肚皮上还贴着不少金戒指和金壳手表呢，人赃俱获。

"你的办法真妙！"哈克不由得称赞一句。

"我用的是相对论原理！"大鼻鼠吹起来了。

"可他吞进的吸金石怎么出来呢？"哈克指着皮特博士。

"这得运用我的医学知识！"大鼻鼠笑着说，"等他服刑期满了，只要吃两粒泻药！"

就这样，皮特被判了二十年徒刑，他得抱着大铁球走来走去。直到刑期期满了，才给他吃了泻药。

吸金石被取出来了，送给了地质勘探队。这也是大鼻鼠的主意，用这吸金石可以在矿山找金矿、在海底找金沙呢！

哈克和大鼻鼠全传

太空囚车

小黑玻璃马

一艘巨大的豪华游船在蔚蓝的大海上航行。所有的乘客都聚集到甲板上来了，个个都翘首踮脚，睁大眼睛瞭望前方——一个突兀的海岛。岛上怪石嶙峋，树木丛生，但吸引人们目光的，不是这些奇石怪树，而是岛中央洼地里一片银白色的光。

"是银子吧？准有一座银山！"

"像是钻石，哈！这回可要发财了！"

乘客都兴奋地议论着。离他们稍远一点的地方，站着两位与众不同的先生。一位肚子圆圆的像个球，厚嘴唇，大眼睛，穿着一身警服，全副武装，一脸威严，这就是有名的刑警哈克。站在他旁边的是一只漂亮的老鼠，鼻头硕大，像一枚熟透了的香白杏挂在脸上。可不要小瞧这只鼻子，凭着它，他能闻出世界上所有的味道，要不怎么能当上超级侦探呢！

"大鼻鼠，你认为岛上是什么东西呢？"哈克一边用望远镜张望，一边问。

大鼻鼠吸溜着鼻子，随随便便地说："既不是银子的味道也不是钻石的味道，这种味儿很特殊，我们在地球上还没闻到过，我们上岛看看就知道了。"

游船终于靠近海岛了。乘客们跳上小艇向岛边驶去。他们跳上岛边的巨石，向洼地里一看，个个面孔惊愕，神色黯然——许多银白色的破碎金属块散乱在碎石里，中间是个巨大的半圆形的断裂的金属球，宛如扣在地上的一顶银白色的破草帽。

"飞碟！是坠毁的飞碟！"人们一下子都明白了，这是一个从太空坠落下来的飞碟。

"快来看！飞碟舱里还有东西呢！"一位戴金丝眼镜的男人大声喊。立刻有几个人拥上去，七手八脚拖出来一个银白色的小铁箱子，箱子上写着一行谁也看不懂的字。

人们把箱子装上了快艇，运到了游船上。箱子放在大厅里，一群人围着，研究着怎样打开它。大家都想看看里面装的是什么。大鼻鼠则在自己的屋里忙乱地翻阅一本大字典，摇头晃脑地捉摸着箱子上古怪的文字，嘴里咯吱咯吱地嚼着巧克力豆。

哈克在旁边看得直淌口水，他虽然肚子挺大，胃口好，可脑细胞少，所以动脑子的事全得靠大鼻鼠。哈克不得不准备足够的巧克力供大鼻鼠享用，因为大鼻鼠一想问题就得猛吃巧克力，否则就说想不出来。哈克始终也弄不明白，巧克力和动脑筋有什么关系。

哈克皱着眉头问："怎么查了这么半天，还没翻译出来？"

"你哪知道，翻译外星人的话，比密电码还难。"大鼻鼠假装愁眉苦脸地说，心里却在暗暗发笑，"这巧克力豆味道不错，还带点奶酪味儿，等我多吃几粒，再把话翻译过来。"

大鼻鼠向字典上瞟了一眼，突然他像火烧屁股似的跳起来大叫："不好！太空囚车！"

"什么？"哈克怔怔地问。

大鼻鼠说："箱子上写的字是'太空囚车，容量15'，里面一定关的是宇宙大盗，快去大厅！"大鼻鼠抓起微型激光枪冲了出去，哈克也端枪紧紧跟在他后面。

大厅里，吱啦吱啦的电锯声，戴金丝眼镜的先生已经把箱子盖锯开了。

"不要打开，这是太空囚车，里面有宇宙大盗!"大鼻鼠冲进门喊。

"卧倒!"哈克也跟在后面威严地吆喝。

大厅里的人哗的一下全卧倒在地上了，静静的没有一点声音。人们连大气也不敢喘，半掩的箱子一动不动。

大鼻鼠用激光枪瞄准箱子，慢慢地匍匐前进，哈克也撅着屁股紧随其后，他肚子太圆，趴在地上像个大皮球。大鼻鼠猛地蹿起来，扑到箱子上，"不许动!"他喊着，突然眼睛里露出了惊奇的光，"咦? 这是怎么回事?"他眼睛睁大了一圈，举起的手枪也垂了下来。箱子里根本没有什么宇宙大盗，只装着一匹小巧玲珑的黑玻璃马，光溜溜，黑亮亮，闪着耀眼的光泽，真像一个漂亮精美的工艺品。

"这就是你们的宇宙大盗?""金丝眼镜"跳过来，一把抓起小玻璃马，微笑地问大鼻鼠和哈克。

哈克的脸涨红了，他埋怨大鼻鼠:"你是怎么搞的?"

大鼻鼠迷惑地眯缝起眼睛，自言自语:"难道是我翻译错了? 不会的!"

"还不会呢!"哈克一想到刚才让他白吃了那么多巧克力豆，心里就更有气了，他气鼓鼓地说，"这么漂亮的小马要成了宇宙大盗，那我该成个宇宙魔王了!"说着气哼哼地丢下大鼻鼠，回自己房间去了。

漂亮的小玻璃马被放在大厅的一张桌子上展览了三天。前两天，来往的人络绎不绝，到了第三天，人渐渐地少了，经常是小黑玻璃马孤独地静静地立在大厅的桌子上，只有一位金发女郎的小白狮子狗时不时到大厅来转几圈，这儿离厨房近，趁那胖厨师不注意时，它可以偶尔叼一两块骨头啃。

晚饭前，人们都到游船的甲板上去散步了，小白狮子狗又耸着鼻头溜进了大厅，它闻到了一股挺香的烤肉味。只可惜，厨房的那扇门关得紧紧的，馋得它只能冲着门缝摇尾巴。它回过头去，看见了立在桌子上的那匹小黑玻璃马。

小白狮子狗一下子蹦到桌子上，看到这小玻璃马和自己一般大小，身上闪着黝黑的光泽，两只大眼睛亮晶晶地对着自己，它觉得很有趣，便用舌头去舔它，一下一下地舔它的脑门儿、鼻头、嘴，凉丝丝的，可小黑玻璃马还是一动不动。小狮子狗有些恼了：这位伙伴太不好玩了！于是它开始用爪子抓小马的腿，搔小马的肚皮——那是光亮亮、乌黑黑的玻璃体，突然，小狮子狗的爪尖触到一个小塞子，那也是黑玻璃做的，和周围肚皮的颜色一模一样，用眼睛是绝对看不出来的。小狮子狗的爪尖使劲一扒，"噗！"玻璃塞子被启开了，里面发出了一阵咝咝的响声，接着，一个粉红色的亮点儿飞了出来，小玻璃塞子啪的一声又自动塞在小黑玻璃马的肚皮上了。

那粉红色的小亮点无声无息地在空中飞着，像萤火虫那样慢悠悠、轻飘飘，盘旋了几圈，最后，轻轻地向小狮子狗飘来。小狮子狗以为是一件好玩的东西，昂起头，跳起来，用爪子扑着，"咝咝咝——"小粉点儿似乎发出了瘆人的冷笑，灵巧地打了个转儿，钻进了小狮子狗的耳朵里。

粉红色的小亮点儿

粉红色的亮点儿钻进小狮子狗的耳朵里。小白狮子狗立刻像触了电一样，浑身剧烈地颤抖着，喉咙里发出可怜的哀鸣。接着，它像冻僵了似的定在那里，一动不动。过了一会儿，小白狮子狗的眼里闪出一种绿幽幽的光，像狼的眼睛一样令人恐惧；嘴里显露的不是像往常那样卷动着的顽顽皮的舌头，而是龇着锋利的牙齿，透着狰狞；那轻捷的四肢也不是讨人喜爱的跑动，而是凶猛地向前张开，就像扑向猎物的猛兽。先前那种顽皮可爱的样子在它身上一点也看不见了，有的只是一种疯狂和贪婪。

此时，外面甲板上正发生着一场骚乱，麻烦是那位戴金丝眼镜的男人惹出来的。他用铁锚一样的钩子和缆绳般的粗线从船边垂到海里钓鲨鱼，然而钓上来的却是一条罕见的大章鱼。巨大的章鱼像在船头拱起了一座肉山，脸盆似的眼珠大得吓人，十几条粗蟒蛇似的足腕向人们伸过来。大鼻鼠和哈克带领男人们举起铁棍、斧子阻止章鱼巨腕的进攻。

"妈呀！"金发女郎吓得尖声叫了起来，她忽然想起了自己的小狮子狗，

"我的小狮子狗呢？可别叫章鱼吃了！"这位太太多么疼爱她的狮子狗呀，这么危险还想着它。正在这时，小白狮子狗大摇大摆地走了出来，"乖乖，快躲起来！"金发女郎习惯地用穿着高跟鞋的脚推推小狮子狗的肚皮。突然，咔嚓一声，她发现自己的鞋跟被咬掉了。幸亏她的鞋跟有两寸多长，否则她的脚就没了。

小白狮子狗凶狠地嚼着鞋跟，仰着头，龇着牙齿，贪婪地望着女人的喉咙，眼里闪着幽绿的邪恶的光。女人被吓晕了，瘫倒在地上。小白狮子狗慢慢地逼近她，张开的大嘴离女人的脖颈只有一寸远了。猛地，一条巨大的足腕卷起了小白狮子狗，那条章鱼发现了可口的猎物，已经先下手了，长长的足腕卷着小白狗在空中晃着，慢慢地送到了张开的嘴边。

下面的景象简直令人惊诧万分，不是大章鱼吃狗，而是小狮子狗吃章鱼！小白狮子狗像割肉机一样，把大章鱼的嘴豁开了，紫色的血和乌黑的墨汁像泉水一样喷涌出来。人们看到一个凶恶的小怪物在"肉山"上大啃大嚼。

"快！快把它们都推到海里！"大鼻鼠猛然大喊。人们一下子醒悟了，赶快用铁棍使劲拨，轰隆一声，大章鱼的尸体从船头滑到海里，但那凶恶的小白狮子狗却灵巧地一跳，稳稳地落到甲板上，嘴角淌着血，贪婪地向人们逼来。人们把斧头、棍子砍过去，"咔嚓、咔嚓！"斧头和铁棍在小白狮子狗的嘴里发出极响的断裂声。它的牙齿竟然坚硬得像金刚石，咬起铁棍来像嚼甘蔗一样。人们都吓得脸色苍白，纷纷退缩了。

"看来只有使用激光枪了。"大鼻鼠终于从腰里拔出了微型手枪，对准了小白狮子狗，只要大鼻鼠一开火，它就要化为灰烬了。

大鼻鼠按动了扳机，"噗噗！"两束光线射了出去，小白狮子狗的身体立刻变成了一团白色的烟雾，慢慢扩散开来，化成一些细小的烟尘散落在甲板上，在散乱的烟尘中，飘起了一个粉红色的小亮点儿，一下子升到空中，飘飘悠悠，突然打了个旋儿，朝着厨房飞去。

厨房里，胖厨师正在忙碌着。他是个快活、善良的人，工作认真极啦，整个下午，他一直在精心地准备晚餐，一点也不知道外面发生了什么事情。

此刻，胖厨师一边哼着曲子，一边把一盘盘的烤鸡放进手推车里。他马上就要把这些美味佳肴送到甲板上的露天餐厅里。一想到旅客们能靠在藤椅上，喝着美酒，吃着烤鸡，欣赏着蓝天、大海，胖厨师兴奋得眼睛都放光了。突然，他看见了另一个放光的东西，那是个粉红色的小亮点儿，在他头顶上飘着。

"你是益虫，还是害虫？"胖厨师仰着脸看着粉红色的小亮点儿问，"是害虫就打死你，是益虫就交个朋友！"瞧瞧，这胖厨师的心肠多好，他看见小亮点儿朝自己耳边飞来，便踮起脚来，歪着脖子，把耳朵凑上去，自言自语，"噢，它这是想和我聊天呢！"

"嗡！"粉红色的小亮点儿一头扎进了胖厨师的耳朵。

大鼻鼠急匆匆地追着粉红色的小亮点儿冲进厨房，看见胖厨师像木偶人一样一动不动地立在那儿。

"你怎么了？"大鼻鼠感觉有点不妙。

胖厨师的眼睛里放出绿幽幽的可怕的光来，他怔怔地瞪着大鼻鼠，突然怪笑道："嘻嘻，一条烤鱼，香喷喷的烤鱼！"

"在哪儿？"大鼻鼠四下张望。

"这不是？"胖厨师已经抓起了大鼻鼠的尾巴，嘴巴里淌着口水。

"糟啦！他把我当成烤鱼了，一定是疯了！"大鼻鼠惊讶地想。他发现胖厨师的眼光和那小白狮子狗一样，他明白了，这一定是粉红色的亮点在作怪。

大鼻鼠猛一使劲，把尾巴挣脱了，一下子冲了出去，边跑边喊："大家快躲开！胖厨师和小白狮子狗一样，得了怪病，也要吃人啦！"人们都四散躲开，哈克藏在一张椅子后面，看见大鼻鼠被追得气喘吁吁、狼狈不堪，他心想："平时老是自己出丑，这回也该让大鼻鼠出出丑了。反正他吃过那么多巧克力，有的是劲儿，等他跑不动时，再去帮助他！"这么想着，他美滋滋地坐在椅子后面的甲板上。他一点儿也没注意到，自己圆圆的肚皮已经暴露出去了。

"这是什么？"追大鼻鼠的胖厨师停住了脚步，发现了椅子后面有个圆鼓鼓的东西。哈克急忙爬了起来，一眼就看见了胖厨师贪婪的大嘴。

"哈！一只烤猪，一只肥胖的烤猪！"胖厨师眼露凶光、淌着口水大叫。

"瞧清楚点，我是刑警哈克！"

"烤猪，冒着油的香喷喷的烤猪！"看来胖厨师已经完全丧失了理智，哈克只好拔腿就跑。

他们兜着圈子，从船头跑到船尾，从三层甲板跑到船下走廊，哈克累得都快喘不过气来了。别看哈克笨，但关键时刻逼得他急中生智也能冒出些办法。他灵机一动，猛一拐弯，钻进旁边的一间酒窖里，把门啪地关上，锁上大锁。这回他放心了，那张大嘴从哪儿也进不来了。

"咔嚓，咔嚓！"门外传来了响声，接着，厚厚的硬木门出现了一个小洞。天哪！那张大嘴能咬木头！哈克脖子上冒出了冷汗。他这回可一点退路也没有了，只能坐在酒桶上，等着那张大嘴进来。

"嘻嘻，这饼干味道还好。"胖厨师把木门当成了饼干，一块一块地啃着，把整扇门都快吃光了。他和哈克就快面对面了。一看那白晃晃的牙齿，哈克吓得魂都快没了，他胡乱地抓起帽子扔过去，说："给你烙饼吃！"

"嗯，烙饼！"胖厨师津津有味地嚼着。

"给你面包、豆腐片……"哈克把自己的鞋子、上衣全扔了过去。他这时只剩下裤衩和一把激光枪了。他有枪，可不能放，因为胖厨师是好人，他只不过是被魔鬼迷住了，哈克对他不能像对待小白狮子狗那样……

哈克准备做出牺牲了，他对自己说："与其这么死，还不如喝点酒再死！"酒！哈克眼睛一亮，刚才他怎么没想到这些大酒桶呢。那么多，足够胖厨师的大嘴喝上半天的，到时候大鼻鼠也会找到这儿来救他的。

哈克抱起一个大酒桶，打开盖子，朝着胖厨师劈头扔过去。"咕嘟嘟——"红葡萄酒倒进了胖厨师的大嘴里。哈克又扔过去一桶……胖厨师已躺在地上打起呼噜来，这个吃人的怪物被灌醉了。

哈克蹑手蹑脚地迈过胖厨师的身体，他发现胖厨师的屁股上插着两根麻醉针头。再一抬眼，发现大鼻鼠正笑眯眯地站在门外边，手里提着把麻醉枪。

"他是我用酒灌醉的!"哈克忙说。

"当然,当然。"大鼻鼠眯缝着眼睛。

"你的麻醉枪也起了点作用!"哈克不好意思地补充。

"咱们得赶快把胖厨师与外人隔绝起来,否则那小怪物又会飞出来害人的。"大鼻鼠紧张地说。

胖厨师被放在一个封闭的玻璃柜里,他已经被注射了足够的麻醉剂,五天之内不会醒来。人们看见那个粉红色的小亮点儿从他耳朵里钻出来,在玻璃柜里飞旋了几圈,撞不出去,又飞回胖厨师的耳朵里。

大鼻鼠和哈克呢,一面在想着消灭粉红色小亮点的办法,一面又紧紧地盯住大厅里的小黑玻璃马。大鼻鼠断定,粉红色的小亮点是从小黑玻璃马里飞出来的,说不定还会飞出别的。箱子上的字写得明白:太空囚车里一共关了十五个囚犯。粉红色的小亮点是第一个,那么第二个是什么呢?

金属魔鬼

傍晚,在游船的大厅里,哈克和大鼻鼠警惕地监视着小黑玻璃马。尤其是哈克,眼珠瞪得圆圆的,激光枪紧握在手里。而小黑玻璃马一动不动,闪着乌黑的光。

哈克终于坚持不住了,他有点泄气地问:"你有点神经过敏了吧?也许那粉红色的小亮点跟这马一点关系都没有。"

"但愿如此……"大鼻鼠心绪不安地说。他开始仔细察看小黑玻璃马的眼睛、鼻子、耳朵,没有一点特异之处,连个小洞也没有。他用手枪敲敲马头,发出咚咚的清脆的响声。

"你留神不要把玻璃敲碎!"哈克提醒他。

大鼻鼠灵机一动,思索着说:"这玻璃要是能敲碎的话,肯定关不住大盗。"

"我来试试!"哈克举起一把大斧子狠命地向小黑玻璃马砸去。

"吭——"斧子反弹回来,都快把哈克震晕了,小玻璃马却完整无损,连一点裂痕都没有。毫无疑问，这不是普通的玻璃。

"看来我们得二十四小时昼夜监视了，你值前半夜，我值后半夜。"大鼻鼠说着，先回去休息了。

大厅里只剩下哈克。他溜来溜去，觉得有点无聊，总想找点什么好玩的东西。别看哈克是警察，他也特别喜欢玩。平时，他最喜欢去儿童游乐场巡逻，趁没人看见的时候，猛玩水蚰滑梯和转椅，而这里，既没有滑梯，也没有转椅。哈克转着眼珠扫视空荡荡的大厅，他的目光停在小黑玻璃马上，何不骑骑小玻璃马玩呢？可以一边玩一边看着，它绝对跑不了。哈克觉得自己这个主意妙极了！他爬上桌子，跨到小玻璃马背上。"哧溜！"小马背特别滑，一下子把哈克从桌子上滑下来了，重重地摔在地上，疼得他龇牙咧嘴。这次，哈克决定把小黑玻璃马倒过来骑，当成摇船玩，这样绝对摔不了。

"这样聪明的办法，只有哈克才能想得出来！"他沾沾自喜地表扬自己，一面搬起小玻璃马翻转过来，无意中他的手触到了一个小塞子。

"这是什么？"哈克连想都不想，使劲一抠，一个塞子被他抠下来。"呼！"一股黑色的烟雾从小洞里喷了出来，塞子又噗地盖上了。烟雾弥漫到空中，化成一个巨大的丑恶的魔鬼形。还没等哈克从惊愕中醒悟过来，那黑色的烟雾似乎冷却了、凝固了，变成结结实实的固体。那是一个铁青色的、面目狰狞、张牙舞爪的金属魔鬼。

"你是谁？"哈克哆哆嗦嗦地问。

"宇宙机器魔！"金属魔鬼的声音都带着一股阴森的冷气，"是你把我从这万恶的囚牢中放出来的，"他指着黑色的小玻璃马，"所以，我要好好感谢你，满足你一个要求！"

哈克稍微缓过点气来。他想："这家伙虽丑得要命，心肠还不错，瞧，他还要感谢我！我要什么呢？"

他这样想着，嘴里谦虚地说："我没有什么要求……"

"不，我一定要满足你一个要求，一个死的要求！看见我的人都不能活！"金属魔鬼狰狞地笑着。

"死的要求？"哈克都快吓昏了。他可不想死。

"快说，你想怎么死法，是化成灰，化成水，还是化成烟……"金属魔鬼似乎不耐烦了。

"我……我……我想……"哈克结巴着，"我想……老着死！"哈克做梦也不会料到自己会想出这么巧妙的办法来，他断定这一定不是自己动用脑细胞想出来的，而是被吓出来的。他又大声叫着："我想活一千岁再死！"

"好极啦！"魔鬼的金属牙齿闪着可怕的光。他手里握着一个亮亮的小盒子，大概是时光机之类的玩意儿，魔鬼旋转盒上的一个电钮，哈克马上像陀螺一样飞速地旋转起来。再停下来时，他已经成了浑身布满皱纹的老头，脑袋像个干瘪的核桃，连眉毛都掉光了。

"你等一等！"哈克费劲地说。

"等什么？"

"等我放激光枪。"哈克说着，把手里的激光弹全打了出去。激光弹飞溅在金属魔鬼身上，被反弹到四面八方。

"哈哈！这样的破枪，连玩具枪都不如！"金属魔鬼狞笑着向哈克逼近，哈克腿软得都要跌倒了，他的手不由自主地按住了身后的一个柔软的东西——那是小黑玻璃马的耳朵。

奇怪，这小玻璃马的耳朵不知道什么时候变软了，更奇怪的是，巨大的金属魔鬼看见哈克按着小玻璃马的耳朵，突然变得异常惊慌起来，喊着："不！不！请不要动！"

"不要动什么？"哈克不解地问。

"不要动那玻璃马的耳朵！"金属魔鬼眼里充满了恐惧，他的声音突然变得甜甜的，"只要你不动那马耳朵，我可以为你做一切事情！"

"你能够做什么呢？"

"我可以摧毁一座城市，可以一分钟内屠杀一百万人，可以制造地震、海啸、火山爆发……"魔鬼喋喋不休地说。

哈克听得鼻子都快气歪了："你会不会干好事？"

"我……不会，我的主人把我制造出来就是专干坏事的！"金属魔鬼说。

哈克不再犹豫了，他猛一揪小玻璃马的耳朵。小玻璃马呆滞的目光突然亮了起来，射出了两道异样的五彩光，这光竟像彩绸一样，转弯绕过了哈克，直向金属魔鬼飞去。金属魔鬼哀鸣着像烟雾一样消失了。

哈克又恢复了原状。

哈克怔怔地站在那里，过了好一会儿才醒悟过来。大厅里静静的，小黑玻璃马一动不动地立在那儿，眼睛仍旧是呆滞的、毫无光泽的。哈克又伸手去揪那马的耳朵，奇怪，那耳朵又变得硬硬的了。

"真怪！"哈克自语着，"只有宇宙大盗出来，这小黑玻璃马才能发射武器，平时怎么揪也不灵。看来，这太空囚车真不错，还有防止犯人逃跑的设备！"哈克的手痒痒的，他想再揪一下柔软的马耳朵，看小黑马眼睛放射光波，可那又得放出另一个宇宙大盗。这可是件极危险的事，万一要是来不及揪马耳朵，就被跑出来的恶魔吃了，那可不得了。

"我可以一手先揪住小玻璃马的耳朵，另一只手再去抠马肚子上的小塞子，这叫有备无患。"哈克这么想着，咧着嘴乐了。他摆好架势，轻轻一抠，小黑玻璃马肚皮上的塞子被掀开了。"突突，突突！"冒出一串小泡泡似的黑雾，像在空中浮动的一个个小珠子，眨眼间，这些小黑珠子连成一串落在地上，胀大了，变成一条蜈蚣似的金属大虫，伸出来的每一只足脚上都拿着一把古怪的武器，乱纷纷地挥舞着，弄得哈克眼花缭乱，魂儿都快吓出来了。他连忙一揪马耳朵，小马的眼睛里闪着两道白光，那怪物立刻消失得无影无踪。哈克抹着脸上的冷汗，心怦怦乱蹦。

他一点也没注意到，大厅的一扇窗子后面，一双眼睛正贼溜溜地盯着他，那双眼睛把前前后后发生的一切事情都看到了，那双眼里闪过惊恐、喜悦、邪恶。

哈克不敢再玩这小黑玻璃马了，他想马上去告诉大鼻鼠，让他用揪耳朵的方法，把太空囚车里的其余的宇宙妖魔全消灭掉。可惜他少了个心眼，临走时，没带上小黑玻璃马……

影子大盗的布告

哈克和大鼻鼠急匆匆地赶回大厅。小黑玻璃马已经不见了，只留下了空荡荡的一张桌子。

"糟糕!"大鼻鼠捶着脑门儿说，"要是小黑玻璃马落在坏人手里，他会利用里面的太空囚犯干坏事的。"

正在这时，甲板上人声嘈杂，似乎发生了什么事情。

"我们去看看! 也许是小黑玻璃马被拿到那里去了!"哈克皱着眉头说。

甲板上，人们正围着一张奇特的布告议论纷纷，上面写着："影子大盗第一号布告：今晚十二点钟灾难将降临乘坐此船的珠宝公司经理鲁皮先生。"布告下边画着漆黑的影子。"啊! 影子大盗!"人们谈虎色变。影子大盗作过许多使人震惊的大案，作案手段凶残，行踪诡秘，据说他能像影子一样穿过任何墙壁和保险柜。现在，他又跑到这艘游船上来了? 真是可怕。

"嘻嘻，"大鼻鼠冷笑着说，"这是冒名顶替，影子大盗的气味我知道，他现在在欧洲呢!"

"那这张布告又是谁写的呢?"哈克问道。

"或许就是那偷盗小黑玻璃马的人，看来他真的要利用那些'太空囚犯'来害人了。"大鼻鼠沉吟着，"不过只要通过气味，我马上就可以找到他。"说着，大鼻鼠像一条真正的警犬一样，鼻子贴着甲板吸溜着，沿着整个甲板仔细搜索，一直走到底舱的一小间储藏室前。房门紧闭着，大鼻鼠压低了声音说："注意，就在里面。"哈克立刻拔出了激光枪，退后一步，用身体猛地把门撞开。

"不许动!"哈克和大鼻鼠一齐喊。

没有任何响声。哈克定睛一看，不由得大吃一惊：他的对面立着一座橘红色的石雕像，正怪模怪样地望着他。哈克警惕地走过去，用手枪敲击石像，发出咚咚的硬石般的声音。

"就是他?"哈克满脸狐疑地问。

"不错，就是这个东西的气味！"大鼻鼠吸溜着鼻子，十分肯定地说。

"可石像怎么会写字呢？这回你的鼻子可不灵了。"哈克讥笑地说。

"不！"大鼻鼠死死地盯着那橘红色的石雕像，突然叫道，"哈克，再细看看，看他像谁？"

哈克打量着，他的嘴惊愕地咧得老大。石像那圆圆的肚皮，光亮亮的头顶，手里拄着的拐杖……"这不是鲁皮先生吗？他怎么变成石像了？"哈克失声大叫。

"对，就是他！有人把他变成石像了！看来我们的对手很狡猾，他先逼迫鲁皮先生写了灾难降临在自己头上的布告，然后把他变成石像。"大鼻鼠冷冷一笑，接着说，"那家伙搞这套把戏，显然是想借此吓唬、威慑游船上所有的人，使大家成为他的奴隶。为了达到这个目的，他还要进一步采取行动，杀害第二个、第三个，我们来分析一下，他下一个目标是谁。"

"是谁呢？"哈克紧张地凑过来问。

"是你或者我。"

"啊！"哈克吓得腿都软了，他慌乱地问，"也把咱们变成石头？也不能吃饭、不能喝水了？用手枪一敲脑瓜也是咚咚的啊？"

"对，你说得对极啦！"大鼻鼠笑着说。

"你别吓唬我了！"哈克脸色煞白。

"不是吓唬你，只有除掉咱们，那家伙才可以为所欲为。"大鼻鼠一本正经地说。

"那……我们……是不是先到岸上休两天假，吃得饱饱的再来变石头。"哈克结结巴巴地建议。

这时，一股淡淡的油墨味飘了过来，大鼻鼠吸溜了一下鼻子，故作轻松地说："又是一股油墨味儿，说不定处决咱们的布告也贴出来了呢！"他们匆匆离开了储藏室。越往上走，那股油墨味越浓，哈克也闻到了。他发现，油墨味居然是从他们的房间里飘出来的。

哈克和大鼻鼠冲进去，正对门口的桌子上摊着一张墨迹未干的布告："影子大盗第二号通告：今夜十二点钟灾难将降临到侦探大鼻鼠及刑警哈克头上。"布告的下角，也画了个漆黑的影子。

"完了！"哈克一屁股坐在床上，"现在看来只能先变成石头像，然后再去休假了。"

大鼻鼠却精神抖擞地说："比我预料的还要快，这下咱们可以大干一场了！"他说着又仔细地闻了一下那布告上的油墨，连声说，"好香好香！"

门外有慌乱的脚步声，哈克的心立刻蹦到嗓子眼儿了，他掏出了激光枪，趴在地上，瞄准门口，决定先下手为强。可一看跑进来的人，他顿时松了口气，不好意思地爬起来，假装说："这掉在地上的针真不好捡。"

进来的是戴金丝眼镜的男人，满脸惊慌地哆嗦着："可怕！太可怕了！"

"慌什么？有我在呢！"哈克故意大声训斥。

"你们看！这是影子大盗宣判我的布告！""金丝眼镜"急得喘不过气来，一边把手里的布告丢在桌子上。

大鼻鼠笑着说："我们这儿也有一张呢！"

哈克马上跟着说："这次有了伴儿了，我们三个可以一块变成石像了！"

"金丝眼镜"怔了一下，颇为失望地说，"我原来指望你们能保护我呢！这下不行了，唉！反正咱们都要完了，临死前应该好好享受一顿！"

"你说得对！临死前也要做个饱死鬼！"哈克一边回答，一边打开冰箱，拿出一盘熏鱼。

"我这儿还有酒呢！""金丝眼镜"从自己口袋里取出一瓶红葡萄酒。

"我早闻到了，你是专门给我们送酒来的，对吗？"大鼻鼠脸上带着狡猾的笑。

"金丝眼镜"打开了封着火漆的酒瓶，斟满三杯红葡萄酒，浓郁的酒香飘散而来。哈克咂吧着湿湿的嘴唇，刚端起酒杯。"等一等！"大鼻鼠叫道，他瞟了"金丝眼镜"一眼，夺过哈克手中的酒杯，举到灯下说："这酒里好像有个小虫！"

"不会吧！瓶口是密封的！""金丝眼镜"似乎有些慌乱。

"那就请你喝下这一杯！"大鼻鼠盯着他。

"当然可以！""金丝眼镜"接过酒杯，满不在乎地举到嘴边。突然，他把杯子猛地一歪，满杯红葡萄酒洒在桌子上，酒里腾起一个橘红色的小虫，像是小海星一样，眨眼间就长得有脸盆那么大，五只脚直立着，从中间的嘴里喷出一股橘红色的液体。

"闪开！"大鼻鼠大叫，哈克忙把身子一偏。橘红色的液体喷到窗台上的一盆月季花上，刹那间，翠绿的枝叶和粉色的花朵全变成了橘红色的化石。

"嗖嗖！"哈克和大鼻鼠同时开火。激光弹向怪物射击，把它切割成无数个小碎块，但这些碎块很快又聚拢在一起，恢复成原来怪物的形状。激光弹又一次射过来，怪物似乎有些畏惧，迅速缩成一小团，像幻影一样消失了。

"不要让它跑掉！"大鼻鼠紧张地吸溜着鼻子，猛地把激光枪对准柜子里的橘子水发射，橘子水瓶裂得粉碎，那橘红色的小虫在碎片中闪烁了一下，又消失了。

"不好！它又转移到冰箱中的啤酒里去了！"大鼻鼠慌忙叫。他和哈克用激光枪几乎把房间里所有盛液体的杯子全打碎了，然而这怪物似乎转移得比枪还快，眨眼间，它又钻到隔壁房间的牛奶杯里。一个小女孩正要举起杯子喝牛奶，大鼻鼠破门而入，夺下了杯子。他急切地吩咐哈克："马上通告全船人员，在没有消灭这个怪物之前，不能饮用任何液体！"

哈克冲了出去，大鼻鼠猛地想起了"金丝眼镜"，可这个罪魁祸首已经溜了。

骷髅坦克

大鼻鼠估计得没有错，小黑玻璃马正落在那个"金丝眼镜"手里。那天，他路过船舱的大厅，从窗子里看见了哈克揪玻璃马耳朵的整个过程。哈克一走，"金丝眼镜"立刻悄悄溜进大厅，把小黑玻璃马拿走了。"金丝眼镜"知道自己得到了一件邪恶的宝贝，他从这"黑色的囚车"里放出了橘红色的怪海星，满以为可以威吓住整个游船上的人，没想到一开始就在大鼻鼠和哈克头上碰了钉子。趁着大鼻鼠与橘红色的怪海星纠缠的工夫，他溜回了自己的船舱。他决不甘心失败，因为他有小黑玻璃马，这里面还关着十几个凶恶的囚徒呢。现在他要放出更危险的一个魔怪来对付大鼻鼠。

"金丝眼镜"一手摸着小黑玻璃马的耳朵，一手把马肚皮上的玻璃塞子抠开。他把眼睛睁得大大的，希望看到妖魔越可怕越好。"噗——"马肚子的小洞里冒出了一股淡淡的烟雾，落到地板上，化成了人形，是个背着工具箱的小矮子，秃顶、塌鼻子、瘪嘴唇，模样虽丑陋，但并不凶恶，这使"金丝眼镜"颇有些失望。他皱着眉头问："你是太空囚徒？"

"是的，是的！"矮子瘪着嘴讪笑，用小眼珠惊慌地瞄着"金丝眼镜"的手，"请你千万不要揪那马的耳朵！"

"金丝眼镜"打量着矮子，试探着问道："你有什么魔法？你是什么样的妖怪？"

矮子摆摆小手，谦虚地笑笑："不，我不会魔法，也不是什么妖怪。"

"金丝眼镜"生气了，冷冷地说，"那我要你没用，我只好揪马耳朵了！"

"不！千万不要！"矮子惊慌地说："你听我说，我虽不是魔怪，但我却是个专门制造魔怪的工匠。"

"你能制造什么？""金丝眼镜"问。

"各种各样的都可以。"矮子得意地说。

"那你给我制造一个最厉害的！"

"请你把手离开那马耳朵一点。"矮子小心地说。他打开背在身上的工具箱，从里面取出一个豆粒大的小玩意儿，刚把它放在地上，那玩意儿立刻一点点地胀了起来，胀得有足球那么大，是个金属做的骷髅，眼睛和鼻孔、耳朵都是吓人的黑洞，脑门上面伸出个细小的炮筒。

"这是什么？""金丝眼镜"惊奇地问。

矮子咧咧嘴："骷髅坦克。它妙极啦，厉害极啦。它的两个眼洞能发射死光，摧毁一切生命；它的鼻洞能发出电波，组成光电栅栏，可以关住任何你想捉住的人；它的耳洞能发出超声波，震坏所有人的神经血管……"

"金丝眼镜"听得眼睛都放光了，他急不可待地指着骷髅脑门上的小炮筒问；"这个呢？放出的东西一定更厉害吧？"

　　矮子狡猾地转动着眼珠沉吟着，"当然，这个嘛……一会儿再告诉你，东西我给你做出来了，你也应该答应我的要求——在我离开十分钟之内，不要揪玻璃马的耳朵，请遵守诺言！"说完他灵巧地晃动了一下身子，像影子一样地突然消失了。

　　"金丝眼镜"愣愣地望着地板上一动不动的骷髅坦克，猛然想起，自己不知道怎么开动它。他怀疑自己上当了，刚要揪玻璃马耳朵，忽见头顶天花板上轻悠悠地飘下来一个小箱子——是那矮子的工具箱。箱子晃动着落到他面前。他急忙打开箱子，里面有个小巧的遥控操纵器和一个大针管，还有张纸条，上面写着："骷髅坦克需要人血做动力燃料，方可开动。从坦克的小炮筒注入血后，使用操纵器，即可发动坦克。"

　　"啊？用人血！可现在叫我到哪儿去找呢？""金丝眼镜"这才明白，矮子耍了滑头，看来太空囚车里关的确实不是好东西。现在叫他到哪儿去弄人血呢？"金丝眼镜"虽然心眼特坏，可是骨瘦如柴，他谁也打不过，看来只有先用自己的血来发动坦克了。他拿起大针管，对准自己细瘦的胳膊，咬着牙，猛地一刺。哎哟！扎到麻筋上了，疼得他几乎掉下泪来。他猛地一拉针管，一股殷红的血被抽了出来。他再用针管对准骷髅坦克的炮筒，小心翼翼地注进去，然后拿起操纵器，一按电钮，"嘟嘟！嘟嘟！"随着一阵响声，骷髅坦克转起圈子来，突然又慢慢升腾到空中，飘浮在"金丝眼镜"头顶上一米多高的地方。"金丝眼镜"向左，它也跟着向左，"金丝眼镜"往右，它也跟着往右。"金丝眼镜"乐了，他脑子里冒出了一个邪恶的念头：赶快利用坦克抓几个人来，让他们作为"天然血库"为骷髅坦克当燃料用。当然，还要找几个血型相同的为自己输点血，刚才抽了那么一大针管的血液，他感觉浑身虚弱得很，手脚都软绵绵的，嗓子眼儿也干得要命，他想喝点水，便随手抓起桌边上的水杯举到嘴边。刚要喝，蓦地吓了一跳，他看见杯子里有个橘红色的小虫，原来怪海星被大鼻鼠追得无路可逃，躲到他这儿来了。

"你想害主人！真可恶！""金丝眼镜"愤愤地把杯子里的水倒在地上，散开的一摊水里，腾起一个橘红色的大海星，猩红的嘴对准了他。

"金丝眼镜"吓坏了，忙按手中操纵器上的电钮。"突！"骷髅坦克鼻洞里射出奇异的光，像一个透明的栅栏，把橘红色的海星关在里面。海星嘴里喷出的汁液都被电光栅栏牢牢地挡住了。"金丝眼镜"余怒未消，又猛地按了一下操纵器上的电钮，"刷！刷！"两束死光从骷髅坦克的眼洞中射出，电光栅栏里的橘红色海星消失了，只剩下一摊橘红色的水。

"哈哈哈！""金丝眼镜"狂笑起来。现在有了这么厉害的武器，他再也用不着东躲西藏了，他要在全船大搜捕，先抓一些"天然血库"，把他们的血抽得干干的，让他的骷髅坦克的动力燃料足足的。

囚车的沉没

"金丝眼镜"神气十足地来到甲板上。他肩背装着小黑玻璃马的大书包，头顶上盘旋着骷髅坦克，那样子挺像一位邪恶的魔法师。他转着眼珠搜寻着第一个捕猎的对象。奇怪，甲板上空荡荡的，没有一个人，只有海浪轻轻拍击船舷的声响。"难道人都逃走了？""金丝眼镜"自语着，蓦地，他看见游船左侧隐约的海浪间，两艘小艇正向前方的一个小海岛飞速驶去。

"啊！他们都逃往海岛了！""金丝眼镜"咬牙切齿，他想立刻按动操纵器，用死光杀死那小艇上的人。可是他犹豫了一下，又松开了手指，他还得暂时留下他们，用他们的血给骷髅坦克做动力燃料。而目前，他必须在船上找到一个活人，因为他听到骷髅坦克的"肚子"里发出一种低沉的嗡嗡声，并且航速减慢，显然，里面的"燃料"已经不多了。

"金丝眼镜"沿着甲板，仔细搜寻，在左船舷上，他发现了人们丢弃的一些衣物，还有一个圆圆的啤酒桶，啤酒桶上边放着一个光闪闪的金花瓶。

"他们逃得多慌呀，把这么贵重的东西都丢下了，看来船上确实没有人了。""金丝眼镜"失望地说。

他猜错了，船上还有人，而且还不止一个。哈克和大鼻鼠就躲在他面前的啤酒桶和金花瓶里。

"金丝眼镜"贪婪地抓起了金花瓶。猛然，他眼里闪出狡诈警惕的光："这别是大鼻鼠和哈克设下的阴谋诡计！我得好好检查检查。"他把金花瓶口朝下使劲甩，躲在里面的大鼻鼠拼命叉开双脚，死死撑住。"金丝眼镜"又把花瓶倒回来，眼睛往花瓶里面看。对这一手，大鼻鼠早作好准备了，他用头顶着一面小镜子。"金丝眼镜"只从花瓶里看见了自己的脸。这回他放心了："这花瓶擦得真亮，什么东西也没有。既然花瓶里没有大鼻鼠，那啤酒桶里也不会有哈克了，他们俩总是在一块的！"他这么说着，把花瓶放到啤酒桶上。

躲在桶里的哈克听得高兴极了，他几乎说出声来："对，你说得对极了，啤酒桶里可没有哈克！"可"金丝眼镜"下面的话吓了他一跳，他听见"金丝眼镜"晃着啤酒桶说："这么沉，一定装了不少新鲜啤酒，我渴坏了，要好好喝几杯！"糟了，桶里只有哈克，哪有酒呢？可是龙头里要是放不出啤酒来，"金丝眼镜"肯定会打开盖子，那躲在里面的哈克就会暴露无遗了。

"金丝眼镜"拧着啤酒桶龙头的开关，随手抓起金花瓶去接酒。哈克急中生智，急忙对着龙头哗哗地撒起尿来，一股特殊的"黄色啤酒"从龙头里流出来，流进了金花瓶，兜头盖顶地浇在大鼻鼠身上，熏得大鼻鼠都快晕了。尽管他机灵透顶，事先什么都料到了，可就是没料到"尿雨"临头。任凭尿随意倒在自己的头上，还得老老实实、一声不响地忍着，大鼻鼠一辈子也没遇到过这么窝囊的事呀！可现在为把小黑玻璃马从坏人手里夺回来，他只能忍着。

"金丝眼镜"满满地接了一瓶，望着瓶口的泡沫说："哟，这酒的泡沫还真不少，一定是好酒！"他仰脖喝了一大口，马上又龇牙咧嘴地全吐了出来，骂道，"怪不得那些人没把这酒带走，原来变质了！"他生气地把酒桶推倒，顺势一用力，骨碌碌，啤酒桶往船边滚去，咚的一声磕在船栏上，这一下撞得太厉害了，哈克晕了过去。

"金丝眼镜"抓起金花瓶，随手放到自己背后的大书包里。"叮咚！"花瓶撞在小黑玻璃马上发出清脆的响声。大鼻鼠乐了，他从花瓶口可以望到小黑玻璃马的腿，简直近在咫尺。他悄无声息地从花瓶里探出头来，极其轻微地把手伸向小黑玻璃马的耳朵，就差一寸远了，他就要马到成功了。然而事情太不凑巧了，一切全怪哈克那泡"倒霉尿"，刚才被倒在地上，滑腻腻的，往前迈步的"金丝眼镜"正踩在尿液上，"哧啦！"他跌了个大马趴，书包里的小黑玻璃马连同毫无准备的大鼻鼠一起摔了出来。大鼻鼠的鼻头撞在地上，撞得他眼冒金星，连翻了几个跟头。

"你躲在这儿！""金丝眼镜"吓了一大跳，急忙按动手中的操纵器。"刷——"他头顶上的骷髅坦克的鼻洞里放射出电光栅栏，把大鼻鼠牢牢地罩在里面了。

"哈哈，这回你总算落到我手里了！""金丝眼镜"狞笑着，从口袋里取出大针管来。

"你要干吗？"大鼻鼠戒备地问。

"抽血，抽干你的血，给我的骷髅坦克做燃料！我的这个宝贝是专门以人血当动力的。"

"可惜，"大鼻鼠转着眼珠狡黠地笑道，"我身上不是人血，是老鼠血！"

"金丝眼镜"一下子怔住了。

大鼻鼠嘻嘻笑着说："我少点血倒没什么，俗话说，耗子尾巴上本来就没有多大脓血，可是别弄坏了你这宝贝骷髅坦克！"

"金丝眼镜"的鼻子都快气歪了，他恶狠狠地说："既然你一点用处也没有，只好让你尝尝死光的滋味了！"说罢就要按动操纵器上的电钮。

"等一等！"大鼻鼠惊叫道。在这生死的瞬间，他脑子里猛地冒出一个救命的主意来。不！不只是救命的主意，而且是克敌制胜的高招。

"你……你听我说，"大鼻鼠装出十分害怕的样子，"也许我能帮助你找到一个输血的人。"

"你说的是哈克？"

"不！哈克虽然胖，但是先天性贫血。"大鼻鼠连连摇头，"我说的是另一个，他比哈克还胖，血液也棒。"

"他在哪儿?"

"就在船舱下面的酒窖里。"

"我这就去看看！""金丝眼镜"笑嘻嘻地说，"不过，无论有没有人，我都要杀死你，你就准备死吧！"说完便快步朝船舱走去。

"金丝眼镜"的影子刚在甲板上消失，啤酒桶立刻打开了，哈克从里面蹦了出来，他三步并作两步，跑向大鼻鼠。

"不要靠近我！"大鼻鼠低声喊。可哈克已撞在无形的电栅栏上，被猛地击了个跟头，他连连吐着舌头说："好厉害！"

大鼻鼠说："我被他用电栅栏锁住了，你赶快去船舱跟住他！"

"啊！那我可不去！"哈克腿有点发软，"那骷髅坦克太厉害！"

"不，这次会有好戏看的，可能是我们夺回那太空囚车的最后机会！"

哈克将信将疑地跑向船舱。

这时，在船舱底层，"金丝眼镜"已打开了厚重的酒窖门，他一眼就看见了躺在地上昏睡的胖厨师，听到胖厨师发出的低沉的呼噜声。

"太好了！这胖子大概足有一百升血液！""金丝眼镜"取出大针管朝胖厨师的胳膊刺去。"咚！"针头刺在玻璃上发出清脆的响声。"金丝眼镜"这才发现还隔着一层玻璃柜呢。他用一个空酒瓶敲破了玻璃，抓起胖厨师的胳膊，猛地把针管刺进去。他太专心了，一点也没有注意到，一个粉红色的小亮点正从胖厨师的耳朵里钻出来，轻轻地飞进了他的耳朵。

顿时，他感到浑身冰凉，手哆嗦着，针管啪地掉在地上。他像个冰人一样定在那里一动不动。昏睡的胖厨师被针刺的疼痛惊醒了，他看见"金丝眼镜"正用一种绿幽幽的野兽般的凶光注视着自己，头顶上还有一个盘旋的骷髅。

"好香的烤小牛！""金丝眼镜"嘴里淌着口水。胖厨师简直吓破了胆，他使劲打了个滚儿，一直滚到门边上，爬起来就跑。

"我要吃烤小牛！我要吃烤小牛！""金丝眼镜"紧紧地跟在他后面。

甲板上，正在往船舱下走的哈克听到叫喊声，心里说："看样子，真有好戏看。"可他还没来得及看，便被迎面的人撞了个大跟头，两人一起倒在甲板上。哈克感到一个黑乎乎的东西压住了自己，随即自己的脚丫一阵疼痛。原来"金丝眼镜"咬住了他的大皮鞋。

"不好！"哈克急中生智，他又采用了上次对付胖厨师的办法，随手抓起一个东西扔过去，嘴里大叫："给你块熏肉！"他扔过去的正是那操纵器。

"咔吧！""金丝眼镜"用牙齿咬碎了操纵器。在他们头顶盘旋的骷髅坦克突然发出幽蓝的火苗，随即断裂成无数碎片散落下来。甲板上，锁住大鼻鼠的电栅栏也跟着消失了，他们看见"金丝眼镜"又在疯狂地啃食小黑玻璃马。他的牙齿被坚硬的小玻璃马磨坏了，淌着血，但他还是不停地啃，"好香！好香！"他歇斯底里地叫喊着、打着滚，向船边滚去，滑过船栏……大鼻鼠和哈克同时扑过去，但已经来不及了。"金丝眼镜"连同小黑玻璃马一齐掉进了汹涌的大海。在翻腾的浪涛里，"金丝眼镜"挣扎着，手中已经没有了小黑玻璃马，他嘴里仍旧疯狂地喊着："好香！好香！"一个更大的浪头打来，便再也看不见他了。

大鼻鼠望着汹涌的海浪，沉思着说："这样也好，也许神秘的大海才是存放太空囚车最好的地方。"

哈克和大鼻鼠全传

哈克、大鼻鼠和黑蜘蛛

世界名酒的神秘失踪

金碧辉煌的世界博览会大厅，几乎整个地球的珍奇全被搬到这里来了。秦始皇的兵马俑，福特工厂的第一辆汽车，毕加索、达·芬奇的名画，英国女皇的王冠……当然还有现代最新式的光子火箭，登上火星的宇宙飞船……五光十色，令人目眩。

参观的人络绎不绝，其中的两个特别引人注目。一个是胖得肚皮圆鼓鼓的刑警哈克，他为人正直威严，然而有时也冒些令人喜爱的傻气。走在他旁边的是一只老鼠，然而绝不是一只平常的老鼠，鼻头硕大，沉甸甸地坠在嘴唇上面，犹如一颗熟透的大香白杏，这鼻头嗅觉灵敏极了，据说能闻出月亮这面是奶酪味、那面是耗子药味，还能闻出非洲战场正在爆发的战争。此刻，他俩全副武装，正挺胸昂首、东张西望地巡逻。

"好香！好香！"大鼻鼠突然猛吸溜鼻子。

"闻到什么了？"哈克问。

大鼻鼠连话都顾不得说，一直往大厅中间跑。展厅中心高台上的一个玻璃罩中，放着一瓶装潢精美的葡萄酒，展品说明上写着：此酒已存放八千五百二十一年，为世界最古老的陈酒，价值五千万元。

哈克不由得倒抽一口凉气。好家伙！那么贵，简直可以买下一座城市。难怪玻璃柜外面圈上电网，还放上激光扫描器，四个彪形大汉虎视眈眈地站在旁边守卫，酒瓶口上封了十五道火漆。然而这却挡不住大鼻鼠灵敏的鼻头。他闻得津津有味，如醉如痴。哈克眼馋地看着，口水都淌出来了。

突然，大鼻鼠惊叫起来："不好，有人在偷酒！"

哈克和警卫顿时眼珠瞪大了一圈，酒瓶安安稳稳地放在那儿一动不动，激光扫瞄器一点反应也没有。

"啊呀！贼已经把酒偷了一半了！"大鼻鼠又惊慌失措地叫喊，"全偷完了！呸！这家伙往酒瓶里倒马尿呢！"

哈克简直难以想象，在众目睽睽之下，玻璃柜和酒瓶全密封着，里面的酒会不翼而飞？他狐疑地问："你是在发高烧说胡话吧？"

"胡说，我的鼻头从来没有错过！"大鼻鼠厉声说。他让哈克拿出刑警证，叫警卫取出酒瓶，打开盖子，里面立刻冒出一股难闻的马尿味。

是哪个盗贼作案手段这么高明呢？哈克和大鼻鼠仔细地看着酒瓶上的商标，他们禁不住紧张地叫出声来：包装纸商标的角上，画着一个张牙舞爪、乌光闪闪的黑蜘蛛。

"黑蜘蛛！"在场的人全部目瞪口呆。虽然谁也没有见过黑蜘蛛的面，但他给人的印象太可怕了。他是所有匪徒、盗贼的总头目，一切绑架案、凶杀案、盗窃案、贩毒案全和他有关，他就像一只躲在最黑暗角落的毒蜘蛛，通过发散开来的蛛网，指挥策划一切罪恶活动。现在，他竟然亲自出马了，并且留下了黑蜘蛛的标记。

"好极了，这家伙终于出洞了！"大鼻鼠跃跃欲试，他最愿意和狡猾的凶犯斗。

"但愿咱们撞不上他！"哈克低声嘀咕，他有点信心不足。

"哈，那股醇酒味又在飘！"大鼻鼠压低声音，欢喜地说。

哈克忙拔出手枪，跟在他后面冲了出去。

两人一前一后，紧张地往前走。走过繁华的大街，钻进一条无人的黑黢黢的小巷。两面是布满绿苔的高墙。

"黑蜘……"哈克发现高墙上画着一个荧光闪闪的黑绿色的蜘蛛。

"快趴下！我闻到了火药味！"大鼻鼠厉声喊。

他们忙趴在地上，只见前面蹿出五六个蒙面的黑影，个个手持冲锋枪。"突突突！"一串火蛇喷射到哈克面前，把他的大檐帽都打飞了。哈克就地一打滚，掏出连发手枪。

"啪啪啪！"糟了，手枪拿倒了，子弹全向后面射去。真巧，一下子把后面偷袭的四五个匪徒全打倒了。其他匪徒被吓蒙了，他们从没见过这么准的神枪手，不回头，就能连发连打，而且一枪一个。眨眼间，蒙面匪徒全像兔子似的跑远了。

"怎么样？咱的枪法准吧！"哈克得意洋洋地向大鼻鼠吹牛。

"你这是瞎猫碰死……死狗！"大鼻鼠忌讳说耗子。

他们又小心翼翼地贴着墙边往前搜索。突然，一股奇特的醇酒的香味忽忽悠悠地飘，飘进鼻孔，那股舒服劲呀，让五脏六腑及浑身的毛孔全张开了，浑身轻飘飘的。走出漆黑的小巷，前面骤然亮堂起来。这是个空无一人的街心公园。温暖的阳光洒在草坪上，一个金黄头发的男孩子正抱着一个酒瓶，大口地喝葡萄酒呢。香味正是从那里飘过来的。

"盗贼在这儿！"大鼻鼠拿出微型手枪。

酒味太浓了，真不愧是八千年陈酿，大鼻鼠和哈克感觉自己像脚踩着棉花，软绵绵的。他们竭力抵御这种美酒的香味，踉踉跄跄地向金发男孩走去。

金发男孩已经醉倒了，脸伏在地上昏睡，酒瓶已经空了一半。哈克的嗓子痒得要命，口水顺着下巴往下淌，馋得几乎不能自持。"我叫你馋！"他狠狠地打自己两个嘴巴，脸红红的，似乎清醒些了。哈克清醒的时候，对自己还是很严格的。

"快看！快……看！"大鼻鼠指着从男孩衣袋里掉出的一个黑亮亮的小玩意儿惊叫起来。

啊！黑钻石雕成的精巧的小蜘蛛。那亮亮的小眼睛、圆圆的肚皮、又细又长的腿，雕得惟妙惟肖，像蜘蛛一样，闪着幽暗神秘的光。哈克激动得手都颤抖起来。他知道这小玩意儿非同小可，它是匪首黑蜘蛛权力的象征，有了它，就可以指挥一切匪徒，所有的匪徒正是通过这独一无二的黑钻石蜘蛛辨认自己从未见过面的首领。

"太好了！用它，我们可以把全部匪徒召集起来，一块逮捕！"哈克兴奋地叫着，一把抓过黑钻石蜘蛛。

大鼻鼠感到天旋地转，他看见哈克也在原地打转。世界名酒太厉害了，散发出来的酒气太香了，连附近的树和花都被熏得低头弯腰，醉意浓浓。大鼻鼠终于躺在草地上打起鼾来。

在万米高空遇险

大鼻鼠昏昏沉沉地醒来时，已近黄昏了。如血的夕阳把天空映照得一片通红，翠郁的树木、绿色的草坪都沉浸在一片静默中。大鼻鼠蓦地想起了黑钻石蜘蛛、那神秘的金发男孩，他恍然悟到，难道他就是大名鼎鼎的匪首？想到这儿，他一躬身跳了起来，握着微型手枪，四处仔细察看，酒瓶不见了，金发男孩不见了，连哈克也不见了。

"哈克！哈克！"大鼻鼠大声喊。

没有人回答。

大鼻鼠吸吸鼻子，顺着那股熟悉的气味往前走，穿过四五条街，糊里糊涂地走进了一家大酒店。糟糕，名酒的气味把他的鼻子熏得都失灵了。他不安地揉着鼻头往回走。

"呼——噜，呼——噜！"他蓦地听到了沉重的鼾声，循声一看，哈克坐在路边的一个空垃圾桶里睡得正香呢。

"喂！醒醒！"大鼻鼠敲他的脑袋。

"别捣乱，我可是第一次住这么高级的旅馆，睡这么软的席梦思床！"哈克还闭着眼睛说胡话，直到大鼻鼠又狠狠地敲了他两下，他才迷迷糊糊地醒来。

"黑钻石蜘蛛呢？"大鼻鼠问。

哈克忙翻自己的口袋，浑身上下全找遍了，可连个影儿也没见到。他绞尽脑汁拼命想，却一点印象也没有了。

"我们都被这名酒熏醉了，谁也记不得醉后发生的事情。"大鼻鼠沉思着自言自语，"看样子，只能借助于非力博士的'残留信息再现机'了，它能帮助我们再现当时的情景。"

警车停在非力博士的小楼前，哈克轻轻敲了敲铁门，里面走出了看门的老头。

"请问，非力博士在家吗?"哈克彬彬有礼地问。

"刚走，是被一位叫哈克的刑警用车接走了!"老头说。

"什么?"哈克眼珠瞪得溜溜圆，"那个哈克什么样?"

"和您差不多，"老头打量着他，"就是肚皮更大一点，他们还把信息再现机也带走了!"

哈克傻眼了，黑蜘蛛的人比他们抢先了一步。

"快! 拿一件非力博士的衣服来!"大鼻鼠厉声叫。

"没衣服，有鞋也行!"哈克忙补充。

"呸! 我是不闻臭鞋子的。"大鼻鼠赶忙声明。

老头进屋去找来非力博士的一副手套。大鼻鼠只闻了一下，马上说;"上车! 追!"

哈克把警车开得飞快，风驰电掣般在大街上跟踪追击。

"向左拐，再向右进小胡同。"大鼻鼠使劲吸着鼻子，俨然像个将军似的指挥着。突然，他的鼻子哆嗦了一下，猛地回过头去，接着叫了一声，"不好! 刹闸! 刹闸! 跳车! 快跳车!"哈克还没有明白是怎么回事，大鼻鼠已经把他一头撞了下来，两人在地面上打着滚儿，一直滚到路边上。

"轰隆!"正在行驶的警车突然爆炸了，燃起了熊熊烈火。

"好险!"大鼻鼠抹着脖子上的冷汗说，"有人在咱们的警车上放置了定时炸弹!"

哈克从口袋里掏出报话机:"警察局! 警察局! 我是哈克警长! 我在五十四大街，请马上派一架直升机来!"

"我记得你好像还不是警长，只是个普通的刑警!"大鼻鼠讥讽地说。

"别着急，抓住黑蜘蛛，我马上就会成为警长的!"哈克神气活现。

"嗡嗡嗡!"空中传来直升机的马达声响,一架蝙蝠式直升机在他们头顶上盘旋着。

"这飞机怎么来得这么快?"大鼻鼠怀疑地问。

"哈克警长下命令,还能来得不快?"哈克得意地笑了。

哈克和大鼻鼠顺着软梯爬上了直升机,飞机骤然升高了。

"向东开,我又闻到博士的气味了!"大鼻鼠隔着玻璃窗向外望,奇怪,他发现飞机是向西开的,而且越飞越高,穿过了一重又一重的云彩,"方向错了!"他告诉驾驶员。

"当然要错的!"驾驶员眼闪凶光地怪笑着,"而且我可以告诉你们,现在已是一万米高空,汽油马上就会用完的,到那时,你们俩就会同飞机一起栽下去,摔个粉身碎骨!嘿嘿!谁也逃不出黑蜘蛛的手心!"他一按座位旁的电钮,猛地把自己弹出了驾驶舱。

驾驶员跳伞了,飞机上只剩下哈克和大鼻鼠两个,马达停止了旋转,直升机开始像醉汉一样晃晃悠悠。

"我们完了!"哈克脸色苍白。

"是的,我们完了!"大鼻鼠也伤心地揉揉鼻头。

"人死了都要留遗嘱,我得好好想想。"哈克十分认真地说。他觉得这回真的没希望了,决心死得壮烈一点,要在飞机的录音匣子上留下几句英雄的话。

"我倒想好了!"大鼻鼠笑着说,"我也没什么遗产可留的,就把应该给我的那份耗子药留给猫吧!"他在临死之前也不乏幽默。

飞机在空中打着滚儿往下栽,大鼻鼠扑到驾驶座前,使劲旋动方向盘。他的力气太小了,哈克也扑过去帮忙,但还是不灵,飞机像个球似的旋转着往下掉。

"砰!"哈克和大鼻鼠一齐闭上了眼睛。奇怪,他们没有听到爆炸声,他们的身体还完整无缺,一根毫毛也没损伤。原来,飞机正巧落在一个飘动的大红热气球上,一位老人正坐在热气球的吊篮上做环球旅行呢。

"怎么回事?好像有咝咝的声音!"老人在吊篮上仰脸向上看。哈克和大鼻鼠在顶上一声不敢吭。直升机的头把热气球捅了个大洞，一股热气喷出来，灌满了机舱，温度骤然升高了三十摄氏度。

"热死我了！热死我了！"哈克的胖肚皮快喘不过气了，他赶忙脱掉外衣。

飞机颠簸了一下，被热浪推得离开了气球，歪歪斜斜地扎了下去，"哗啦！"掉在海水里。冰凉的海水涌了进来，把只穿着裤衩和背心的哈克冻得直打战。他们费力地从飞机的舱门里游了出来，在海面上漂着。

"不行了！我游不动了！"大鼻鼠呻吟着。

"我怎么就不感觉累呢？"哈克奇怪地自言自语，他一点也没注意到，他身上的脂肪特别多，肚皮大，即使不游，也能像个皮球似的漂在水面上。

"不行了！真不行了！"大鼻鼠呛了一口水，狼狈地爬上哈克的肚皮，尾巴尖正搔在哈克的肚脐眼上，有点痒痒。哈克忙警告："你可别在上面撒尿，否则我就把你扔下去。"

他们终于爬上了海滩，看见前面黑色的岩石后面有一片风景秀丽的树林，绿荫掩映间露出白房子的一角。他们顿时精神起来，想到白房子里去找点吃的，烤烤衣服。

"注意！注意！我闻到了非力博士的气味！"大鼻鼠压低了声音。

哈克赶忙趴在草丛里，白房子静静地矗立在前面，没有一点声音。他们匍匐前进，爬到房门口，发现门虚掩着，有一条漆黑的通道，沿着通道往里走，从最里面的房子里传出两个人的说话声：

"嘿！非力这老家伙的信息再现机真灵，把当时的情景全记录下来了。"

"咱们先看看，这钻石蜘蛛到底到哪儿去了！"

"黑蜘蛛可不让咱们看！"

"没关系，反正没人知道！"

哈克扒着门缝悄悄向里一望，先看见了两个黑衣男子，胸前印着蜘蛛图案。接着他往墙上一看，吃惊得几乎叫出声来：墙上的电视投影银幕上出现了那片熟悉的草地，躺在地上的金发男孩，熟睡的大鼻鼠，还有他自己拿着闪亮的黑钻石蜘蛛，步履蹒跚地往前走，他撞在一棵树上，爬起来，手里还摸索着黑钻石蜘蛛，他醉醺醺地从绿色的长椅上捡起一个苹果核往鼻孔里塞，嘴里还叫着："我的脑袋呢？怎么丢了？"哈克在门外看着，羞得恨不能找个地缝钻进去，他第一次发现自己醉了酒是这德性。但他想到还是抓坏人要紧，又继续目光炯炯地向里面盯着。

银幕上：哈克从一家小酒馆出来，托着一包熟肉、一瓶酒，把那只黑钻石蜘蛛顶在鼻尖上……"啪"！银幕上的影子消失了，该换另一盒磁带了。马上就要知道黑钻石蜘蛛的下落了，哈克和大鼻鼠紧张地盯着银幕。大鼻鼠摸出了微型手枪，哈克也从屁股后面拿出枪来，别看他狼狈得只穿着裤衩和背心，枪和报话机可一直系在腰上，要不怎么说他最忠于职守呢。

黑衣男子从口袋里取出一卷橡皮大的微型录像带。

"上！"大鼻鼠喊了一声，直往里冲去。

"砰！砰！"两声枪响，从屋顶的天窗上射下两粒有毒汁的子弹，正中黑衣男子的脑门儿。他们连呻吟一声都来不及，便仰面倒下去了。

房顶天窗上闪出一张面无表情的脸，两颗乌黑的眼睛灼灼闪光。

"快！快抓住那盘录像带！"大鼻鼠突然惊醒似的大喊。原来掉在地上的那盘录像带被一种奇特的力量吸起来了，哈克和大鼻鼠连扑了几下都没扑到，眼看着它被吸上了天窗。

等他们冲到屋外，什么也没有了，只有一个穿灰色西服的人影飞快地闪进绿色的树林里。

会放电的灰衣人

哈克望着灰衣人远去的背影，撅着厚嘴唇，十分遗憾地说："这家伙简直像飞毛腿，又让他溜掉了。"

"他跑不了！"大鼻鼠骄傲地一翘鼻头，"他忘了，一个大鼻鼠的鼻头顶得上一万只猎狗。只是这个人的气味有点怪，马上去机场！"

"去机场之前，最好先给我找几件衣服！"哈克忙说，他可不愿意飞机场的女士们看见他这副狼狈相。

飞机场，客机在跑道上起落穿梭。漂亮的大厅里，旅客熙熙攘攘，灰衣人提着一个小巧的皮箱走近机场时，所有的指挥系统突然失灵了。麦克风发出刺耳的沙沙声。行李传送带停止了转动，跑道上的指示灯忽暗忽明，险些造成飞机相撞的事故。这一切都表明，有一股强大的电磁波在进行干扰。

灰衣人不慌不忙地走过检测口。

"对不起，请检查一下你的行李!"航空小姐有礼貌地说。

"好的!"灰衣人乌蓝的眼珠一眨不眨，态度十分冷漠。

航空小姐按动电钮，"咔吧、咔吧!"一阵怪响，检测仪器突然烧毁了，航空小姐手足无措，眼巴巴地望着灰衣人穿过检测口。

"等一等!"一只胖手拍灰衣人的肩膀，是哈克，他和大鼻鼠已在这里等候多时了。

"干什么?"灰衣人烦躁地回过头来。

"请抽一支烟!"大鼻鼠把一支点燃的烟卷递给他。

灰衣人征住了，表情困惑，似乎他从来没有碰到过这样的问题，不知道该怎样应付。

"就这么抽!"大鼻鼠示范地把另一只烟卷塞进哈克的鼻孔里。好辣!呛得哈克眼泪都流出来了。

哈克正要发作，却见灰衣人也学着把烟卷塞进鼻孔。"呜!"灰衣人的耳朵、嘴巴全冒出烟来，乌蓝的眼睛里哧哧地冒出火星。

"这是机器人!"大鼻鼠紧张地叫。

几个人同时冲上去想抓住他，灰衣人被逼到角落里，他的喉咙突然发出一种怪异的声音，闪出一道亮亮的白光，挨近他的人顿时像遭了电击，浑身麻酥酥的，动弹不得，这家伙还会放电。

"把屋子包围住!"哈克大叫。

跟他一起来的警察用枪从四面八方瞄住了屋子。隔着窗子，他们看见灰机器人按动自己脑门儿上的一个黄点，他的头皮上渐渐冒出两根天线。

"嘟嘟嘟!"他的眼珠交替发出红绿光，他在向某处的主人通报，请示指令。

不一会儿，灰机器人推开屋门。

"射击！"哈克大叫。子弹嗖嗖地射过去，像打在钢板上一样都被弹了回来。

灰衣机器人扬起手臂。

"留神毒气弹！"大鼻鼠一声大喊，赶紧躲避到后面。他闻到一股刺鼻的气味，顿时眼泪汪汪，原来机器人放的是催泪弹。警察们的眼睛全被泪水蒙住了，等他们擦干眼泪，发现机器人已冲出了包围，正沿着大街往前跑，速度极快。

四五辆警车紧跟在他后面猛追。

"使用穿甲弹吧！"一位警察建议。

"不行！不能毁坏他身上的录像带！"哈克断然拒绝。突然，他眼睛一亮。他看见了路边的洒水车，冒出一个念头：用高压水龙头喷喷试试。他取出报话机："救火队！救火队！"

几辆救火车风驰电掣，从各条街驰来，拦住了机器人。高压水龙仿佛遇到隔水层。但有一股水流似乎冲歪了他头顶右边的天线，他变得步履蹒跚，走起路来歪歪斜斜，跌跌撞撞地闯进了路边的一家动物研究所。警察们封锁了全部出入口，分成几路，往里面搜索。

"大鼻鼠，快闻闻那家伙在哪儿！"哈克心急火燎地催他。

"不行啦！催泪弹把我的鼻子弄得不通气啦！"大鼻鼠瓮声瓮气地嘟囔。他的鼻头确实有些红肿，这会儿，挺像一枚熟透了的软杏。

他们小心翼翼地往前搜索，经过一排排装着兔子、鸡、山羊、猴子、豚鼠的铁笼子。

"扑通！"哈克被什么东西绊了个大跟头。他用手一摸，不由得大叫起来："妈呀！他在这儿！"

灰衣机器人躺在黑暗的角落里一动不动，是他的腿把哈克绊倒的。

"他死了！"哈克诧异地自言自语，"他的一条腿没了！"

"是他自己拆掉的，他在执行主人的命令！"大鼻鼠发现机器人手中精致的万能改锥。"拆下的腿到哪儿去了呢?"他疑惑地四下张望,蓦地把眼光停在旁边的铁笼子上,那里边围着上百只做试验用的小白老鼠。

"他一定是把拆下的机件改装成机器老鼠了,录像带很可能放在老鼠肚子里。"大鼻鼠肯定地说。

"可哪只是呢?"哈克看着那么多老鼠眼直发花,他同情地望着大鼻鼠说,"咱们总不能把你的同胞个个都解剖了吧!"

大鼻鼠皱着眉踱来踱去,苦苦思索着。他觉得这是故意拿他开心,给他出难题。说实话,解决这种难题,对他来讲,易如反掌,问题是又得暴露一条老鼠的弱点,这点大鼻鼠可不太愿意。俗话说,家丑不可外扬嘛!但大鼻鼠这会儿可顾不得了,现在最要紧的是抓住坏人。他哼哼唧唧地说:"拿……拿一块奶酪来!"

"拿奶酪干什么?"哈克追根问底。

"老……老鼠见了奶酪就不要命!"大鼻鼠好不容易才说出这句话,他难受得几乎要背过气去。

喷香的奶酪拿来了,馋得大鼻鼠吸溜鼻子,他强忍住把大奶酪丢到笼子边上。立刻,大群的小白鼠全冲到笼边,个个咂舌舔嘴,只有一只小老鼠还愣呆呆地缩在那边角落里。机器人安装的机器鼠只是外形上颇像,但智能不高,只能算一只傻老鼠。哈克一把就抓住了它,用改锥旋开肚皮,小巧的录像带就在里面呢!

两个搭警车的怪客

警车在平坦的柏油马路上缓缓向前行驶,哈克和大鼻鼠凯旋而归。

大鼻鼠开着车,他虽然早取得了驾驶执照,可个子小,转动方向盘太费力,只有偶尔高兴时才开。哈克坐在柔软的沙发座上,快活地哼着小曲。他心里格外高兴,小巧的录像带终于弄到手了,只要回去一放,马上就能知道黑钻石蜘蛛在什么地方,有了黑钻石蜘蛛,就能以黑蜘蛛的名义,召集所有的匪徒,一网打尽。那时候,他哈克就不是刑警,而是一名杰出的警长了。

"喂！录像带放好了吗？可别丢了！"

"没问题，就在这只小皮箱里呢！"大鼻鼠大大咧咧地说。

"不成，我得看看！"哈克打开了小皮箱，从里面又拿出一个箱子，再拿出一个，一直拿到七层，小录像带完整无损地放在里面。哈克放心了，又把箱子一重重地锁上，然后紧紧地抱在怀里。

此时，警车骤然停住了。

"劳驾，帮帮忙吧！我孙女病得厉害，想上医院。"一个老婆婆吃力地背着个小女孩站在路中央。

"多巧，偏偏想上咱们的车！"大鼻鼠眼里闪过一丝狡黠的光。

"可是，遇见急病人咱们总要帮忙的。"哈克犹犹豫豫地说。

"当然，当然！"大鼻鼠笑眯眯地说，"你看那小孩病得多厉害呀！"真的，哈克听到了女孩发出的呼噜呼噜的喘息声。

"您的心肠太好啦！"满脸皱纹的老婆婆眼泪汪汪地望着他。

"上车！快上车！"大鼻鼠热情地喊，趁人不注意，向哈克递了个眼色。

哈克心里一紧，"难道这两个家伙是坏人？"他警惕起来，两手紧紧地抱住箱子，眼珠一眨不眨地盯着，无论如何得保护好小录像带。

"哈克，快帮助老婆婆抱孩子！"大鼻鼠一边开车，一边回头笑嘻嘻地说。

"还是老婆婆自己抱吧！"哈克不好意思地推辞，一边心里直埋怨："录像带丢了怎么办？这大鼻鼠真蠢。"这么想着，他悄悄地狠捏了一下大鼻鼠的尾巴。大鼻鼠疼得直歪嘴，眼泪都快淌出来了，可还是顽固地坚持说："你一定要帮助抱着这孩子。"没办法，哈克只好气哼哼地把孩子接过来。

"抱得紧些，别摔着！"大鼻鼠还不放心地嘱咐。

哈克有些火了，因为他已从老婆婆眼里看到了凶光，肯定她不是好人，可大鼻鼠硬让他抱住这个孩子。但生气归生气，哈克还是很忠于职守的。他拉过箱子放在屁股底下，压得严严实实，这回可是万无一失了。

大鼻鼠在前面把握住方向盘，突然头也不回地朗声笑道："嘿嘿，你不愧为盗窃高手！"

"您……您说什么?"老太婆颤抖地问。

"我不是和你讲话,我是和他!"大鼻鼠向哈克这边一努嘴。

"我?"让我抱着孩子还说我是盗窃高手?这大鼻鼠真犯糊涂了。哈克鼻子都快气歪了,他正要发火,警车却吱的一声停住了。

"请吧!先生们!"大鼻鼠讥讽地说。

"啊,警察局!"老太婆惊叫一声,动作敏捷地扑向车门。但哈克比她还快,一个饿虎扑食,狠狠压在老太婆身上。老太婆头上的毛巾掉了,脸皮也显露出来,啊!是个满脸横肉的匪徒,两人在车厢里滚作一团。

"哈克,抓住这个!"大鼻鼠却扑向裹得严严实实的小女孩。他鼻头遭到重重的一击,头磕在驾驶盘上。接着,啪的一声,车窗的玻璃碎了,一个灵巧的黑影蹿了出去。

"别让黑蜘蛛跑了!"大鼻鼠惊叫。

哈克醒悟过来,跳下车子,影子已蹿上房顶,一晃便不见了,只有那满脸横肉的匪徒躺在车上呻吟。

"你怎么知道这小女孩是黑蜘蛛?"哈克后悔极了。

"一上车,我就闻到了那熟悉的气味,同上次金发男孩发出来的气味一样。"大鼻鼠说。

"那金发男孩就是黑蜘蛛?"哈克诧异地惊叫起来。

"不错,当然那只是他的化装,就像今天化装成小女孩一样,至于他的真实面目,恐怕连他的这位部下也不清楚。"大鼻鼠轻蔑地瞥了一眼躺在地上的匪徒。

"多好的机会呀,让他跑了!"哈克后悔不迭。

"赶快打开箱子!"大鼻鼠猛然想起来。

哈克手忙脚乱地打开一层层箱子,里面空空如也,小录像带早不翼而飞了,盗窃的手段和上次盗名酒一样。

屋顶坠下的猴子部队

深夜,星星在幽蓝的天空中闪烁。

警察局的车库里，一排排警车，无声无息地静立在那儿。库房门口的值班室，四名值勤的警察正在灯下打扑克。

　　突然，从天窗上坠下一根绳子，在他们眼前晃晃悠悠。警察全愣住了，正要抓枪，却见一只小猴子顺着绳子从房顶爬下来。小猴子长得漂亮极了，黄绒绒的软毛，蓝中带绿的眼睛。

　　"这小猴真好玩！"几个警察想抓住它。小猴子灵巧地在房子里跳来跳去，跳到墙边，猛地抓起了挂在墙上的四把手枪。

　　"猴子抢枪！"警察们警觉起来。可已经晚了，又从绳子上连续坠下来十几只猴子，围着他们抓痒搔肉，使他们笑个不停。直到警察们浑身无力地瘫坐在地上，猴子们用绳子捆住他们的手脚，用窗帘堵住他们的嘴巴，然后从抽屉里拿出一串串钥匙，打开车库的门，每只猴子跳上一辆汽车。马达发动起来了，警察们这才明白，这是一批经过训练的猴子，他们陷入到一场劫车的阴谋里去了。

　　"突突突！"一辆辆警车，声势浩大地开出了车库。值班警察忙磨断绳子，打电话报警。

　　"所有的警车都被一群猴子劫走了。"

　　"那摩托车呢？"

　　值班警察用衣袖抹着脸上的冷汗，朝窗外望了一眼，奇怪！所有的摩托车还都在，他马上报告了。

　　"派摩托大队追击！"

　　几十辆摩托一齐出动了，驾驶最前面一辆摩托车的当然是哈克和大鼻鼠。大鼻鼠已闻过了猴子抓过的绳子，追击起来，准确无误。

　　摩托队出了城，驶近了一片黑松林。

　　"注意！劫车犯就在前面！"大鼻鼠压低了声音。

　　所有的摩托车都熄了火，警察们子弹上膛，持枪悄悄地包围了黑松林。突然，如雨的松塔儿从头顶的松树上倾泻而下，是那群猴子躲在树上袭击他们。

　　警察们捂着头迅速冲过黑松林，发现十几辆警车全都停在松林后面的坡地上，车门都敞开着，里面没有一点声音。哈克第一个冲过去，车厢里是空的，沙发皮椅被割了个大口子。

"这辆车的皮椅也被割破了！"

"还有这辆！"其余的刑警也都纷纷叫嚷起来。

"为什么它们专门割破警车的皮椅呢？"黑暗中，大鼻鼠眨着眼睛思索着，突然一拍脑袋大叫起来，"我明白了，一定是在里面藏了东西。黑蜘蛛强盗窃得的赃物无法转移到身上，只好藏在皮椅下面了。那小录像带也一定……快！快找昨天乘坐的那辆4号警车！"

4号警车在山坡上面，哈克打开车门，发现里面有响动，他机警地扑过去："这回你跑不了啦！"里面是只老猴子，它手里拿着刚从皮椅里取出的小录像带，一见哈克，噗噜一下把小录像带吞到嘴里了。

猴子被捉住了。

"怎么办？它把小录像带吃了！"哈克发愁地说。

"不！没有吃！"大鼻鼠笑嘻嘻地说，"这家伙把东西放到颊囊里去了，每个猴子嘴巴里都有个口袋似的颊囊，保存食物可比老鼠能干。"

真的，老猴子的腮帮子鼓鼓囊囊，像是含了个核桃。

在办公室里，哈克匆匆忙忙做了满满一瓶辣椒水。因为老猴子的嘴巴始终紧闭。哈克想把辣椒水灌进猴子的鼻子，让它把小录像带吐出来。

"其实，你不必这么急！"大鼻鼠眯缝着眼慢吞吞地说。

"可只有看了录像带，才能找到黑钻石蜘蛛呀！"

"要是能抓住黑蜘蛛本人不是更好！"

"你这是说梦话吧！"哈克不以为然地一撇嘴。

"我想有这个诱饵他会来的！"大鼻鼠狡黠地一挤眼，指指老猴子，"因为黑蜘蛛比咱们更想知道这录像带里的秘密。"他说着把一份报纸递过来，"我已经让人登了广告。"

哈克接过报纸，上面写着："失物招领：本人今晨在郊外林中散步，发现一害病老猴，其腮帮子肿大，望失主能到54号大街32号楼认领。"

"说不定，一会儿就会有人来认领呢！"

大鼻鼠正说着，楼下响起了敲门声。接着，一个粗粗的嗓门问："认领猴子是这儿吗？"

　　哈克撩起窗帘向下望去，只见一个身材极高极瘦的老头挂着一根拐杖正仰脸向上望，他身后停着一辆大卡车。

　　哈克朝老头点点头，示意他上来，然后放下窗帘，紧张地低声问："是'黑蜘蛛'化装的吗？"

　　"气味好像不对！"大鼻鼠吸溜着鼻子嘟囔着，"这狡猾的家伙没有亲自来，看样子是另一个，不过也是大名鼎鼎的。快！快！把枪和报话机带上！"两人一阵手忙脚乱。

　　随着嘎吱嘎吱的皮鞋响，瘦高老人推门进来了。他脸白得像纸，一双亮亮的眼睛滴溜溜地乱转，一看见猴子，便欢呼一声扑了过去："哈！你在这儿，我的皮克！"

　　"这是您的猴子？"大鼻鼠不露声色地问。

　　"是马戏团的，我是马戏团的驯兽员。我们的车在下面！"瘦老头沙哑着公鸡嗓门说："猴子皮克是我们的功勋演员，它的走失对我们是多么巨大的损失，真不知道该如何感谢你们！"

　　"不必客气，您可以把猴子领走了！"大鼻鼠不露声色地把拴猴的链子解下来递给老头，老头礼貌地鞠了一躬，牵着猴子走了出去。

　　"那录像带呢？"哈克急了。

　　大鼻鼠一摆手："快，快盯住他！"说着打开窗子，动作灵巧地顺着楼房的下水管溜下去。哈克也急忙学着他的样子溜下来，两人神不知鬼不觉地落到了卡车的顶篷上，然后钻了进去。

　　瘦老头牵着猴子从楼里走出来进了前面的车厢，车子一启动，立刻飞快地跑了起来。卡车在路上颠簸，车上放了一堆空汽油桶，大鼻鼠和哈克挤在缝隙间，死死盯着前面的驾驶室。瘦老头一路吹着口哨，左拐右拐，驶向一条偏僻的小路，经过一片破旧的住宅，终于在一座四周长满野草的楼房前停了下来。瘦老头牵着猴子进了楼房，大鼻鼠和哈克也从后面跳下卡车，蹑手蹑脚地溜到窗子边上。

屋子里很黑，透过昏暗的烛光，他们看见瘦老头坐在靠墙的一张写字台旁边，背对着他们，猴子拴在旁边的椅子上。

"这家伙该从猴子嘴里取出录像带了吧！"

哈克小声地猜测。

大鼻鼠迷惑地眨着眼睛，使劲地盯着："怎么他俩一动不动呢？"

哈克盯了一会儿，终于也发现了，瘦老头和猴子背对着他们，始终一动不动。

"不行，得进去看看！"哈克和大鼻鼠端着枪冲了进去，"不许动！"

瘦老头一点反应也没有，用手一推，噗的一声倒下了，是蜡做的伪装。这时候，从他们背后传来一阵难听的怪笑声。哈克和大鼻鼠闻到一股刺鼻的气味，他们感到头晕目眩，浑身酥软，被一种怪异的气味麻醉了。

蜡像馆里的两个小丑

不知什么时候，哈克和大鼻鼠醒了过来。他们的手脚都被紧紧地捆住。四周黑黢黢的。

"这是个地下室吧！"哈克自言自语。

"不！我感觉这房子在动，并且我闻到了一股水草的腥味，大概我们是在船舱里。"大鼻鼠吸溜着鼻子。

"你说得对极了，这是船舱，你们正在一艘漂亮的游艇上！"从上面传来一个讥讽的声音。顶上的一个盖子打开了，强烈的阳光照射进来，晃得他们睁不开眼。

瘦老头弓着背，嘻嘻笑着从舷梯上走下来。

"啊！又是一个瘦老头！"哈克不禁倒吸了一口气。

"您的鼻子真是名不虚传！"瘦老头挑衅地捏着大鼻鼠的鼻子，"可惜这么好的鼻子再也不会发挥作用了，因为马上就要送你们上西天了！"

他邪恶地笑着，一挥手，立刻从上面下来两个剽悍的水手，他们都穿着胸前印有黑蜘蛛的背心，动作粗野地把哈克和大鼻鼠拖上了甲板。

甲板上放着一个透明的像电话亭大小的玻璃匣子。匪徒们把捆绑哈克和大鼻鼠的绳子解开，把他们装进玻璃匣子。

　　"这可比待在下面舒服多了，还能看到外面的风景，看来他们还懂得优待俘虏。"哈克挺高兴。

　　"不过，我想，他们可能是让咱们看海景。"大鼻鼠不露声色地说。

　　"你是说，他们想把咱们沉到海里?"哈克胆战心惊地问。果真如此，匪徒们在玻璃匣子边拴住铅块，让它慢慢地浸到海水里。

　　"完了!"哈克最后望了一眼蓝天白云。他们感觉到，玻璃匣子摇摇晃晃，一点点地往深水里沉，水草、游鱼向头上漂去。冰凉的海水从四个乒乓球大小的圆洞里流了进来，漫到脚腕，漫到小腿肚。

　　"这回可没办法出去了!"大鼻鼠踮起脚四下张望，水已经快淹到他的鼻子了。他叹了口气，"遗憾的是，到现在我们还不知道那后半段录像带的内容呢!"

　　"可黑蜘蛛说不定这会儿正在看呢!"哈克气鼓鼓地说，"要不是你逞能，非来个什么'深入虎穴'，咱们也不会落到这个地步。"他埋怨大鼻鼠。这时，水已淹到他的腰部，大鼻鼠已费力地在水里游了，他又急忙用手把大鼻鼠托起来。

　　哈克的心肠还是不错的，他想，即使死也要不分先后，两人一块儿死，这样才算得上同甘共苦。

　　"喂! 差不多了，我想咱们该走了!"大鼻鼠突然笑着说道。

　　"走?"哈克以为他吓糊涂了。

　　"当然，"大鼻鼠翘起了尾巴，尖上有金属的闪亮，"注意! 深吸气，我用尾巴尖的金刚石把玻璃刚匣子一划开，就赶快往上游!"

　　哈克乐了，他没想到大鼻鼠还有这么一招，大家都说"老鼠尾巴没多大脓血"，这家伙却安上了珍贵的金刚石。他欣喜若狂地说："你怎么不早点划，吓了我这么半天!"

　　"傻瓜! 要是早点划开，一浮上去就得让游艇上的人抓起来。"大鼻鼠说着扬起尾巴。他突然惊叫起来："潜艇! 潜艇!"十来艘微型潜艇射出雪亮的灯光在水中搜索着。蓦地，一束灯光扫在玻璃钢匣子上，小潜艇立即从四面八方同时向他们驶来。

"这是怎么回事？难道他们发现了咱们的秘密？"哈克诧异地问。

"绝不可能！"大鼻鼠已把尾巴尖上的金刚石巧妙地隐蔽起来。

"是救咱们的？"

"也不像。"

他们还没来得及弄明白，一只潜艇已放出拖网把玻璃匣子拉进舱体里。

在潜艇里，他们看见了衣服上印有黑蜘蛛标记的人，那个瘦老头也在其中。

"不要怕。这回我们是奉黑蜘蛛的命令前来救你们的。"瘦老头嘻嘻笑道。

"救我们？"哈克大为惊奇。

"当然，尤其是你。"瘦老头狡黠地转着眼珠，"黑蜘蛛看了那盘录像带后，突然改变了主意，命令我无论如何要找到你们，把你们送到他那儿去，当然要采取最安全的运送办法。"

哈克和大鼻鼠无论如何想象不到，他们竟被暂时制成了蜡人。匪徒们用一种特殊的药物来注射，使他们身体在二十四小时之内，变得软绵绵的，浑身没有一点力气，在他们身上再包上一层蜡做的外壳。他们的模样完全改变了，哈克变成一个肥胖臃肿的贵妇人，大鼻鼠则成了一个蜡做的小矮人。他们同许多真正的蜡像混在一起放进了船舱，蒙混过了海关警察的检查，一个个蜡像被小心地装上汽车，要运往博物馆，那里正在举办蜡像展览。汽车开到半路，停在一辆小轿车旁边，开车的是个斜眼司机。

"把这两个蜡像拿下来！"装扮成绅士的瘦老头吩咐斜眼司机。

斜眼司机搬下装两个人的纸盒子，装上小汽车开走了。谁也没有注意，司机由于眼睛斜，看错了位置，拿下去的是另外两个真蜡像，哈克和大鼻鼠还在车子上。

展览馆里，工作人员把一座座蜡人像放在各个角落里。

"这两个小丑挺好玩的，一个胖一个矮，把他们放在最中间吧！"一位工作人员抱起了"胖妇人","哎哟！这个家伙怎么这样沉哟?"他说着，忽然发现胖蜡像的眼珠骨碌骨碌直转，吓得他惊叫一声，丢下蜡像便跑。

"啪啦!"蜡像倒在地上裂成两半，里面包着的哈克露了出来，他掏出塞住嘴巴的手帕，费力地叫："快！快把那小矮人蜡像也摔碎。"

大鼻鼠被放出来时，开口的第一句话就是："好极了！我又想出了一个妙招!"

"什么妙招？再让黑蜘蛛捉住咱们?"哈克挖苦他。

大鼻鼠附在他耳边嘀咕一阵，哈克立即眉开眼笑："这个嘛，倒可以试试，咱们也来个以其人之道，还治其人之身。"

深夜，博物馆里静悄悄的，银灰色的月光透过大厅顶上的玻璃窗，照在一个个寂然不动的蜡人像上，在地上投下了稀奇古怪的影子。忽然有四条黑影闪进了博物馆，他们像猫一样，无声无息，奔向中间放着的贵妇人和小矮人的蜡像，手刚一接触，蜡像马上倒在地上裂成粉片。

"不许动!"大厅里灯光骤亮，十几名警察从四面八方冲进来，把盗贼团团围住。

哈克提着枪笑眯眯地说："这不是瘦老头吗？咱们又见面了，我哈克早就料定你会来的!"

大鼻鼠也冷笑着说："我来向你们介绍一下，这位就是'黑蜘蛛集团'的第二号大头目，大名鼎鼎的秃鹰先生。"哈克走过去，用手一掀，瘦老头的假发被摘掉了。

啊，真是秃鹰！在场的警察都大吃一惊，随即欢呼起来，他们早就想抓住这个罪恶累累的坏蛋了。只有大鼻鼠和哈克沉吟着自语："那小录像带的内容是什么呢？黑钻石蜘蛛又藏在哪儿?"

黑斗篷矮子的妖术

哈克和大鼻鼠回到家里，看见屋门口摆着一个硕大的花篮，里面盛满了五颜六色的鲜花。系在上面的红绸条上写着："献给最最伟大的侦探家哈克及大鼻鼠先生！"

"瞧，他们都祝贺我们来了！"哈克眉开眼笑。

"但愿不是黑蜘蛛的阴谋！"大鼻鼠皱着眉头，警惕地说。

哈克立即紧张地趴下，抽出手枪："鲜花里可别有定时炸弹！"

"放心，我还没有闻到炸药味，可是我闻到了那股名酒味！"是的，又是那股香喷喷的世界名酒的气味，连哈克都闻到了。不过，不是从鲜花上，而是从他们的卧室里忽忽悠悠地飘出来。

"黑蜘蛛到这儿来了？"哈克大喊一声，端着枪冲了进去，但立即又飞快地跑出来，张皇失措地叫："蜜蜂！蜜蜂！"他身后响起一片嗡嗡声。大鼻鼠从门缝向里一望简直不得了，天花板、地板、床、写字台、大衣柜、窗帘……全都爬满了蜜蜂，它们都是被醇香的酒味吸引来的。

"这坏蛋把名酒洒到咱们屋里来了！"哈克气哼哼地说。

"并且兑了许多水，否则咱们会被熏晕的！"大鼻鼠说。

"是想给咱们栽赃？"哈克乱猜。

大鼻鼠吸溜着鼻子，忽然惊叫起来，"糟糕，我的鼻子又失灵了，在这楼里，我什么也闻不出来了！"的确，这会儿，他的鼻子里只是充满了酒味。

哈克和大鼻鼠把全身包得严严实实，又和蜜蜂混战了一场，总算把它们全轰走了。

"真是万幸，我们总算没挨蜇！"大鼻鼠庆幸地摘下头盔。忽然，他觉得鼻头有点痒痒，随手一揉，"啊呀！"顿时感到针刺般的疼痛，鼻头顿时肿得像熟透的红草莓。原来是一只漏网的小蜜蜂正躲在他的鼻头上。

入夜了，哈克躺在床上呼呼地打着鼾，睡得极香。但大鼻鼠的眼珠瞪得溜溜圆，他认定，用名酒使他鼻子失灵，一定有什么阴谋。这会儿，他耳朵耸得直直的，在不用鼻子的时候，只要把劲儿使在耳朵上，听觉也是极灵的，能听见一公里以外蚊子打盹的声音。

"沙沙，沙沙！"他听见楼下花园里有轻微的脚步声，立即警觉地爬起来，悄悄地溜出去。月光下，闪过一个黑影，大鼻鼠认出是旁边新搬来的邻居，头上包着围巾，提着一个沉重的箱子走进草丛里。大鼻鼠蹑手蹑脚地跟上去。

女邻居无声无息地穿过葡萄架、花池子、小树丛，来到那堆奇形怪状的假山石前。她轻轻推动一块山石，假山石竟然无声无息地移开了，闪出一个漆黑的洞口来。大鼻鼠吃了一惊，他一点不知道，假山石里还有鬼名堂。他趁女邻居提皮箱的工夫，吱溜一下钻了进去，石门随后便关上了。前面是一条有石阶的通道，大鼻鼠爬上了洞顶，灵巧得像壁虎一样。身子贴着顶上的石壁往前跟踪。女邻居绕了五六个弯，最后停了下来，推开了一扇门，进到一间地下室。里面亮着昏黄的灯光，一个身披黑斗篷的矮子坐在一张桌前，桌上的盘子里放着一个黑色的石头蜘蛛，他一动不动地看着。听见响声，他倏地回过头来，这是一张戴着假面具的脸，只露出一张阔嘴和一对凶狠的眼睛。

"带来了?""黑斗篷"声音冰冷地问。

女邻居点点头，打开皮箱，里面爬出一条胖胖的黄狗来，大约在里面憋了好久，昏头昏脑地四下张望。

"把这个给它吃掉!""黑斗篷"从桌上的盘子里抓起石头蜘蛛，扔了过来。

女邻居顺从地把石头蜘蛛塞进黄狗的嘴里，骨碌一下滚进了黄狗的肚里。

"黑斗篷"冷冷地盯了黄狗一会儿，突然挺直了身躯，双臂缓缓张开，脚慢慢移动，那神态仿佛是在练气功。

"嗨!""黑斗篷"在两米之外伸出双掌向黄狗推去，就像一股无形的力冲过去，黄狗不由得向后打了个趔趄。

"黑斗篷"不露声色，两臂两掌向下乱晃，越来越快，黄狗浑身战栗，呜呜地低吟着。

突然，"黑斗篷"停止了晃动，摊开双掌，石头蜘蛛出现在他手心里。啊！他是在用特异功能取物，居然神不知鬼不觉地从狗肚子里把这玩意儿取出来了。

"您成功了！从活物身体里把所要的东西取出来了！"女邻居谄媚地说。

"从人的肚子里取出东西才是目的呢！""黑斗篷"冷笑道，"人的抵抗力强，有头脑，只要人一警觉，取出来就很困难。"

"那您趁他们睡觉的时候，赶快偷偷发功取出来吧！"女邻居赶忙说。

"黑斗篷"登上桌子，仰起手掌来，准备向屋顶处发功。屋子里静极了，连根针掉在地上都能听见。大鼻鼠也使劲侧着耳朵向上听。他忽然大惊失色，因为他隐隐约约听到了上面的鼾声——那是哈克的。闹了半天，这地下室就在他们住房的下面，并且……大鼻鼠猛然醒悟了，他屏住气息，轻手轻脚地退出去，一出洞口就连滚带爬地往楼上跑。

"哈……哈克！"大鼻鼠急得连说话都结巴了，这在他来说可是很少见的。他冲进屋子，发现哈克正愁眉苦脸地坐在床上。

"我犯胃病了。"哈克苦恼地捂着肚皮。

"不，有人想取出你肚子里的一件宝贝！"大鼻鼠急忙告诉他，"千万别让他们拿走！"

"哎哟！我的腹腔在发胀！"哈克呻吟着。

"快，快用皮带把肚皮勒得紧紧的！"

"似乎有东西往喉咙口冒！"

"快！快把嗓子眼堵住！"大鼻鼠心急如火，也顾不得干净了，从椅子上抓起一团布塞进哈克的嘴里。两人都没看清，那是哈克脱下的臭袜子。

"不……不行，我受不了，有个东西在……肚里乱动！"哈克眼泪都快呛出来了。

"砰砰砰！"大鼻鼠灵机一动，向地下连放三枪，嘴里喊着："快打！坏人在下面捣鬼！"

哈克也顾不得疼痛了，抄起机关枪向地下猛扫。地下似乎有响动。

哈克的肚子立即不疼了，两人拿着枪一起冲出屋，直奔假山石下的洞口。

海底古堡里的搏斗

哈克和大鼻鼠冲进地下室，发现女邻居和穿黑斗篷的矮子全不见了。

"唉，又叫他们逃脱了。"哈克懊恼地说。

"快！快去医院！"大鼻鼠神情紧张。

"他们逃到那儿去了？"

"不！照照X光，看看你肚子里的东西叫他们偷走了没有！"

透过X光的荧光屏，大鼻鼠清晰地看见，一个亮晶晶的黑钻石蜘蛛正闪现在哈克的胃里。

"哈克，祝贺你！"大鼻鼠兴奋地叫。

"那东西还在？"哈克高兴地咧开了嘴，不由得拍拍肚皮。

"赶快做手术，把黑钻石蜘蛛取出来！"大鼻鼠吩咐医生。

"啊！要开刀？"哈克吓得几乎要晕过去。

正在这时，一位警察冲进诊室，着急地喊："快！快去警察局，又发生了大案，一所幼儿园的孩子全部被匪徒绑架了。"

警察局里乱作一团，神色不安的局长把一封匿名信递给哈克。

"哦！是黑蜘蛛寄来的！"哈克一眼看出信纸上张牙舞爪的黑蜘蛛的印记。信上说，只有用哈克（连同他肚子里的东西）进行交换，他们才释放人质，否则孩子们将全部被杀掉。

"怎么办？"局长问。

"为了保护孩子，我去！"哈克毅然决然地说。

"我和你一块深入虎穴。"大鼻鼠鼓励他。

"他们只让哈克一个人去，为了保护孩子，只能照办！"局长连忙提醒。

"放心，我用鼻子跟踪，决不会有人发现。"大鼻鼠充满信心，"只要给我预备一辆微型汽车、一架微型飞机、一艘微型潜艇，这样，他们上天入地都甩不掉我。"

夜里九点钟，天色完全暗了下来，警察局长朝天空打了三发彩色的信号弹，通知了黑蜘蛛。过了半个小时，一辆流线型的黑色轿车飞驰而来，车上的窗帘遮得严严的。

"请哈克先生上车！"汽车里发出一个低沉的声音。

"你们什么时候放回孩子？"警察局长急切地问。

"哈克一到目的地立即释放。"

哈克刚刚钻进汽车，两个蒙面人立刻用黑布遮住他的眼睛，汽车闪电般地开跑了。

"把后面跟踪的汽车用激光炮毁掉！"还是先前那个低沉的声音。

匪徒们把激光炮伸出后车窗，一束强光，把后面五百米的地面照得雪亮。但是后面空荡荡的，连个蚊子也没有。他们一点也没有料到，在他们的汽车底下，大鼻鼠的微型小汽车正以相同的速度在行驶。

黑色轿车驶出了城，沿着寂无一人的海边公路驰向"狂浪海峡"。远远地传来了惊天动地的浪涛响，大鼻鼠看见了成片成片的黑如铸铁的岩石奇形怪状地伸向天空；看见悬崖间冲天而起的雪白的巨浪，他不由得打了个寒战——好险恶的地方！

黑色轿车在悬崖边停了下来，一个匪徒下了车，走到一堆凸起的岩石边，搬开其中的一块，打开下面的铁匣子，按动电钮。矗立在面前的高大悬崖颤抖着，随着沉闷的响声，他们面前出现了一个大岩洞。匪徒把车开进了洞，洞门又关上了。洞高而宽阔，里面放着汽车和直升机，洞的另一面通向海底，一艘潜艇停泊在岸边。

几个匪徒拥着哈克登上了潜艇，咚的一声关上了密封舱门，潜艇引擎发出轻微声响，慢慢地沉下海底，周围又恢复了死一般的寂静。

"嘻嘻！"大鼻鼠笑着，把他的微型小汽车从黑轿车底下开了出来，"幸亏我事先考虑得周到！"他自语着从小汽车里取出工具箱，开始拆拆卸卸，不到一刻钟，微型汽车已改装成了一艘精巧的小潜艇。

"哗——"小潜艇下了水。深蓝色的大海里，两艘潜艇无声无息地在水中遨游。不过，你只能看见一艘，大鼻鼠驾驶的微型潜艇隐藏得十分巧妙，时而钻入深绿的海藻中，时而又混入漫游的鱼群中，装模作样地像一条小鱼晃来晃去。小潜艇中，大鼻鼠全神贯注，死死盯住前面正在下沉的潜艇。潜艇沉到岩石凸凹的海沟里，光线骤然暗了下来。恍惚中，大鼻鼠大吃一惊，他发现，在这光线幽暗的海底，竟然隐藏着一座巨大的黑色城堡，匪徒的潜艇驶进了城堡。

大鼻鼠马上取出了报话机，他要通知警察局，黑蜘蛛的巢穴找到了。

遮在哈克眼睛上的黑布被取下来了。他发现自己是在一个富丽堂皇的大厅里，灯火通明，两边矗立着一个个蒙面匪徒和面无表情的机器人。正面的高台上，一个黑衣矮子背对着他。

"哈克！你来了！"矮子倏地转过身来。啊！面目是那么狰狞可怕，吓得哈克不由得浑身颤抖了一下。

"你就是黑蜘蛛？"哈克壮着胆问。

"咱们已见过两次面了！"矮子冷笑着，从桌子上拿起两张特制的脸皮来：一个是金发男孩的，一个是面色蜡黄的小女孩的。

哈克脸红了，他两次都没认出来，硬是叫这狡猾的家伙从身边溜掉了。他气愤地质问："我如约来了，被绑架的孩子你放了吗？"

"你放心，"黑蜘蛛冷笑着，"你一登上潜艇，我的部下就把孩子全放了，我要那些孩子没用，我要的是你！"说着，他一挥手，几个大汉一拥而上，把哈克绑在一个铁架子上。一辆古怪的机械车驶来，伸出机械手，撬开哈克的嘴巴，一条长长的软管子伸进他的喉咙，呛得他眼泪都快流出来了。机器隆隆地吼着，哈克感到有一股往上的吸力，几乎要把他的五脏六腑全吸出来。软管子终于退出来了，管子的吸嘴上有一个闪着乌黑荧光的东西。

"钻石蜘蛛！钻石蜘蛛！总算找回来了！"黑蜘蛛狂喜地扑上去，一把抓过黑钻石蜘蛛，贪婪地看着。

"把这家伙怎么办？"匪徒问。

"丢到黑井里去喂海怪！"黑蜘蛛狞笑着吩咐。

"等一等！"哈克大吼一声，"去之前，我想知道钻石蜘蛛是怎么跑到我肚子里来的！"

"当然可以！"黑蜘蛛嘲笑地说。他吩咐匪徒把残留信息再现机取出来，给哈克放后半部分录像带。

屏幕上出现了哈克熟悉的画面：他正坐在垃圾桶上，拿着酒瓶，一边喝酒，一边吃着熟肉。猛地，他抓起了黑钻石蜘蛛，醉醺醺地瞅着，"这块肉可不错，一定是透明的水晶肉！"他说着说着，一口吞进肚里，然后费力地爬进垃圾桶里昏睡过去……

"哈哈！透明的水晶肉！"匪徒们哈哈大笑。哈克却羞得恨不能找个地缝儿钻进去。他决心这辈子不喝酒了，不！看来得等下辈子了，因为他马上就要去喂海怪了。

哈克被推进了一个空旷的大房子里，身后的铁门紧紧关上了，只剩下他一个人。他正不明白是怎么回事，前面的墙壁忽然像门一样地裂开了，海水源源不断地涌进来。哈克看到了两盏绿莹莹的大灯笼，不，是海怪的眼睛，正狠狠地瞪着他，几条柔软粗大的触角伸了进来，原来是大章鱼。

哈克的胳膊、腿、身躯全被紧紧地缠住，皮肤火辣辣的疼。他眼冒金星，几乎喘不过气来，他闭上眼睛，以为这回真的完了。

突然，缠绕他的手臂软软地松开了。"哈克！哈克！"是大鼻鼠的声音。哈克睁开眼睛，看见一艘微型小潜艇驶了进来。大鼻鼠笑着说："嘻嘻，大章鱼中了我的麻醉枪，早沉进深深的海沟里去了，你快游过来！"

哈克用尽力气游过去，外面停泊着三四艘大潜艇，警察局长也在里面。

"你们怎么知道我在这儿？"哈克问。警察局长还没来得及答话，报话机里又传出了大鼻鼠的笑声："当然是我的鼻子闻出来的！注意，我开始攻击了！"说着，小潜艇射出一枚最新式的原子鱼雷，轰隆一声巨响，里面的大铁门破裂了，汹涌的海水从四面八方涌了进去。

黑蜘蛛坐在他的宝座上正得意洋洋地欣赏着黑钻石蜘蛛，一个小匪徒跌跌撞撞地跑来叫道："不好了！好几艘潜艇从后面打……打进来了！"他背后响起了海浪的呼啸。

"快上潜艇！抛弃城堡！"黑蜘蛛气急败坏地命令。匪徒们惊慌失措地分别爬上六艘潜艇，冲出了海底城堡，但数十艘潜艇从四面八方向他们袭来，他们陷入了重围。

"分成六路，各自突围！"黑蜘蛛狡猾地下了一道命令，自己却驾着另一艘潜艇向深海沉去。奇怪，所有的追捕潜艇都不约而同地向他冲来，抛出大网，把他的潜艇推进器缠住。

黑蜘蛛慌了，急忙换上潜水服，想从潜艇底部的暗门逃走。他刚钻了出去，就觉得胳膊挨了一针刺，立刻眼冒金星，手脚酥软地瘫倒了。原来大鼻鼠的微型潜艇正紧紧地贴在他潜艇的肚皮下，向他发射了麻醉枪。黑蜘蛛这回可真逃不掉了。

警察局的一间办公室里，新上任的警长哈克和他的朋友大鼻鼠正在灯下捧着闪光的黑钻石蜘蛛，仔细端详着。哈克若有所思地自言自语："匪首落网了，下一步，该用这个召集所有暗藏的匪徒，然后一网打尽！"

新的战斗开始了。

哈克和大鼻鼠全传

变形电话

刑警哈克很喜欢他的朋友大鼻鼠，决不因为对方属于非人类就歧视他。当然，这不仅因为大鼻鼠长相奇特：有一个香白杏似的特大鼻子，这鼻子能闻出月亮背面的耗子药味，能闻出非洲战场在打仗，能闻出各种各样的盗贼。而且这只老鼠还有一个机灵透顶的脑瓜，他除去破复杂的案子外，还搞各种稀奇古怪的发明。这不，这会儿大鼻鼠又在手忙脚乱地画各种草图，往烧杯、试管里掺带颜色的药水，又把药水放进烤箱里，终于弄出一种暗绿色的、软面团似的东西。

"这是什么？"哈克眯缝着眼睛问："是新式面包？我可以尝一点吗？"

"当然可以，"大鼻鼠笑眯眯地回答，他看见哈克伸出手去，又不露声色地补充一句，"不过，它到你肚子里，就会变成一个小哈克的！"

"什么？"哈克吓了一跳，忙缩回手。

大鼻鼠告诉他，这是一种新型的电话，是用特殊的软材料制成的，整个电话就像一个面团，可只要电话一接通，话筒马上都会变成对方的模样，就如同人与人在面对面地交谈，你做什么动作，变形电话就可以在对方家里做什么动作。

"这太好了，"哈克听了高兴得拍手大叫，"我们快去把这种专利卖给电话局，一定可以得一大笔奖金！"他不由分说，抱起大绿面团兴冲冲地跑出门去。

检验合格，大批的面团状变形电话被工厂制造出来了，许多人都争先恐后地购买、安装。

"丁零零!"电话铃响了，A先生刚一摸变形电话，绿面团立刻变成了千里之外朋友的模样，原来对方闲得没事，想找他下棋，A先生立刻笑嘻嘻地摆好棋盘。

"丁零零!"B太太刚一摸变形电话，绿面团立刻变成了医生的模样，原来医生通过变形电话就可以为人看病了。

"丁零零!"珠宝店老板一摸电话，他吓了一跳，绿面团变成了一个陌生的蒙面男子，穿着黑衣服，手里提着根木棒。

"你是谁?"珠宝店老板牙齿打战地问。

"是给你打电话的人。"蒙面男子冷笑着，拿下面具。啊，是蓝脸大盗，珠宝店老板还没来得及喊出声，他头顶已经挨了重重的一棒，眼冒金星地晕了过去。变形电话又慢慢地恢复了原状成了柔软的绿团。过了一会儿，真正的蓝脸大盗从窗子里跳进来了，他笑嘻嘻地望着晕在地上的老板说："哈哈! 这变形电话可真不错，我给谁打电话，谁家的电话就变成我的模样。"蓝脸大盗把珠宝店洗劫一空，扬长而去了。老板醒来，发现珠宝全没了，气得大哭："什么变形电话，简直是盗贼电话，我要去法院控告哈克。"

到法院告哈克和大鼻鼠的人可真不少，丢钱的、丢录像机和彩电的，都要求赔偿。

"不要着急! 我们一定赔!"哈克满头大汗地赔礼道歉。他把家里所有的电器、家具全拿出来了，望着屋里空空的四壁，哈克气愤极了："这些该死的强盗，可惜他们打电话时我不在，不然，非抓住他们!"正在这时，"丁零零!"电话铃响了，哈克刚一摸变形电话，话筒立刻变成了人形，哈! 是蓝脸大盗。哈克急忙扑过去，一下子紧紧抱住蓝脸大盗，嘴里喊着："这回，我可抓住你了，看你往哪儿跑!"

蓝脸大盗却讥笑地说："可惜，你抱住的是变形电话而不是我。"说着邪恶地拧了拧哈克的鼻头，拧得哈克又酸又痛，都快流出眼泪来了，哈克抢起拳头反击，却打在柔软的绿面团上。大鼻鼠在他身后说："甭打了，蓝脸大盗在那边已经放下话筒了。"

哈克气鼓鼓地说："这破电话真该死，看来，你的发明糟透了。"

"要是改进电话，给它加上捕盗功能呢？"大鼻鼠转着眼珠思索。

"得了吧，那说不定更会出笑话，谁打电话就都会被当成贼抓起来。"哈克说着泄气话。

"不！我要把强盗的指纹储存进变形电话的电脑里，再加上各种武器，这样，只要强盗一摸话筒，就会发生意想不到的事情。"大鼻鼠信心十足，又趴在地板上涂涂画画起来。

几天以后，大鼻鼠跑进办公室对哈克说："改进后的新式电话全装好了，这回可万无一失了。"

哈克嘟囔着："但愿这电话抓的盗贼不是你和我。"这时，警察局长通知哈克，把一名抢劫犯押送到监狱里去。

哈克雄赳赳地押着抢劫犯在街上行走，他东张西望，惊奇地发现，马路旁边的电话亭里也安上了那绿面团团似的变形电话。他望了望身边的抢劫犯，突然灵机一动："何不让这家伙试试呢？"于是哈克对抢劫犯说："你可以进去打个电话。"抢劫犯急急忙忙地说："太感谢您了。"他心里却想，这哈克真是个傻瓜蛋，我可以借这个机会用暗号向同伙报信，叫他们在半路上把我救走。抢劫犯进了电话亭，刚想关上小门，哈克忙挤了进去，他要亲眼看看这变形电话的功能。

抢劫犯的手指刚一摸电话，变形电话立刻发出刺耳的尖叫，几乎要震破耳鼓，哈克和强盗全都被震得手脚发麻，一动不动了。"嗞嗞嗞！"接着从软面团的变形电话里往外猛喷辣椒水，喷得两人眼泪哗哗往下流。哈克慌忙大叫："辣死我了！"然而事情还没有完，变形电话又变成了一个强壮的拳师，手臂上的肌肉块块饱胀，发达极了。"砰砰砰！"拳师向他们猛烈攻击，打得哈克和抢劫犯眼冒金星。最后变形电话里又嗖地飞出一条绳索，将两人团团绑住。被打得鼻青脸肿的哈克哭笑不得地说："看来这变形电话的捕捉功能还挺灵的呢！"

哈克和大鼻鼠全传

现代魔瓶

自从电视台的珊珊小姐来采访哈克之后，哈克变得特别爱打扮了。什么珍珠美容霜、丽丽洗发露、超级减肥水……他买来一大堆，竭力想使自己的尊容变美一些。他觉得那位漂亮的女记者珊珊，似乎对自己有点意思，只是她每次来，都捧着小本子不停地问："请问，哈克先生，您还有什么新的功绩？"

"马上就会有的！"哈克马马虎虎地说。

"马上是指什么时间呢？"珊珊小姐穷追不舍，这使哈克颇为尴尬。看来这位小姐很佩服英雄，要想取得她的好感，显然应该干一番惊天动地的事业。可现在到哪儿去找呢？这一段时间，那么平静，哪儿也没有强盗抢东西，甚至连个小偷都没有，哈克不免有些发愁了。他坐在院子里的花坛旁边，仰脸望着蓝天，苦苦思索。突然，他听到一阵急促的脚步声，是大鼻鼠连滚带爬地翻过墙头，后面跟着一只肮脏的、凶恶的野猫。

"哈克，拦住它！替我拦住它！"大鼻鼠喘息着叫。他什么都不怕，就怕猫，大概这点还算是老鼠的本性。

哈克腾地站起来，野猫立刻吓得退后一步，虎视眈眈地和他对峙，那眼珠里的荧荧绿光挺吓人。哈克心里有点发毛，担心猫会抓他的脸，要是叫猫爪子在脸蛋上划一两道口子，那怎么再去见珊珊小姐呢？！

这会儿，大鼻鼠从屋子里跳出来了，手里拿着一个小巧的金属花瓶，笑吟吟地对准野猫，花瓶里射出一团光环，落到猫身上，猫一动不动，变成灰色的烟雾状，接着慢慢地飘进了花瓶里。

"魔瓶！"哈克吃惊得眼珠都瞪圆了。

"什么魔瓶！这是我研制的分解合成器！"大鼻鼠笑嘻嘻地说，"现在我还可以让猫还原。"说着，一按金属花瓶的底盖，一团灰色的烟雾又从瓶子里冒了出来，落在地上，慢慢地还原成野猫。野猫叫了一声，受惊似的蹿上房，消失在墙外了。

"这东西有什么用？"哈克傻乎乎地问。

"用来装坏人，不用警车，一个小瓶就足够了！"

哈克突然来了灵感，他断定这灵感是珊珊小姐给他的。他喜滋滋地说："要是我藏在里面，突然变成一团烟雾从里面飘出来，一定会吓得那些强盗们屁滚尿流的。"

"这倒是个好主意！"大鼻鼠皱着眉头沉思着，"我可以把这瓶子外面镀上一层金，混在珠宝店的珍宝当中。"

哈克马上接着说："强盗一按瓶子底，我就会像魔鬼一样出现！"他兴高采烈，叫珊珊小姐等着吧，他哈克马上就要创造奇迹了！

夜晚，珠宝店里一片漆黑，各色珠宝在幽暗中闪着美丽的光泽。柜子中央放着金花瓶。哈克躲在里面，身体轻轻的，像一团棉花。他听到外面有奇异的响动声，接着感觉花瓶被人拿起来了，同金项链、钻石戒指一起被装进了皮口袋。他感到自己在慢慢上升，似乎高过了天花板。哈克明白了，强盗们是从天窗里钻进了珠宝店。轻微的螺旋桨响声，哈克感觉自己是在直升机上。但他待在花瓶里一点也不慌张，到了匪巢，他——英勇无比的哈克，像天神般地出现在强盗面前，那情形一定有趣极了。可惜他没带照相机，要是能把这精彩的镜头照下来，叫珊珊小姐一看，那该多来劲呀！这么想着，哈克不由得想手舞足蹈一番。不行，此刻他的身体软得像面团，手脚像是得了软骨病，连身上的手枪都软软的，看来只能到花瓶外面再施展了。

直升机降落了，像是降落在甲板上，一阵一阵的海浪声传进了哈克的耳鼓。周围亮了一点，原来花瓶被拿出来了，在一只只手间传来传去，强盗们在轮流欣赏金瓶子。哈克在瓶里准备着，手紧紧摸着枪，做出龇牙咧嘴的凶相，只要有人一按瓶底，他就会砰的一下蹦出去。一秒、两秒……足足十分钟过去了，居然没有一个强盗按瓶底。哈克心急如火，他后悔没让大鼻鼠安个自动弹出的装置，现在自己被关在瓶里了。这会儿，他才觉得，瓶里还是装坏人比较合适，装个警察是有点别扭。

稀里哗啦的响声，是强盗们在桌边瓜分盗来的珍宝。

"这个金瓶子怎么办？那么大，给谁？"一个强盗问。

"谁也不能一个人独吞，熔成金块，大家分！"其余的强盗一齐说。

花瓶里，哈克脑瓜蓦地一涨，熔成金块？这就是说要把花瓶放在火炉里去烧，那他不成了烤猪了？哈克紧张极了，他在里面拼命地蹦，可身体软软的，根本蹦不起来。再说瓶口又那么窄。他还没来得及想出办法，就觉得花瓶好像被丢进了熔炉——大概是火炉膛吧。

花瓶四壁的温度急剧升高，好烫好烫，衣服裤子都被烤糊了，碎成了片片，冒着黑烟，哈克感到屁股后背被烫得火辣辣的。他痛得忍不住大叫："救命啊！"他的嗓子还没有变软，喊出的声音老大。

"谁喊救命？"一个强盗诧异地问。

哈克顿时感到有些羞愧，一个警长怎么能让强盗救命呢？这太丢脸了，可烤烫的疼痛实在难忍，那就胡喊吧。

"浑蛋！魔鬼！强盗！我要吃掉你们，我要扔炸弹！我要……"

"这是哪儿来的声音？"强盗们似乎有些惊慌失措。他们东张西望，终于发现声音是从瓶子里发出来的。

"有鬼！这瓶里有鬼！"一个强盗胆怯地说。

"我就是魔鬼！我就是妖怪！快把我从火里拿出来，不然我就让船沉没！"

也许是哈克的威吓起作用了，花瓶好像被从火里拿了出去，但紧接着扑通一声，原来被吓得胆战心惊的强盗把"闹鬼"的瓶子丢到海里去了。

骨碌碌，哈克感到自己的身体随着花瓶往海底沉。糟糕透了！这回他真的要成了《天方夜谭》里那个魔瓶里的魔鬼了，待在海底也许要过几百年，再叫人家像文物似的打捞上去。那会儿，珊珊小姐大概都有八十几代子孙了。突然，瓶子好像不沉了，那么快就到了海底？怎么海底还会流动？哈克突然明白了，花瓶一定是叫大鱼吞到肚里去了，因为花瓶里更暗了，什么也看不见。不过落到鱼肚子里总比沉到海底强，也许说不定这条鱼消化不良，胃里打嗝，正好撞在瓶底上，会把哈克弹出来的。

哈克胡思乱想着，在黑暗中实在憋得难受，他索性唱起歌来，声音老大老大，还带着一种凄凉的味道。鱼可被吓坏了，在水里胡冲乱撞，竟不由自主地撞进了大渔网。

哈克总算上船了，不过是在鱼的肚子里。他听到熟悉的螺旋桨的拍水声，踩在甲板上的重重的皮靴声。哈克充满希望地想："妙极了，这一定是在大捕鱼船上。一会儿，他们就会把鱼肚子剖开，把魔瓶取出来，我就可以得救了。"他在魔瓶中耸着耳朵细听：咚！鱼好像被装进筐里，吱扭吱扭的手推车响，这大概是送往加工车间吧？不对！怎么有点冷，温度越来越低了。不好！哈克感觉不妙，他的猜测没错，吞掉魔瓶的大鱼正同其他许多鱼一起被迅速送进渔船上的冷库里。冷库厚重的铁门关上了。哈克在鱼肚子里拼命叫，可是没人听见。四周的冷气源源不断地袭来，他就像到了北极，牙齿打战，浑身哆嗦，眉毛上、鼻子上都结了厚厚的冰霜。天哪，他的舌头也被冻直了，连个弯都不会打了。他待在那里一动也不能动。哈克被冻成了冰人。

不知道什么时候，他感觉到身上的冰在慢慢融化，身体在渐渐变暖，隐隐约约，他听到有人吆喝："卖鱼啊——新鲜肥嫩的鱼啊——"

哈克明白了，那条大鱼已被送到了市场上，他轻轻地舒了口气。

"这鱼多少钱一斤？"他模模糊糊听到有人问，声音挺熟悉，好像在哪儿听过。接着，这条鱼好像被装进一只篮子里，渐渐地远离了人声嘈杂的市场……

又过了许久，他听到了刀刮鱼鳞的声音，哈克快活极了，他马上就要重见天日了！果真，他感到周围亮了一点，原来一只手已把魔瓶从鱼肚子里取出来了，翻转看着。"噗噗！"一股力量把哈克往上顶，是那只手无意中按动了瓶底，哈克不由自主，像一团雾一样往上蹿，一直蹿出了魔瓶，欢天喜地地站到了地板上。

"是您！"对面一个年轻的女人惊愕地说。

哈克一看，不由得惊慌失措，恨不得立刻找个地缝钻进去。他面前站着的正是漂亮的女记者珊珊小姐。而哈克此刻的尊容实在难看：满脸烟灰，头发被烤焦了，警服也早被烧成了碎片，露出屁股和脚趾，淌着鼻涕、流着口水，这是被冻得伤风感冒了。总之，那样子要多难看有多难看。

得，哈克的恋爱算是彻底吹啦！

隐形染料

洗染店里的隐身人

刑警哈克和大鼻鼠睡得正香。他俩都打着呼噜，哈克是低调的"呼——"，而大鼻鼠是高调的"噜——"，他的鼻头大嘛！

"砰砰砰！"一阵急促的敲门声。接着，跌跌撞撞地冲进一个人来，是前街的洗染匠，头发乱蓬蓬的，像是挨了打一样，鼻青脸肿，"天哪！我可撞见鬼啦！我要没命啦！"他惊惶失措地大喊大叫。

"镇静！镇静！"哈克大声说着，把他按在一把椅子上。

洗染匠哆嗦着，战战兢兢地讲了经过：连着两天，他在灯下配制一种染料，刚把染料放进铁碗里，突然就像被人拿走了一样，连碗带染料一下子消失得无影无踪。洗染匠以为自己眼花，又用铁盆和铁桶来调配颜料，可它们也都眨眼间消失了。屋里就像有个隐身的鬼影在和他搞恶作剧。洗染匠感到害怕，急急忙忙向门外跑，可那鬼影竟设置了一个个无形的障碍，连绊了他好几个跟头。洗染匠的衣服上沾着许多若紫若蓝的点子，那是一种从没见过的古怪颜色。

"你把这个先放在口袋里。"哈克递给洗染匠一个纽扣大的窃听器，又叮嘱说，"你装做什么也没有发生的样子回家，我们随后就到。"

"那请快点，说不定晚了我就没命了！"洗染匠嘟嘟囔囔地走了。

"安窃听器，这个主意你没想到吧？咱们不用跟着他，就知道发生了什么事情。"哈克得意洋洋地对大鼻鼠说。

"当然，愚者千虑，也总有一得嘛！"大鼻鼠若无其事地说，"不过洗染匠并没提到，那个隐身人会发出声音。"

"啊？窃听器没用，你怎么不早说！"哈克拉起大鼻鼠急急忙忙地冲出门去。

他们赶到洗染店，扑空了。屋子四敞大开，各种染料、盆、桶搅在一起，乱七八糟。洗染匠被隐身人劫走了，连个影儿都不见。地上是一大片若紫若蓝的颜色。

"没关系！"哈克安慰大鼻鼠说，"洗染匠身上带有窃听器，隐身人把他抓到哪儿，我们就可以跟踪追击。"

"晚了！"大鼻鼠从地上捡起一个小纽扣，这正是哈克交给洗染匠的窃听器。

高级小轿车失踪

汽车展览会上，最高级的一辆小轿车突然失踪了。这辆轿车的标价是一百万元，黑色，双排座，跑起来无声无息，像风一样快，不仅具有防弹功能，而且碰到人时车头会弹出柔软的带海绵的弹簧铲，这样就可以避免任何交通事故。

展览馆警卫森严，门口有摄像监视机，连个蚂蚁过去都能照得见。但是第二天早晨，警卫们来到展览大厅，却发现大厅中央的高级轿车失踪了。检查现场，只是天花板上的两扇玻璃被撬开了，难道轿车是从屋顶的小洞被盗走的？这简直不可思议。目瞪口呆的警察正仰脸望着天花板，猛地被一股神奇的力量铲了起来，扔在另一辆小汽车顶上，接着便听到嘟嘟的汽车开动声，可是大厅内的汽车却一辆也没动。

"天哪！这是怎么回事？"他害怕地呻吟着。

然而，这仅仅是开始，失踪案像传染病一样蔓延开来。百货商场库房里的洗衣机、录像机、电冰箱接二连三地失踪了。

"我感觉，这些案子和洗染匠被劫都是一个人干的！"哈克一本正经地推断，"就是那个在洗染店里出现的隐身人。"

"至少汽车被窃不是，"大鼻鼠不露声色，"隐身人盗窃汽车，用不着夜里从天花板上打洞钻进来。"

"那要是他故意制造假象呢？"哈克神气地反驳。

"那就看下一步的发展吧！"

"还等什么，快用你的鼻子闻闻吧！"哈克着急地催促。

"我早已闻出了那些失窃的电冰箱、录像机在什么地方。"大鼻鼠笑道，"但我认为，一个真正的侦探家破案，不应该靠鼻子，应该靠脑子！何况我想抓的不是那些赃物……嗯，不好！我听到了呼喊声——"他突然紧张地叫了起来，"有人在抢劫银行了，快上警车！"

追击蒙面人

哈克一边飞快地开着警车，一边问："你怎么听见的，又是什么特异功能？"

大鼻鼠笑眯眯地从自己耳朵里取出一个米粒大的东西说："你想象不出，一个普通的微型助听器到了老鼠的耳朵里，会产生多大的威力！我连一里以外的猫胡子动都能听得见，还怕听不见人的叫喊吗？"

他们赶到银行门口，刚刹住车，突然看见玻璃门里冲出一个穿黑衣的蒙面人，抱着个皮包。

"抓住他！"大鼻鼠喊。

哈克一下撞开车门，"站住！不然我要开枪了！"他握住手枪，猛一扣扳机，"突突突！"一串子弹竟然打在自己的汽车后座上。好险，哈克太慌，竟把手枪拿倒了。

哈克像个球似的滚下来，正好离那蒙面人一米多远。哈克一个鲤鱼打挺，刚想站起身，便吃惊地发现，蒙面人突然像溶化了一样，先是半边身子不见了，然后是头，最后是腰，整个儿都消失了。接着，传来汽车的启动声。

"快，快上车!"大鼻鼠在车中叫，"他想逃跑，我闻到他的味了!"

哈克跳上汽车，汽车飞也似的奔驰。

"快，快!"大鼻鼠使劲地吸溜鼻子。

"难道隐身人跑得比汽车还快?"哈克气喘吁吁地说。

"这是个很值得研究的问题。"大鼻鼠答道。

瓢泼大雨带来的奇迹

大雨像从天上倒下来似的，把哈克和大鼻鼠全淋成了落汤鸡。犯人没逮着，他们的汽车却没油了，只好一步一步推回来。

"你手枪要是不拿倒，说不定已把那家伙打倒了!"大鼻鼠埋怨哈克。

"你懂什么? 我是为，为……抓活的!"

"丁零零——"电话铃响了。哈克抓起话筒，"喂，什么? 失踪的高级轿车找到了，在草地上?"

"我们马上去!"大鼻鼠跳了起来。

"等雨停了再去吧!"哈克发愁地看看天。

"雨水会把一切痕迹都冲掉的!"

"可这儿只有一把伞。"哈克还想找借口。

"没关系，我可以骑在你头上。"

"那你最好先撒泡尿再上来。"哈克怕他使坏。

雨还在下。朦胧雨雾中，他们看见黑色的轿车藏在翠绿的树林后面。大鼻鼠从哈克身上跳下来，围着汽车仔细看，时而爬到车头上，时而钻进草丛里。

"快看!"大鼻鼠喊。在草根上，有一种若紫若蓝的古怪颜色，就像在洗染店里看见的一样。

"我早就说过，偷汽车和劫持洗染匠的是一个人。"哈克神气十足地说。

"是这样吗?"大鼻鼠用小瓶把那种怪颜色的水收集起来。

"要这个干吗? 你也想当洗染匠?"

"说得对极了,我们马上就去洗染店走一趟。"

"你去吧,我留在这儿。"哈克煞有介事地说,"可以肯定,那坏蛋一定会来取汽车。我埋伏在这儿,他准会自投罗网。"

哈克在树林里足足埋伏了两天,趴得腰酸腿疼;蚊子叮,虫子咬,浑身痒得受不了。而且传来了更坏的消息:展览会的汽车又丢了一辆。

"一定有人走漏了消息!"哈克嘟囔着,沮丧地回到住处。

一进门,发现他的桌子上摆了大大小小一堆试管,各种各样的玻璃杯子里装着五颜六色的染料。大鼻鼠满脸满身都是颜色,眼睛熬得红红的,一副愁眉苦脸的样子。

"你怎么把洗染店搬到这儿来了?"哈克问。

"对不起,因为试验,我把您的警服也染了一点儿。"大鼻鼠小声说。

哈克一看,哪是染一点,都快成花大褂了。他顾不得生气,哭丧着脸告诉大鼻鼠:"展览会上的高级轿车又丢了一辆。这回可是恶性案件,玻璃墙被撞倒了一面,像是被汽车钢壳撞的,可谁也没看见汽车,只听见轰的一声响。"

"钢壳?"大鼻鼠一怔,随即蹦了起来,"哎呀! 我怎么没想到呢? 哈克,这次你立了一大功。"

"我? 什么大功?"哈克糊里糊涂。

"快,把你那铁皮的茶缸子拿来!"

哈克拿起铁皮缸子。他看见大鼻鼠抱起小玻璃试管,里面放着那若紫若蓝的药水。

"你看看,"大鼻鼠用一把小刷子蘸着试管里的药水,一点点涂在铁皮缸子上。奇迹出现了,那缸子立刻消失了。

"好,现在我们可以动手了!"大鼻鼠胸有成竹,"马上打电话叫救火车!"

"救火车?"哈克更糊涂了。

救火车捕盗

哈克和大鼻鼠坐上一辆救火车，风驰电掣地带头驶出，后面还跟着四辆，每辆都架起了高压水龙头。

"嘟嘟嘟——"大鼻鼠手里的接收机响着。

"你不用鼻子闻就能跟踪?"哈克有点奇怪。

"嘻嘻，自从丢了第一辆轿车以后，我叫他们给展览馆所有的轿车都安装了小发射机。"

嘟嘟嘟的声音越来越响，说明跟踪的目标越来越近。哈克拼命睁大眼睛，可什么也看不见。

"嘟——"发射机的声音简直要刺破耳膜。

"射击!"大鼻鼠喊。

救火车的高压水龙头立刻齐射，"哗——"水柱横扫着。

奇怪的事出现了。在他们面前先露出了小轿车的尾部，然后是车身，随着几道水柱一阵猛射，整部轿车全显露出来了。

救火车围住了小汽车。哈克吃惊得张大了嘴:小汽车里竟然坐着洗染匠。

"你被捕了!"大鼻鼠冷笑着给洗染匠戴上手铐。

"你怎么知道是他?"哈克惊愕地问。

"这一点也不奇怪!"大鼻鼠振振有词，"洗染匠开始向我们报案时，他也不知道自己配制出了一种隐形染料（可以使金属材料隐形），可他独自回到家里时，便明白了，于是异想天开，想发横财，贪心使他走上了犯罪道路。"

哈克和大鼻鼠全传

哈克梦游奇遇

哈克睁开眼，马上伸手去摸自己的后脑勺，光光的没有小鬏鬏。这么说他确实是在做梦，可是他一看自己的胳膊，不由得愣住了：手臂上有两条划破的伤痕。这可确实是在梦里划的，是被月季花的刺扎的，上边还带着一个刺呢，而且哈克很累，真像跑过一段长路似的。

哈克在梦里，梦见自己像个小姑娘似的蹦蹦跳跳。在街心花园里先跳了一阵猴皮筋，然后他被花坛里那一大片五颜六色的花吸引住了。四下看看，花园里就他一个人，于是他迈过栏杆，摘了一朵粉红的，又摘了一朵黄的……

"好哇，小丫头！跑这儿偷花来了！"突然长椅后面冒出一个瘦老头，直朝他冲来，哈克吓得扭头就跑，跌了好几个跟头。醒来时，才知道是梦，幸亏是个梦。

"砰砰砰！"有人敲门。

哈克慌忙穿好衣服，趿着鞋子，开了门。哟！是梦里那个瘦老头。

"是你？"哈克和老头几乎同时吃惊地喊出来。

"你摘花了吗？"老头问他。

"我刚起床，不过我在梦里倒是去了公园一趟。"哈克老老实实地说。

"我也是在梦里看见有人摘花，我是街心公园的管理员。"老头眨巴着眼说，"今天早上我去公园，看见花被人摘去了不少，我是顺着地上的一个个花瓣跟踪来的，没想到是你们家。"

哈克忙说："梦里摘花可不算数！"

老头一努嘴："可你花瓶里插的都是真花！"

哈克扭头一看，真傻眼了，桌子上的花瓶里，一大把美丽的鲜花，还都带着露水呢。

瘦老头从衣袋里取出个小本子："照规章制度办事，摘一朵花罚款五元！"

哈克的工资被罚去了一大半，他苦着脸冲床底下叫："大鼻鼠！大鼻鼠！"

大鼻鼠打着哈欠，懒洋洋地从床底下爬出来。

"快闻闻，这梦是谁捣的鬼！"哈克说。

大鼻鼠歪头探脑地胡乱闻了两下说："这梦味儿还不太浓，咱们再看看第二个梦怎么样？"

哈克做完第二个梦醒来，睁眼一看慌了。他的二十英寸大彩电、一百五十立升电冰箱和全自动洗衣机全都不翼而飞了！

"抓……抓……"哈克满头大汗，"贼"字到底没喊出来。因为他清楚地记得，在梦里，是他自己把这些值钱的电器背出去的。

哈克现在毫不怀疑，有人在用魔法操纵控制他的神经，让他像机器人一样把自己的东西拱手送出去，这一定是一个十分高明的大窃贼。

哈克自言自语："要是盗贼操纵警察局去抢银行，操纵救火队去放火，操纵动物园的管理员把狮子、老虎、豹子放出来，那可就糟了。得马上采取措施！"

他把大鼻鼠从床底下叫出来，问："夜里你看到什么没有？"

"夜里我睡得死死的！"大鼻鼠眨着眼。

"今天这味儿够浓了吧？东西可都丢了！"哈克试探地问。

大鼻鼠仰着鼻孔在屋子里转了半圈，笑嘻嘻地说："哈，没问题，味儿浓着呢，我只要用半个鼻孔闻就可以跟踪追击。"说着就摇头晃脑地往屋外走。

"等等!"哈克叫住他,然后冲进里屋,系上武装带,别上手枪,提着电棒,简直是全副武装,连报话机都带上了。

然后他走到桌边,连拨了好几个电话号码:"报社吗?我是警察局的哈克,请你们留出明天头条版面,将要有捕获世界头号大盗贼的惊人消息需要报道。"

"电视台吗?请务必下午派摄制组到哈克家里,拍有历史性的重要镜头!"

哈克踌躇满志,嗨,该他露一手了,再也不会有人嘲笑他无能了。

哈克昂首腆肚,像慷慨出征的将军;大鼻鼠则像最机警的军犬,鼻子贴着地面,蹑手蹑脚地走在前面。

哈克觉得路很熟,啊!怎么进了警察局的门,莫非盗贼已经打入警察局,在内部埋下了钉子?哈克紧张起来了,他看见大鼻鼠吸溜着鼻子直奔自己的办公室,不由得大吃一惊。好家伙,坏人都隐藏到他屋里来了。他隔着玻璃已经看到了放在屋子里的电视机、电冰箱。

哈克一下子推开了门,大鼻鼠突然脸色大变,结巴着:"快!快开枪!电冰箱后边。"

哈克急忙卧倒,举枪射击。不好,碰上了鼻子,他掏出手榴弹一抛,错了,把报话机扔出去了。

"喵——"一只白猫从电冰箱后面蹿出来,叼着半条鱼跑开了。

真是一场虚惊,哈克警惕地在屋子里搜查了一圈,连个人影也没有。

"贼呢?"他气恼地问大鼻鼠。

"这股怪味儿像是从桌子上面发出来的。"大鼻鼠仰着鼻头看着哈克。

哈克发现桌子上的审判记录被打开了,上面还写着钢笔字。

哈克局长:

　　请您接受一个小偷的认罪⋯⋯

哦，这是小偷写给他的认罪书，并且叫他哈克局长。哈克神气起来了，得意洋洋地往下看。

　　我是一个小偷，偷了电冰箱、彩电、洗衣机，可现在我的良心受到了谴责，认识到这是一种犯罪行为。以至于我不把东西交出来，就昼夜失眠，今天我把东西送来了，明天我将主动去监狱服刑。

　　　　　　　　　　　　　　　　小偷哈克

啊！怎么签的是他的名字？哈克愣住了。再仔细一看，这字迹全是他的。这就是说，他梦里成了交回赃物的小偷，看样子，明天梦里他还得进监狱，哈克想着，不由得头上冒出了冷汗。

"哈克，怎么把家里的东西都搬来了？"警察局长站在门口问。

哈克慌忙把那张纸揉成一团，塞到嘴里，他无法说话，只好连连摇头。

"你在吃什么？"警察局长问。

"巧……巧克力！"哈克含含糊糊地哼唧。

墙上的电子石英钟已指到十二点，哈克还眼睛瞪得溜圆。尽管困得直打盹，他还是不敢睡觉。

"哈克先生，您该睡了。这样下去，身体会受不了的。"大鼻鼠一次又一次地跑到他身边殷勤地劝道。

"不！我不能！"哈克坚持着。他知道第二天一早醒来，自己不是在床上，而将在某所监狱的铁栏杆里了。

"可您早晚得睡，人家说失眠三十六小时会思维混乱，失眠一百七十二小时就会精神错乱、发疯。"大鼻鼠还挺明白道理。

哈克泄气了，是的，他早晚得睡。而且在梦里疯还只是半疯，至少白天脑子还是清楚的。他懊恼地走到玻璃柜旁边，取出一瓶安眠药。心想，吃了这药，睡得死死的，也许会避免做那种怪梦。他把五片药吞到肚里。

"你在吃什么好东西？"大鼻鼠眼馋地望着他。

"你可不能吃!"哈克警告他,"今天晚上,你最好守在我身边,看清夜里发生什么事情。"

"放心吧,我一定把眼睛睁得大大的,赛过这鼻子!"大鼻鼠神气地说,眼睛却注视着床头柜上的小药瓶。

这一夜睡得好香,连半个梦都没做。一觉醒来,窗外已是红日高照。哈克听见旁边有沉重的呼噜声,像是拉风箱,吹得窗帘一动一动的。原来是大鼻鼠,四仰八叉地躺在床头柜上。他虽然个儿小,但鼻子超群,自然呼噜奇响。

"大鼻鼠!"哈克用手指头按他的鼻头。

大鼻鼠只是哼唧一声,依然肚皮一起一伏地酣睡着。原来贪吃的大鼻鼠把安眠药片当成了糖豆什么的,他也吃了五片。

"吱吱,嘻嘻!"大鼻鼠在睡梦中乐不可支地自语,"好极了,成功了!哈克,这几天的苦,你总算没白受,你这……"

哈克眼皮一跳,他听出大鼻鼠话中有话,莫非这家伙知道底细?哈克竖起耳朵使劲听,可惜只听到高八度的呼噜声。

第二天晚上,哈克又假装吃了五片安眠药,其实他全偷偷地吐出来了。他躺在床上,装做睡得很香,他听见大鼻鼠在床边走来走去地唠叨着:"这该死的药片,害得我昨天一夜不能工作。"

他朝小瓶啐了一口,然后趴到哈克的耳朵边上小声喊:"哈克,醒醒!"

哈克假装睡得熟熟的,一动不动。

"今天一定成功!"大鼻鼠跳下床,摇着沉重的鼻子往门外走。

等他一出去,哈克马上轻手轻脚地跳下床,偷偷地跟在后面。大鼻鼠上了五楼,哈克也上了五楼。大鼻鼠从一扇破窗子钻上了楼顶,哈克太胖,勉勉强强也钻了过去。

看不见大鼻鼠的影子了,哈克颤颤巍巍地在楼顶上爬。他听到烟囱后面有嘟嘟的响声,原来是从一个小木箱子里发出来的,箱子缝还透出一线昏黄的亮光。

哈克眼睛贴在木箱缝上往里看,大鼻鼠蹲在里面,鼻头上顶着一个小手电，在拨弄一个小录音机似的东西，有香烟盒那么大，上面有十几个按钮。大鼻鼠手忙脚乱地按着按钮，五颜六色的灯忽闪着，发出吱啦吱啦的怪声。

"奇怪，他明明睡了，怎么梦幻电磁波发不出去！"大鼻鼠满头大汗地嘟囔。

哈克明白了，原来是大鼻鼠捣的鬼。

哈克气得再也耐不住了，砰的一声，掀开箱子，一把抓起那个小盒子。

大鼻鼠慌得一下子蹦起来："快，快给我！那是梦幻发射机！"

"让你的梦幻发射机见鬼去吧！"哈克狠狠地往地下一摔，火星四溅。

"完了！试验全完了！"大鼻鼠瘫坐在地上嘟囔着说，"这梦幻电磁波发射机，本来是为了抓真正的小偷、强盗研制的。我想发射梦幻电磁波，可以使小偷内心忏悔，主动投案自首。因为是试验阶段，总得有人来试验，目前就差进监狱的试验了，可现在……"

哈克愣了："你怎么不早说？"

"说了，你脑内就会产生抗梦幻电磁波反应。"

哈克完全明白了。

"咱们再修修吧！"他望望地上的碎片，小心地问，"你还能造吧？"

"不行了，这零件是我从外星球带来的。"

哈克怔怔地，一句话也说不出来。该着他倒霉，多好的出人头地的机会，让他白白放过了。

大鼻鼠仿佛看透了他的心思，安慰说："您放心，马上就会有一件轰动全城的大案子，使您名扬天下，我已经闻到了那股奇特的气味，而且越来越浓了！"

哈克和大鼻鼠全传

十三层保险箱的秘密

哈克手握一把铁锹，喀嚓喀嚓地猛铲，大鼻鼠也忙不迭地用小铁镐刨，连尾巴上也绕个小笆子，嗖嗖地往后搂土。

"再往下挖三十米，拐十五个弯！"哈克抹着鼻尖上的汗水，仔细地看一张线路图，那上面画得曲里拐弯，极其复杂。他们已经整整干了二十天了，从地下室往下挖了一百多米，可干得还蛮有劲儿。他们知道这下面可能有宝贝，两人刚破获了一伙匪徒，这图是从他们的十三层秘密保险箱里找到的，说不定会有一个阿里巴巴式的金窖。

黑暗中，哈克看见一扇小门，锁已经生了锈。他用镐头砸开锁，小屋里只有一个小木箱，打开来，箱子里有一个酒瓶，盖子封得严严的。

他们顺着原路把瓶子拖到地面上来，灿烂的阳光晃得人睁不开眼。

大鼻鼠抱着瓶子，一板一眼地念贴在瓶上的古怪商标："希——特——勒——的——洗——脚——水。"

"什么？洗脚水！"哈克气得鼻子几乎歪到脖子后边，恨不得把瓶子摔在石头上。

"别忙，"大鼻鼠连忙制止他，这上面还有字，"'使用时需掺一百倍的水。'咱们最好试一试。"

哈克嘟嘟囔囔地打来一盆水，撬开瓶盖子，顿时，一股发霉的气味呛得他们几乎晕过去。

"该死的希特勒，打倒法西斯！"大鼻鼠愤愤地骂。

"这水肯定不是用来喝的！"哈克判断说。

"洗脸也决不合适！"大鼻鼠随声附和。

大鼻鼠想了想，把一个鸡蛋丢进去。

"咕噜噜！"一阵怪响，鸡蛋竟被弹了出来，变成了硬邦邦的铁家伙，还带着个铁环。

大鼻鼠好奇地一拉铁环，不好，冒烟了！哈克眼疾手快地把它甩出了窗子。

"轰！"一声巨响，窗外的草坪被炸了个大坑，扔进去的鸡蛋居然变成了手榴弹。

他们明白了，原来，这洗脚水也受了希特勒的传染，成了好战狂，扔进去的东西都会变成武器。

"唉！我是和平主义者，武器对我没一点用。"大鼻鼠泄气了，懒洋洋地停了手。

"大鼻鼠！大鼻鼠！"突然从墙角传来轻轻的叫声。

大鼻鼠一回头，看见一只瘦小的灰老鼠，原来是他过去的一位老朋友。

哈克警惕性很高，瞪大眼睛看着灰老鼠，"你好像是个惯偷，公安局一直抓你，没抓着！"

"兄弟这就改，兄弟这就改！"灰老鼠笑眯眯地后退着，一点一点向那盆洗脚水靠近，巴结地说，"这水赏给我吧！"

"这可不行，这是害人的坏水，得深埋！"哈克叫着扑过去。灰老鼠慌忙一躲，糟了！他扑通一下掉进水里，哈克抢上一步，只抓住了他的一条尾巴。

"咕咕咕……噜！"发出的声音都很异样。接着从盆里砰地弹出个小人来，穿着党卫军制服，戴着卐字法西斯臂章，左分头，小胡子，凸起的眼珠闪着凶光。这不是小希特勒吗？哈克傻眼了。

"嗨依！嗨依！嗨依！"小希特勒居然操起德国腔，伸出右臂，行起纳粹礼来。

"嗨……嗨……依!"大鼻鼠似乎也受了传染,点头哈腰,糊里糊涂地行了个纳粹礼。但哈克很快醒悟过来,一把抓住小希特勒,"啊呀!"他的手被小希特勒咬了一口。

"第八次世界大战就要爆发,我要称霸全世界!"小希特勒喷着唾沫星子乱喊着,被哈克塞进铁笼子里锁上。

"千万别让他跑掉,"哈克对大鼻鼠说,"得赶快送公安局。"

怎么办?大鼻鼠真不忍心把自己的朋友送进公安局。灵机一动,他想了个鬼点子。

"哎哟!我昨天吃完回锅肉就喝冷水,闹肚子了,不行,得去厕所!"他大叫着,装着愁眉苦脸的样子捂着肚子跑出去。等再回来,他发现铁笼门敞开着,小希特勒和洗脚水全不见了。

"这可不是我放的,是他自己跑的!"大鼻鼠小声嘟囔着。

此时,市长正在饭店举行盛大招待会,环形的大餐桌上摆满了各种美味食品。当客人正要为建城五百周年举杯祝酒时,突然从一只冒着香气的烤鸭肚子里嘟嘟嘟地开出一辆小坦克,有肥皂盒那么大,炮塔向四处转着。

"嗵、嗵、嗵!"一串小炮弹射出,把桌上的高脚杯都被打穿了洞,里面的酒都洒在桌子上,客人们一时目瞪口呆。小坦克的顶盖掀开了,小希特勒站在上面,叫嚷着:"战争已经爆发,从此和平不复存在!"原来是他搞的闪电战。

小希特勒的出现,打破了城市的安宁,人们上街都提心吊胆,说不定什么地方会飞来一发小炮弹,虽不至于有生命危险,但像气枪子弹一样嵌进皮肉里,也够受的。

百货商场经理收到了小希特勒的一封信,声称:只要将十五瓶"玫瑰牌洗发露"送到公园雕像前,他便与百货商场签订互不侵犯条约。胖经理当然求之不得,马上派人送去,同时叫店员们回去休息,他们警戒了三天三夜,已经疲劳不堪了。

夜里,只留下胖经理一人值班。突然,屋顶上天窗的玻璃被撞碎,接着忽地飞进一只鸽子似的东西。胖经理忙拧开灯，一只标着卐字的小轰炸机在大厅顶上盘旋，像下蛋一样，扔下一串串小重型炸弹。

"轰隆隆！轰隆隆！"玻璃柜台被炸成一个个大洞，成排的瓶瓶罐罐倒下来。胖经理仰脸看见从轰炸机里探出脑袋的小希特勒，他恨得咬牙切齿，脸色惨白。他上当了，小希特勒又耍了当年老祖宗的背信弃义的把戏。他明白，这动乱与他有关。

"我是从来不想再回耗子洞的，看来，这回只好去一次了。"大鼻鼠叹口气，钻进了垃圾桶后面的一个鼠洞里，在暗处摸索着往前走。

"喂！干什么的?"一个烂鼻头的小老鼠拦住了他的去路。

"司令官叫我来接受紧急任务！"大鼻鼠煞有介事地说。

"你是干什么的?"

"送请柬！"烂鼻头从背包里取出一沓请柬，"明天全体老鼠要大集中，组成耗子集团军，我还是第五坦克军团上校团副呢！"

"哪有那么多坦克呢?"大鼻鼠试探地问。

"带个火柴盒去就行，最高司令官用药水一泡就变。"烂鼻头神气活现地说，一边伸直手臂行了个纳粹礼，"阿——嚏！懂吗，这是德国话！"他把"嗨依"说成"阿嚏"了。

"最高司令还是那么爱吃黄油吗?"大鼻鼠有意无意地问。

"当然，天天坐飞机去吃！"

一想到明天将要有成千上万只老鼠开着坦克、飞机，横冲直撞，把全城搅得乌七八糟，大鼻鼠就不能再顾"哥们儿"的面子了，决定采取紧急行动。

"有鼠胶吗?"他问哈克。

"你想试试? 新产品'猫牌鼠胶'特灵。"哈克热心地建议，"老鼠一旦被粘住，绝对跑不脱。"

"不！给我那位鼠兄弟！"大鼻鼠阴沉着脸。

"对！这才叫大义灭亲呢！"哈克赞同地说。

夜晚，大鼻鼠兜里揣着两小瓶鼠胶，像警犬一样，鼻子贴地，时走时停。哈克提着手枪跟在后面。他们悄悄来到一座高大的厂房——黄油厂，一排排的黄油罐，高高地矗立在那儿，里面的香味不断飘溢出来。他们在仓库角落里一排黄油桶前停下来，发现一个桶盖虚掩着，地面上还留下了一串串小脚印，大鼻鼠取出鼠胶，倒进黄油里。

"对！粘住那小子！"哈克也明白了。

一阵嗡嗡的响声，一架小飞机从库房顶上的小天窗飞了进来，大鼻鼠和哈克急忙闪到油罐后面。小飞机盘旋了一圈，降落在油桶前面，从机舱里走出一个眼珠绿莹莹的小希特勒来——是灰老鼠。他爬上罐子，站在边沿转过身子，啊！他还带着尾巴，按老鼠的习惯，用尾巴偷油吃。

"叽叽叽。"小希特勒用尾巴在罐里搅着，蘸足了黄油，开始往上拔，拔不动，尾巴被鼠胶牢牢地粘在罐子上了。

"老灰！"大鼻鼠和哈克从黄油桶后跑出来。

"你是什么人？想谋害帝国元首！"小希特勒吱吱叫着，一点也不认识大鼻鼠了。

"我是大鼻鼠！"大鼻鼠使劲挺挺自己的鼻头。

"我要把你送进集中营，送上绞刑架！"小希特勒还狂吼着，一边从腰后拔出小手枪来。

哈克眼疾手快，取出一瓶事先准备好的"超级洗涤精"兜头向小希特勒身上泼去。"哗！"小希特勒的头发被洗没了，衣服被洗没了，连尾巴上的胶水也冲下去了，又成了老鼠，但全身没有一根毛，成了光秃秃的肉蛋子。

灰老鼠被哈克押走了。大鼻鼠望着他的背影，惭愧地叹口气："看来哥们儿义气真不能要啊！"

哈克和大鼻鼠全传

古怪的服装模特

展览馆大厅灯火辉煌。中间圆形的喷水池中，喷泉的水流像一朵怒放的莲花。周围的人群熙熙攘攘。这里正举行最昂贵的服装展览。这里展出的不是普通的服装，而是各种缀满珍珠钻石的服装，最贵的一件竟价值三十万元！刑警哈克和大鼻鼠守卫在大门口，用警惕的目光注视着每一个人。参观者中，有个肚子圆圆、秃顶的矮胖子，夹着个黄皮包，仰着脸，不慌不忙地东看西看。走到展览馆馆长面前时，他突然笑眯眯地说："你们有这么漂亮的服装，我想，大概一定需要模特来穿着表演吧！"

"你想当模特?"馆长嘲弄地笑着问。他觉得这胖子简直异想天开。因为他实在太丑了，不仅胖，而且是塌鼻子、小眼。

"不！我不行！"塌鼻子笑眯眯地拍着自己的肚皮，"我可以给你制造出一批最漂亮的服装模特。"他说着，请馆长打来一盆清水，然后不慌不忙地打开皮包，从皮包里取出一大粒紫色药丸，丢进水盆里。

塌鼻子先生从皮包里拿出一沓薄薄的半透明的纸，然后开始用一把亮晶晶的小剪子剪起来。同他胖而笨拙的身躯相反，他的手小而灵巧，就像一个技艺娴熟的剪影专家。随着轻微的沙沙声，一个小纸人出现在他手里。塌鼻子把小纸人丢进水里，盆里的水啦啦地响着，腾起一团雾气。一个穿紫色健美裤的女子出现在雾中，亭亭玉立的身段，妩媚俊俏的大眼，蓬松的黑发，长得那么漂亮，几乎所有的人都被吸引住了。馆长禁不住拍手叫："这么漂亮的模特，应该穿最好的服装表演！"他连忙吩咐手下拿来缀着珍珠的裙子。

塌鼻子的手不停地剪纸，把一个个小纸人丢进水盆里，一个又一个漂亮的年轻女子跳了出来，穿上一件又一件的华丽服装，然后像仙女一样翩翩起舞。珠光宝气在大厅中回旋，令人眼花缭乱。

"注意，盯住这个塌鼻子！"大鼻鼠低声吩咐哈克。

"还是你盯住塌鼻子吧！我监视那些跳舞的女人！"哈克目不转睛地瞅着她们，他挺爱看这些"仙女"跳舞。

塌鼻子显得很快活，一边晃动着晶亮的小剪刀，一边高声嚷："光有舞蹈，没有乐队，多寂寞呀，我再剪个乐队吧！"

沙沙沙，随着一团团白雾，一个个伴奏的小伙子，拿着黑管、小号、长号、铜笛，从水盆里蹦出来了，大厅里立刻回荡起优美的乐曲声。欢乐的舞蹈，轻松的伴奏，珠宝光华的闪动，使整个大厅洋溢着欢乐的气氛。

塌鼻子更加兴奋，一边挥舞着小剪刀，一边大声喊："跳吧！吹吧！噢，还应该有钢琴伴奏，让我再为你们造一架最昂贵的钢琴。"他从皮包里拿出一张透明的大纸，开始下剪刀。就在这时，发生了一件预料不到的事：一位穿紫色旗袍的阔太太入神了，让怀里的一只波斯猫掉在了地上，那波斯猫喵喵地叫着，向塌鼻子跑来。塌鼻子顿时惊慌失措，他竟然怕猫，而且怕得那么厉害。他脸色苍白，浑身哆嗦，手里的剪刀连同那剪了一半的透明纸，一起掉进了旁边的水盆。"咝咝咝！"水盆里腾起一股浓浓的烟雾，接着一个巨大的紫色怪物出现在盆外面，肚皮像大钢琴，前面却是一张圆圆的大嘴。这显然是由于塌鼻子慌乱，钢琴没剪好，却剪出了一个大怪物。

"妈呀！"塌鼻子惊叫着想跑，可怪物动作迅捷，张开紫色的大嘴，一口就把塌鼻子吞下肚去了。大厅里的人都看呆了，还没等他们醒悟过来，怪物张着紫色的大嘴，摇摇摆摆地扑向了他们，人们吓得四散奔逃。只有那些穿华丽服装的女模特还在那儿面无表情地翩翩起舞，任凭怪物将她们连同华贵的服装一个个吞噬下去。大厅里的突然混乱弄得哈克和大鼻鼠措手不及，他们想靠近怪物，可蜂拥逃跑的人们把他们一次又一次地挤向门口。那么多脑袋在他们眼前晃动，根本无法向怪物瞄准开枪。突然，灯灭了，展览大厅里顿时陷入一片漆黑。

灯重新亮时，人们从地上、墙角、桌子下、衣架后面爬起来一看，巨大的怪物没有了，它像在灯光中溶化了一样，消失得无影无踪。

"所有的人都不要动！"大鼻鼠厉声喊道。他和哈克守在门口盘查每一个人，仔细地检查他们的衣服，发现除去塌鼻子和他的纸人被怪物吞噬外，所有的人都安然无恙。只有带波斯猫的那个阔太太浑身哆嗦着，好像受了某种惊吓，大汗淋漓，浑身湿漉漉的。

"你不要怕，怪物已经被打跑了！"哈克安慰她。

"是的！我一点也不怕！"阔太太说着，牙齿打战，哆嗦得更厉害了。她是被人抬出去的。当然，出去之前，大鼻鼠也毫不客气地将她仔仔细细搜查了一遍。

"现在我们来化验一下塌鼻子制造的那盆紫色的水吧，也许从中能发现什么奥秘！"大鼻鼠对哈克说。他们来到大厅中间，惊奇地发现盆里空空的，紫色的水不知什么时候，也不知道是谁把它倒掉了。

"紫色的水……"大鼻鼠思索着，皱起了眉头，"紫色的湿旗袍！"大鼻鼠眼珠一亮，猛然厉声喊，"快留住那个穿旗袍的妇女！一定是她把药水洒在衣服上带出去的！"

"你怎么不早说？她刚坐出租车走了！"哈克埋怨说。

正在这时，他们背后的衣架下面响起一阵轻微的窸窸窣窣的声音，原来那只波斯猫正伏在一件衣服上，一动不动地盯着他们。

"好极了！"大鼻鼠望着猫，不由得笑出声来，"快把这猫抓住！"他吩咐哈克。

"抓它干吗？"哈克奇怪地反问。

"我想，我们应该把这猫送还那位穿紫旗袍的太太，这么珍贵的猫丢了，那位太太一定会很伤心的！"大鼻鼠不露声色地眨眨眼睛。

第二天，报上登出了一则启事："本人今天在展览馆附近的垃圾桶旁边，捡到一只名贵的波斯猫，请失主到红樱桃旅馆 205 房间认领。"

在 205 房间里，哈克望着关在笼子里的波斯猫，疑疑惑惑地说："这猫好像是哑巴，它两天来没叫一声，好像还有点傻，两颗眼珠总是直愣愣的，连眨都不眨。"

"是吗?"大鼻鼠心不在焉。他虽然机灵透顶，可对猫从来不感兴趣。即使是现在，引起他兴趣的也仅仅是这只猫的主人。然而启事登出了那么长时间，那位紫旗袍太太却好像消失了一样，一直不露面，这使他不由得心焦。

一定是哪个环节出了毛病，让那女人发现了，不能再这么傻等了。大鼻鼠叫哈克提着那个装着波斯猫的铁笼子，两人走出了红樱桃旅馆的大门。半路上，突然下起了大雨，赶到住所时，两个人浑身已经水淋淋的了。

"猫怎么不见了?"哈克望着手中的笼子，惊愕地大叫起来。真的，笼子紧锁着，但里面却空空的。

"这是什么?"大鼻鼠眼尖，他在笼子底上发现了一张透明的小纸片，那是一个小纸猫。

"猫变成了纸的!"哈克大叫。

大鼻鼠捏着小纸片，满脸狐疑地自言自语："说不定这猫原来就是用纸剪的，同那些女模特一样，也是用紫药水泡出来的，但经雨一浇，又恢复了原状。"说着，一把拉住哈克，大叫，"快走! 我知道那怪物在哪儿了!"

两人冒着大雨，直奔市展览馆。展览馆的大门紧锁着，自从出事以来，这里一直由警察日夜守卫。大鼻鼠和哈克来到大厅的喷水池旁，关闭了喷泉，然后下到池水中去摸索着。

"在这里!"大鼻鼠用尾巴从荷叶下面的池底卷起一张厚厚的奇形怪状的纸片笑着说，"这就是那个怪物，那天它跳到水里变成了薄片，我们自然找不到!"

"那怎么才能让它变回来呢?"哈克急切地问。

"这需要那种奇特的紫色药水，可我们没有。"大鼻鼠沉吟着，"但是我会让他们送上门来的!"他眼睛里充满了自信。

第二天，展览馆的警察都撤走了，大门敞开着，仿佛一切都恢复了平静。中午吃饭时分，一位包头巾的女清洁工，提着扫帚和水桶到大厅来打扫卫生。她在水池边的方砖地上扫着，又用扫帚刮掉水面上的污物。看看四周没人，她飞快地用扫帚尖，挑起池底的一张奇形怪状的薄纸片，塞到衣袋里，匆匆溜出了大厅，跑进女厕所，把头巾和外面的脏衣服一股脑儿丢进垃圾桶，洗掉脸上的油污，从厕所出来时，她已经变成了那位曾经带波斯猫的阔太太。她满面春风地坐上公共汽车，在城里兜了许多圈子，终于在郊外的一幢楼前停了下来。

阔太太钻进了楼房。在二楼的房间里，她打开保险柜，从里面拿出一粒紫色大药丸，丢进事先准备好的一盆水中，再从衣袋里取出那张奇形怪状的纸片，轻轻地放进盆里。水咝咝地响了起来，腾起一股雾气，怪物张着大嘴出现在地板上。阔太太向怪物嘴里喊："我的丈夫，你怎么样？"

"我没问题，这次偷盗又成功了！"从怪物嘴里传出声音，接着，塌鼻子笑眯眯地从里面跳出来，"衣服都在里头呢！"他边说，边把手伸进怪物嘴中，拿出一件件珠光闪闪的华丽服装，不一会儿就堆满了屋子。

塌鼻子拍着妻子的肩膀笑着说："这回我们又发大财了，这可比表演魔术来劲多了！"他突然张大嘴，愣愣地站在那儿。原来两把乌黑的手枪正对着他们，是哈克和大鼻鼠。

"你们被捕了！魔术师先生，精彩的魔术表演也该结束了！"大鼻鼠笑嘻嘻地说。

哈克和大鼻鼠全传

神奇的白球房子

哈克和大鼻鼠的住所附近，来了一位古怪的小眼睛邻居。最古怪的是他的房子，是在一夜之间出现的，圆圆的，像个巨大的白球，而且没有窗子，一扇小门开在房顶上。他一礼拜才出来一回，从球顶顺着梯子爬下来，背着一个挺大的书包，到市场上去。在货摊上，他把东西一摊开，立刻引来许多人。因为这些东西全是几千年以前的古玩：古瓷瓶、古银币、古青铜器，个个价值连城。

"我看这小眼睛可能是盗墓的，说不定那白球房子下面就有洞呢！"哈克瞪大眼睛猜测。

"也许是假造古玩吧？"大鼻鼠说，"明天咱们买一个古瓶看看真假！"

"那东西很贵，咱们怎么有钱？"

"把电视机卖了吧！"大鼻鼠积极建议，"反正现在也没有好节目。"

"我知道你为什么讨厌电视机，"哈克笑着揭发他，"因为这几天老演《黑猫警长》，还总是做耗子药的广告。"

第二天，他们到市场上去了。

"卖蛋嘞！超级大蛋！一块钱一个！"小眼睛起劲地喊着，今天他不卖古玩，卖起蛋来了，每个都有五公斤重。

"这是什么蛋？"哈克问。

"回去切开就知道了。"小眼睛嘻嘻一笑。

"真便宜呀！"许多人立刻围了上来。哈克与大鼻鼠同时抱住一个，付了钱捧回家去。

哈克的写字台上，放着那个圆溜溜的大白蛋，两双眼睛目不转睛地盯着它。

"只要敲个小洞，我们马上就知道是什么蛋了。"大鼻鼠抱着个小巧的锤子。

"甭管是什么蛋，一定是香喷喷的！"哈克在一边端着个大盘子，"我们可以做蛋羹、蛋糕、蛋卷……"他说得舔嘴咂舌的，口水都淌出来了。

"咚咚咚！"大鼻鼠用小锤子敲，"这壳太厚了！"

"我来敲！"哈克抄起一把大一点的锤子，使劲一敲，手腕都震麻了，大蛋连一丝裂缝都没有。

"用火烤热了，再往冷水里一放，热胀冷缩，也许它自己会裂的！"大鼻鼠想出了新的主意。他们用五盏酒精灯围住大蛋烤，又迅速地把它丢到冷水里，只听一阵咝咝的响声，大蛋还和原来一样。

"看来只有一个办法了。"大鼻鼠眨眨眼睛笑着说。

"什么办法？"哈克小心起来了。

"把它孵出来！"

"那当然是你孵了！"哈克赶忙说。

"可是这蛋太大，我趴在上面还盖不住十分之一。"大鼻鼠狡黠地说。

"那咱俩轮着孵！"哈克决定不让大鼻鼠占一点便宜。

他们在地上铺上了许多棉花、稻草，把大蛋放在上面，然后哈克像一只真正的母鸡一样卧在蛋上，时不时扇扇"翅膀"，还学一两声母鸡叫。

"这样蛋就不会发现咱们是假妈妈了。"哈克一本正经地说。

他孵了两个小时，高兴地说："热了，大蛋变热乎了。大鼻鼠，该轮到你了！"他把打瞌睡的大鼻鼠叫醒。

哈克躺在床上刚有些迷迷糊糊的，就听见大鼻鼠悄声嘟囔："好像有点……"

"有点什么?"哈克一打挺跳了起来。

"有点凉了。"大鼻鼠不好意思地说,"我的肚皮太小,热量不足。"

哈克一摸大蛋,果真凉了,不由得泄气地说:"唉,你真不是孵蛋的材料,看来只有我一个人孵了。"

快到天亮的时候,哈克刚刚迷迷糊糊地睡着,一阵骚动的声音把哈克惊醒了,他感觉身体下面的大蛋在破裂,一股力量把他拱了下来。

"孵出来了!成功了!"哈克兴奋地叫。

一个长脖子小脑袋的动物正笨拙地从蛋壳里爬出来。那副怪模怪样,可从来没见过。

"这是什么?"哈克愣了,他眼睁睁地看见小怪物不客气地吃地上的稻草。

这小东西饭量真大,好像几辈子没吃过饭。草吃净了,它又开始吃窗台上花盆里的花,吧唧吧唧,嘴巴嚼得特响。

"我的君子兰!"

"我的金丝荷!"

"我的……"哈克心痛得大叫。

他还来不及冲过去,花已被这小家伙吃得只剩下光秃秃的几个盆。不!该叫大家伙了,它的肚皮像是吹气似的长,眨眼工夫,长得像一头壮实的小牛了。它撞开门,跑到院子里,又去吃院子里的花草了。

"大鼻鼠,你快闻!这是什么动物?"

大鼻鼠鼻子贴地,猛吸一口,疑疑惑惑地说:"五百万年以前的水草味。"

"恐龙!"哈克蓦地明白了,"是一头真正的食草恐龙!这可是当今的珍奇动物,我得赶快给它找食物吃。"

院子里的花草全被恐龙吃光了,哈克决定把它带到街上去。对于这独一无二的史前动物,人人都会惊奇万分,慷慨地送来各种植物的。

哈克用绳子牵着恐龙出了大门,大鼻鼠神气地骑在上面。刚走到街口,他们就愣住了,马路上竟有一队一队的大小恐龙,被人牵着,慢吞吞地在游行，汽车都被挤到路边上去了。林荫道上的树全是光秃秃的，没有一点绿色，而恐龙们还在伸着脖子四处寻觅。商店里的蔬菜遭殃了，水果遭殃了，甚至穿绿衣服、打绿伞的人也被当成是一棵树、一朵绿蘑菇，被追得惊慌失措地四处躲藏。

"糟糕！"大鼻鼠连滚带爬地从恐龙背上跌下来，"那小眼睛一定又卖了好多恐龙蛋！"

"光卖吃草的恐龙蛋还不算可怕，要是卖吃肉的霸王龙蛋才真糟呢！"哈克撅着厚嘴唇说。

"谢谢您的提醒！"他们背后突然响起一个甜腻腻的声音，是小眼睛坐在他的白球房子上，原来，这房子竟能像皮球似的在马路上滚，"我这就按照您的主意去做，运一批霸王龙蛋来。"小眼睛阴险地说。

"可霸王龙来了要吃人的！"哈克大叫起来。

"我的目的正是如此！"小眼睛冷笑着，"只有这样，人们才能怕我，我才能成为世界的统治者。"

"阴谋家，你被捕了！"大鼻鼠从口袋里取出微型手枪，他不能让这个坏家伙的阴谋得逞，用枪口对准了他的脑门儿。

"喵！"小眼睛突然学一声猫叫，大鼻鼠不由得哆嗦了一下。小眼睛趁机缩进白球房子里。里面响起了一阵古怪的机器声，"呼！"白球房子不见了。

"得马上采取紧急措施，"大鼻鼠紧张地吩咐周围的人，"赶快去把那些没有孵出的食草恐龙蛋找来！"

"干什么？"哈克紧张地问。

"不准它们出来！"

一批新鲜的恐龙蛋找来了，他们用电击、用轧路机压轧、用火烧，都不顶用。

哈克的胖脸冒汗了，他趁大鼻鼠不注意，偷偷去买了一块大冰糕。

"你吃什么？"大鼻鼠问。

哈克忙把整块冰糕吞进去。"哎哟，冰死我了！"哈克捂着肚皮叫。

"冰冻！"大鼻鼠眼珠一亮。

哈克也醒悟了："用冰冻，对，冻死这些蛋！这主意我早就想出来了，我买冰糕就是为了做试验。"

他们把一个大蛋放进冰箱里，降到最低温度。成功了，探测仪器表明，大蛋从里到外都成了冰坨。

哈克顿时神气起来了，大声命令："每家把电冰箱全腾空，霸王龙蛋一来，就装进去！"

白球房子呼的一下又出现在街口了。球顶小门打开，小眼睛探出头来。奇怪，他手里只拿着一个小金属盒子。

"哈哈！"他看着人们冷笑，"你们以为我带来霸王龙蛋了？想错了，这次我根本没去远古世界，而去未来世界了。"他得意地拍拍自己的白球房子，"有了这时间旅行机，我可以去任何时代。这次我给你们带来一件小礼物。"他打开金属盒子，里面蹦出一个蜘蛛似的东西。

"啊！星际水母！"人群中，一位天文学家惊叫起来。

那水母一落地，就呼的一下胀大了，胀到几层楼房那么高。它面目狰狞可怕，伸出十几只长长的金属触角，像章鱼似的裹住了路边的楼房，用力一拉，轰隆一声，楼房塌了。

"太可怕了！"天文学家低声呻吟着说，"这是被宇宙人锁在冷星上的怪物，竟被他搞到地球上来了。"

小眼睛按动金属盒子上的电钮，星际水母又缩小了，小得像黄豆粒，钻进了金属盒子里。

"你们听着！"小眼睛狂妄地说，"如果你们不把我尊为至高无上的主宰，我就要运来成千上万个星际水母，把全城毁掉！"

人们脸都变色了。大鼻鼠做出一种古怪的动作——使劲拧自己的大鼻头。哈克知道他是在想办法，他的一部分脑细胞储藏在鼻头里，不到万不得已，是绝对不动用的。

"请问，"大鼻鼠不露声色地站了出来，"如果你真有时间旅行机，那我们当然服从你，可我怀疑是假的。"

"你怀疑？你怀疑我用一生心血研究出来的唯一的时间旅行机?"小眼睛的眼珠一下子瞪得像乒乓球，原来它们一点也不小，只不过老想坏主意，故意把眼睛眯起来。

"除非让我们的哈克亲自陪你实践一次！"大鼻鼠说。

"哎哟，我可不行！我肝儿疼！"哈克急忙叫起来。

"当然也有我！"大鼻鼠又补充了一句。

小眼睛被激怒了，冷冷地说："把你的手枪摘下来，举着手走过来！"

大鼻鼠在前，哈克在后，走到白球房子跟前，小眼睛用绳子把他们两个捆得结结实实，拖进白球房子，然后对人们说："一会儿他们回来就会告诉你们是真是假！"

白球房子是一架真正的极其复杂的机器，里面布满了各种导线、五颜六色的旋钮。小眼睛让哈克和大鼻鼠靠在地板上，连他们的脚指头都捆得结结实实，又把眼睛用布蒙上，"我早知道你们打什么鬼主意，嘿嘿，甭想捣蛋！"他得意洋洋地说。

"啪，啪，啪！"小眼睛按动红、黄、蓝、绿电钮。大鼻鼠一下一下猛吸溜鼻子，他在闻每个旋钮的气味。

时间旅行机减慢了速度，停止了。

"到了，这是空空星球，叫你们开开眼，见识见识时间旅行机的妙用。"小眼睛说着，扒掉他们眼上的罩布，自己神气活现地走下去。

哈克傻呵呵地也要跟着往下蹦，"快！"大鼻鼠大喝一声，咬住了他的屁股，"快把门关上！"哈克用嘴把门关上了。

"快出来！你们关上门也没用，我还有安全门呢！"小眼睛冷笑着，往房子的另一边转。

"呼！"时间旅行机起飞了。原来是大鼻鼠灵巧地用尾巴按动了那一排电钮。他这尾巴比手还灵呢。

"等等我！"小眼睛在空无一人的星球上仓皇地喊。

"你就做这里的至尊无上的统治者吧！"大鼻鼠俏皮地说。

时间旅行机在茫茫的宇宙间，开始了返回地球的航程。

139

哈克和大鼻鼠全传

狗群中的怪物

刑警哈克全副武装，挺着圆实的肚子，威风凛凛地在街上巡逻。突然，他听到一阵狗叫声："汪汪汪，汪汪汪……"声音凶狠而激烈，好像还不止一只。哈克立刻紧张起来，他可是个忠于职守的人。在他值勤的这条街上，不要说出现坏人，就是狗打架的情况也决不允许。

他立刻加快步伐，循声跑去。拐过街角，马路对面一幅古怪的情景映入他的眼帘：一群狗，黑的，黄的，花的，大的，小的，滚作一团，好像在撕咬什么，灰尘夹着狗毛纷纷扬扬，看热闹的人站得远远的，都怕被狗咬上一口。

哈克的心怦怦地跳着，说实在的，他心里也挺怕狗，尤其是怕疯狗。要是被疯狗咬上一口，得上狂犬病可不得了。哈克曾经看过一个得狂犬病的人，流着口涎，口歪眼斜，光着脚丫在街上晃晃悠悠地跑。要是自己也变成这样一副尊容，那简直是太丢刑警的脸了。

哈克小心翼翼地凑近狗群，思索着采取何种行动。蓦地，他的眼珠瞪圆了，他发现，狗中间好像还有个人，趴在那里乱动。这问题性质变了，不是狗咬架，而是狗在咬人。哈克不再犹豫，掏出手枪，威慑地对空鸣放。"砰！砰！"狗群立刻跑到垃圾桶东面。糟糕！好像那个人也被狗群挟裹过去了。哈克又向东边上空放了两枪，可混在狗群中间的人，也随着狗逃到垃圾桶西边。哈克看见了地上有撕破了的裤子和衣服，那人一定是被狗咬昏了。

哈克正不知所措，忽然发现路边有个肉铺，灵机一动跑了进去，用两元钱买了一堆肉骨头。他把肉骨头丢在路边上，这一招儿还真灵，狗群顿时扑向了肉骨头。奇怪，挤在狗中间那个衣衫破烂的人，也扑向了肉骨头。哈克再也顾不得狂犬病了，跑上去用手拉那个人的肩膀。那人从狗群中蓦地仰起头来，啊，是个狗头，这是一个长着狗头的人！狗头人从地上爬起来，扑向哈克。哈克扭头就跑，他不知道该不该开枪，因为很难判定，他身后是狗还是人。哈克跑得太慌，一下子被脚下的一根肉骨头绊倒了，狗头人向他身边扑了过去，不过不是咬哈克，而是抓住那根生肉骨头，咯吱咯吱地啃了起来。

"狗头人，狗头人！"看热闹的人都惊愕地注视着这个古怪的家伙。

"不对！这不是人，是狗！是地地道道的狗！"哈克身后突然响起一个甜腻腻的声音。一个厚嘴唇的矮胖子，穿着格子衣服，戴顶花呢礼帽，眯缝着眼睛对哈克鞠了一躬，自我介绍说："我是马戏团的经理，这是我们新驯养的一条怪狗，由于饲养员疏忽，让它偷偷地跑了出来。"胖经理说着，露出笑脸去拍那怪狗的头。狗却向他狂吠。

胖经理倏地变了脸，冷笑着从腰里抽出一条软鞭。"啪！啪！"随着鞭子的舞动，狗头人背上、肩膀上留下几条血痕。他哆嗦着伏在地上，一动也不敢动了。胖经理从身后的敞篷汽车上拿出一个铁笼，把狗头人赶了进去，装上车。

汽车风驰电掣地开走了，只留下一串烟尘。这一切发生得那么突然，哈克觉得有点不对劲，可是他又不知道问题出在哪儿，他想马上去找大鼻鼠。哈克低着头，沿着林荫道走，他边走边皱着眉头思索。他想得太专注了，一点也没有注意到前面停着一辆轮椅，一位面色苍白的老人坐在轮椅上，身上蒙着白布单，只露出脖子和脑袋。"哐当！"正在疾走的哈克撞在轮椅上，他连同轮椅一起跌倒了。

"对不起！"哈克急忙爬起来，想扶那位摔在地上的老人。啊！他怔怔地张大了嘴，再也闭不上了，再也没有比这令人吃惊的情景了：盖在老人身上的白布单散开了，下面盖着一条狗的躯体。"人头狗！"哈克不由自主地嘟囔着。还没等他清醒过来，那长着人头的狗，惊慌失措地蹿起来，如同一支利箭一样，消失在林荫道尽头了。

回到住所，哈克把这两件奇怪的事情告诉了大鼻鼠。大鼻鼠揉揉自己硕大的鼻头，仰脸望着天花板，然后狡黠地挤挤眼，笑道："如果我的估计没错，过两天，咱们就会有新的马戏看了！"

过了两天，市中心广场上果然立起了一幅巨大的广告牌，上面写着：

狗头人精彩绝妙表演

票价：50 元

尽管门票如此昂贵，但人们还是络绎不绝地拥向马戏团的大帐篷。演出马上就要开始了，哈克和大鼻鼠坐在观众席上，紧盯着帐篷中间的圆形舞台。随着一阵滑稽的乐曲声，矮胖的马戏团经理手里提着软鞭，用一根细链子牵着狗头人登场了。他挥舞着鞭子，让狗头人做各种滑稽可笑的动作，然而狗头人似乎显得很疲倦，跳着跳着便摔倒了。

"起来！"马戏团经理用鞭梢抽他的脑袋，威吓地把鞭子甩得直响。

"起来！起来！"鞭子开始落在狗头人的身上。

"不要，不要打！"观众席上突然发出凄凉、伤心的喊声，吓了人们一跳。大家都回过头去，只见帐篷的入口处，一位面色苍白的老人坐在轮椅上，身上围着白布单，满脸泪水。

哈克马上认出来了，压低声音告诉大鼻鼠："这就是那个长着狗躯体的老人。"

这时候，舞台上的狗头人似乎也认出了什么，蹿起来跳着蹦着，汪汪汪地狂叫着，竭力想挣脱开来。慌张的马戏团经理把链子抓得死死的，凶狠地狂舞着鞭子，场上一时大乱。

哈克急忙问大鼻鼠："怎么办？咱们采取什么行动？"

可是大鼻鼠像没听见一样，只是仰着脸死死盯着高大的帐篷顶上露出的那片蓝天。在那儿，一架小直升机正无声无息地盘旋。机舱里，一个蒙面的灰衣人正向下注视着狗头人，猛然，他的目光和大鼻鼠相对，直升机马上打了个旋儿，从帐篷顶上消失了。

帐篷里一片混乱，那位坐轮椅的老人不见了，马戏团经理和狗头人也不见了，帐篷里只剩下骚动不安的人群。大鼻鼠跳上圆形舞台，身子贴近地面，一点一点聚精会神地搜索着。他用爪尖轻轻地在地面上抓了一下，从地毯上捡起一根纤细如丝的毛发。

"这是什么？"哈克问。

"狗毛！"大鼻鼠笑嘻嘻地说，"有了这个，马戏团经理插翅也难飞了！"

哈克和大鼻鼠开着警车沿着古老的街道疾驰。大鼻鼠耸着鼻尖，闻着迎面而来的风，低声说："狗气味越来越重，显然就在这一带。"警车在一座破旧的楼房前停了下来。他们推开门，蹑手蹑脚地沿着楼梯往上走，突然听到上面马戏团经理在惊慌地叫喊，大鼻鼠和哈克忙撞开房门冲进去。

屋子里空荡荡的，墙角放着个铁笼子，狗头人被关在里面。马戏团经理坐在旁边的一把椅子上，面带惊慌。从屋顶的天花板上垂下一条软梯，面无表情的灰衣人，正不慌不忙地提着一个玻璃箱子，从软梯上走下来。

"不许动！"大鼻鼠和哈克举枪瞄准。几乎与此同时，灰衣人手中的枪飞速地射出两股烟雾，哈克和大鼻鼠顿时感到浑身冰冷，他们像被冻在冰里一样，一点也不能动，只能眼睁睁地注视着。灰衣人面无表情，似乎没有看见他们，走到屋角，打开铁笼子，小心地把狗头人放进了玻璃箱。这时的狗头人顺从极了，平躺在地上，大概也是被冻僵了。

灰衣人提着箱子爬上软梯，房顶上响起了一阵嗡嗡的螺旋桨声，随即一切平静下来。屋里的几个人身上的冰渐渐融化了，他们的手脚仿佛才重新回到了自己的身上，有了知觉。

"狗头人是怎么回事？"哈克审问马戏团经理。

马戏团经理结结巴巴："我……我也不知道这狗是哪儿来的。我……我是贪心……只想利用他赚钱……不，我看这狗，也绝不是那灰衣人的！"

"为什么?"大鼻鼠厉声问。

"因为刚从排演场出来时,我碰见一个坐轮椅的老人,声称狗是他的,恳求我还给他,我没有给他。"

大鼻鼠一下子跳起来:"这位老人现在肯定很危险!"

哈克问:"可我们怎么找到他呢?"

大鼻鼠从衣袋里取出那根狗毛,幽默地说:"我想那老人也会有这种味道的。不过,这次我们要带上微型火焰喷射枪,来对付那灰衣人的冷冻枪。"

警车在郊外奔驰,在一片松林前停了下来。

"注意!那老人很可能在这里,我闻到了很浓的狗毛气味!"大鼻鼠低声说。

哈克握着微型火焰喷射枪,紧张地跟在大鼻鼠后面。他们无声无息地伏进草丛,向松林深处匍匐前进。林间有一块平坦的草坪,中间停着一架小直升机。啊!灰衣人也在这儿!哈克不由得倒吸了口凉气。他的目光继续向前搜索,看见那个长着狗的躯体的老人坐在轮椅上,对面五米远的地方,站着那个面无表情的灰衣人,两个人正默默无言地对峙。

灰衣人冷冷地说:"你跟我走!"

老人固执地摇摇头:"决不!"

灰衣人说:"我会把你的身体重新移植过来!"

老人气愤地说:"你又在骗人。是我改造了人的大脑,使你具有人的智慧,你却施展阴谋,偷看我的研究资料,趁我熟睡之际,把我的身体移植在狗头上,你太卑鄙了!"

灰衣人狞笑着:"你说得对极了!我不仅要使你有狗的躯体,而且要你来帮助我造出一台这样的置换机器,造出更多更多的兽头人!"

老人脸色苍白:"我决不干!"

"那我就杀死你!"灰衣人一步步向老人逼近。

"不许动!"大鼻鼠大喝一声。

灰衣人倏地回过头,他面前马上腾起白色的烟雾,他又在放冷冻枪了。

哈克急忙扣动微型火焰喷射枪的扳机，一股蓝色的火焰喷射出去，白雾消失了，灰衣人仰面朝天地倒在地上。大鼻鼠跳上前，一把摘下他的假面具。

"啊！是只猩猩！"哈克吃惊地大叫起来。

老人说："是的，它只是我试验室中的一个动物，我没想到，它会变得这么坏！谢谢你们救了我！"

"可你的身体怎么办呢?"大鼻鼠急切地问。

"我的身体在直升机的玻璃箱子里。我把移植的方法告诉你，你这么聪明，一定会帮助我恢复原状的!"老人充满希望地望着大鼻鼠。

哈克和大鼻鼠全传

太空金字塔

两个小怪物

深夜，星星在幽蓝的天上眨眼，四周静静的，没有一点声音，人们都已经进入梦乡。只有马戏团的铁笼子里偶尔传出一两声动物的呻吟，在寂静的夜空中，传得很远很远。世界上最著名的明星大马戏团，今晨已风尘仆仆地赶到了这个城市，在广场中央立起一个华丽宽大的圆顶帐篷。明天，他们就要进行精彩的演出了。

广场外面，两个人正在巡逻，一个是全副武装的刑警哈克，别看他身体肥胖，动作笨拙，并且不时冒些傻气，可他的正直与忠于职守却是人所共知的。走在他旁边的，是一只挎着微型手枪的奇异老鼠，鼻头硕大，宛如挂在嘴唇上的一枚大香白杏。可不要小看这鼻头，它能闻出九百万种气味，能闻出火星上是否有台风。

这会儿，他们俩正雄赳赳、气昂昂地在柏油马路上踱步。突然，大鼻鼠耸了耸鼻头，说："我觉得有点不对劲！"

"有情况！"哈克马上噗的一声卧倒在地上，瞪大眼睛，警惕地四下张望。

大鼻鼠轻声说："我闻见了那边狮子笼里的气味！"

哈克这才松了口气爬起来，懊恼地说："狮子当然有味，干吗这么大惊小怪的，害得我正趴在一堆狗屎上，弄得满手都是！"他把手放在鼻子边闻着。

"不! 那是一股特殊的气味!"大鼻鼠警觉地说着,掏出微型手枪,飞快地向广场跑去。

帐篷后面的一排木板房里,关着马戏团里的动物。从一个个小窗口向里望去,猩猩在笼子里打盹,大象闭着眼睛立在原地,老虎隔着铁栅栏,不露声色地注视着他们。大鼻鼠和哈克放慢了脚步,屏住呼吸,蹑手蹑脚,竭力不发出一点声音。前面就是放狮子笼的小房子,窗口有一种奇异的光闪烁着,似蓝又似绿,像是成群的萤火虫在飞。

"不要到窗口去!"大鼻鼠低声嘱咐,一面凑近了木板房。他们把眼睛贴在墙壁上,顺着木板的缝隙向里望:小房子里的铁笼子中关着三头狮子。奇怪的是:它们都像中了魔似的,一动不动地张着嘴,像泥塑一样定在笼子里,身上反射着暗蓝的光,而这光是从笼子的另一头发出来的。大鼻鼠和哈克一看,不由得吃惊地张大了嘴。这个发光体是两个丑陋的小怪物,才一尺多高,细胳膊短腿,个子矮得像小侏儒,全身皮肤粗糙得像鳄鱼皮,颜色暗蓝暗蓝的。最可怕的是它们的头,像是眼镜蛇的脑袋,头顶上伸出两只亮晶晶的金属触角来,背上还都带着个小巧的螺旋桨。最使哈克惊讶的是,左边的小怪物牵着一个极亮的小玩具袋鼠,右边的小怪物一手拿着亮晶晶的手术刀,另一只手握着一根金属棒,随着金属棒发出吱吱的响声,喷出一圈圈灰色的烟雾,向三只狮子飘去,进到它们的眼睛、耳朵、嘴和鼻孔里。

"好极了! 好极了!"一只小怪物尖声自语,"一切全按照预定的计划!"另一只怪物狡猾地向窗外瞥了一眼,讥笑地说:"可惜,屋外的大侦探们晚来了一步!"

"不许动!"大鼻鼠急忙端枪冲了进去。

"嗡嗡嗡!"小怪物们背上的螺旋桨旋转着,它们像两只大蜜蜂一样,冲出笼子,飞到了天花板上。

"哈克,堵住窗口!"大鼻鼠急忙冲过去。

哈克扑上去,英勇地用身体挡住。他无意间向里看了一眼,妈呀! 两张蛇脸正对着他，吓得他本能地一低头。但他马上醒悟过来，随即转过身去，用屁股堵上，他的屁股挺大，把窗口堵得严严实实，“快闪开，你挡着我了！”大鼻鼠在屋里面生气地踢哈克的屁股。原来，哈克低头的瞬间，那两个丑陋的小怪物已如同利箭一样飞了出去。

“嘻嘻，嗞嗞！”空中传来难听的、尖尖的冷笑。小怪物们像黑色的蝙蝠一样，消失在漆黑的夜空中了。

神秘的小车厢

小木房里已没有了幽蓝的光。大鼻鼠打开屋里的灯。三只狮子还呆呆地定在那里，一动不动。

“那小怪物把玩具袋鼠丢下了！”哈克惊喜地叫。他用一根铁钩子把玩具袋鼠从笼子里拉了出来，举到灯下去看。他发现这袋鼠是用一种从没见过的材料制成的，富有弹性，但又很坚硬。大鼻鼠试着用水果刀割玩具袋鼠的尾巴，水果刀变钝了，袋鼠尾巴上却没有留下一点痕迹。

“这袋鼠真好玩！”哈克捏着袋鼠的尾巴。

“不过，它的眼睛可不好看！”大鼻鼠心神不定地说。那玩具袋鼠的眼珠是有点特别，亮亮的，似笑非笑，似乎隐藏着什么东西。

“哐啷！”响起了撞击铁笼子的声音。三只狮子似乎又复活了，在里面仰头、晃尾、活动着身躯。随即又安静下来，用温顺的目光注视着他们。

“你看，狮子没事，又变好了！”哈克高兴地说。

大鼻鼠摇摇头：“可那矮子说的预定计划是什么呢？看来，在他们施展阴谋之前，应尽快抓到他们！”说罢，大鼻鼠仰脸朝空中猛吸鼻子，他得意地笑道，“这两个家伙虽然跑得极快，但毕竟留下了一丝丝气味，我会抓到他们的！”

“我可以和你一起去！”哈克也精神起来。

“你留下来监视这些狮子，这里面说不定也有文章。”

大鼻鼠的背影在黑暗中消失了。他耸动着鼻子，紧紧追踪。发现小怪物的味道在空中盘旋了一阵以后，突然分成两股，一股向东，一股向西。不过这雕虫小技可难不倒大鼻鼠。他只死死地盯住奔西的气味，穷追不舍。果然，兜了许多圈子，两股气味又汇合到一起了，一直飘进了地铁。

"嘻嘻，我早就料到了。这会儿，他们以为甩掉了我，可以高枕无忧了!"大鼻鼠冷笑着自语，不慌不忙地在漆黑的地下铁道中走着。小怪物的气味越来越浓了，猛然，他看见铁道的拐角处，停着一节小巧的车厢，那气味正是从车厢里传出来的，他听到了小怪物们吱吱咝咝的笑声。

"一会儿他们就该笑不出来了。"大鼻鼠踌躇满志地说。他不慌不忙地取出了微型激光枪，蹑手蹑脚，爬上了车厢。

"你好! 大侦探先生!"两只小怪物正怪模怪样地站在对面瞅着他。

"不许动!"大鼻鼠用激光枪瞄准。

对面的小怪物突然像影子一样剧烈晃动起来，大鼻鼠感觉上当，他举枪射击，"哗啦!"听到玻璃破碎的声音。原来前面只是一面镜子，照的是小怪物的影子，而真正的小怪物就躲在他身后。

"咝咝咝——"他们怪笑着，飞出了车厢门口。

"啪! 啪!"小车厢的门和窗子都紧紧地关上了，大鼻鼠还没完全清醒过来，已经被关在封闭的"铁箱子"里了。"刷刷刷!"铁箱的四壁突然变亮了。渐渐地，大鼻鼠浑身有点燥热，他发现，四周热气扑鼻，用手一摸墙壁，好烫手! 再仰脸一看，车厢顶布满了红彤彤的电炉丝。妈呀! 这是个大烤炉，他们想把他烤成焦老鼠! 大鼻鼠脸上淌下热汗，他试着用激光枪向门上射击，"砰!"只在金属门上留下一点痕迹，看样子还有门儿，大鼻鼠把激光枪枪筒拆下来，反装上，立刻变成了一把小型的激光钻，他过去的小发明现在终于用上了。

大鼻鼠把两只鞋子拧在一起，单腿独立，这样可以避免烫伤脚丫。然后手拿激光钻，一点一点地钻起来，一直干了半个多小时，才钻出了一个只有他能钻出去的圆洞，他一头扎出去，倒在冰凉的水泥地上，他的衣服已经烤成了碎片片……

中了魔的狮子

再说哈克和大鼻鼠分手后，留在小屋里守着铁笼子。他感到有些无聊，便拿来那玩具袋鼠，想打开它肚皮上的那个袋子看看。袋子封得很紧，怎么也打不开，于是哈克便捏它的鼻头揪它的尾巴。哈克虽然是堂堂的一级刑警，但特别喜欢玩。这会儿，他玩得正来劲，突然背后响起一个胆怯的声音："可以让我们也玩玩吗?"

哈克吓了一跳，急忙端起枪扭头四下乱看。

"不用找了，我们就在你面前!"声音是从笼子里发出来的，三只狮子正安静地注视着他。

"是你们在讲话?"哈克结结巴巴地问。

"是的，是我们在讲!"第一只狮子说。

"我们想玩那只玩具袋鼠!"第二只狮子说。

"请你把笼子打开!"第三只狮子说。

"那可不行!"哈克连忙摇头，他想了想又说，"一定是那小怪物在你们身上施了魔法，使你们变得像人了，不过，我可以把玩具借你们玩一会儿!"他把玩具袋鼠丢进笼子里，三只狮子像人一样地立坐着，津津有味地玩起玩具来，它们显得很谦让，很有礼貌。但玩了一会儿，似乎也腻了。

一只狮子说："这玩具虽然好，但是给幼儿园小孩玩的，比较起来，我还是喜欢读外语。"说着，它嘀里嘟噜地背出一串外语单词来。哈克只听懂一句："Goodbye!"他吃惊地想，这家伙智商还不低呢!

另一只狮子把玩具也丢到了一边："这玩意儿太简单，咱们还是解两道微积分高等数学题吧!"

"微积分?"哈克听得眼睛都直了。

"你也来解一道题吧!"第三只狮子对哈克说。

哈克脸红了，他上学数学一直不及格，他吞吞吐吐地说："这……这我不太会，我会打扑克牌！咱们……最好来'争上游'吧！"哈克从口袋里取出一副扑克，同笼里的三只狮子打起扑克来。

"你最好让我们到笼子外面去玩！"狮子们建议。

"不！"哈克虽然牌瘾特大，但始终不忘自己的职责，"还是我进笼子里玩！"他觉得自己这个主意不错，自己到笼子里面看守它们，这样会更保险。

哈克从口袋里取出钥匙，把锁打开。他的头刚钻进笼子，刚才还十分温顺的狮子突然变了脸孔，一只狮子挥掌一拍，将他击倒在地，另外两只狮子也凶猛地扑了过来。

哈克吓坏了，他以为自己马上就要被吃掉了。但是狮子只是夺过他的手枪，扒下了他的警服。

"这是人用来置对手于死地的玩意儿。"一只狮子摆弄着手枪。

"人穿上这样的衣服可以吓唬人！"另一只狮子套上了哈克的警服。

第三只狮子发现了哈克手腕上的表，思索着说："这是用来估算时间的。"

"给我们换了大脑的主人，限定我们在天亮前两小时完成他的指令，现在时间已经不多了！"一只狮子说着，把哈克捆在铁栏杆上，然后从外面把笼子锁上。

三只狮子正想往外走，躺在地上的玩具袋鼠的肚子里突然发出了声音："先不要走，把那家伙的嘴堵上，免得他叫喊！"

"是！"三只狮子答应着，马上又钻回笼子，用破布把哈克的嘴塞得严严实实。

玩具袋鼠的肚子里又发出声音："把我带上，不然你们什么事情也干不成。"

狮子们恭恭敬敬地捧着玩具袋鼠，走出了小木房。

失踪的马戏团

广场上的一切都笼罩在黎明前的黑暗中。

"首先要找一座封闭的房子!"玩具袋鼠的肚子里发出了冷冰冰的声音。

　　"那边有一座封闭的房子,还好像是活动的。"一只狮子注视着前方。

　　远处,开来一辆冷藏车,司机正好奇地瞅着广场上的圆顶帐篷,突然看见一位肥胖的警察站在路中间,示意他停车。他关上油门,走下车,才发现是一只穿着警服的狮子,正用手枪对准他的胸口。司机立刻吓得昏了过去。狮子们把司机同玩具袋鼠一起丢进了冷藏车。然后由一只狮子守在汽车旁,其余两只朝马戏团的圆顶帐篷走去。

　　帐篷里是一个巨大的圆形舞台。舞台后面的一排小房子里,住着马戏团的演员。两只狮子无声无息地走近每个窗口,从它们的鼻孔里喷出灰色的烟雾,一缕一缕飘进屋去,这是一种能使人暂时陷入昏迷的烟雾。狮子们把昏睡的演员们从小房间里叼出来,送到帐篷外面的冷藏车里。等他们再从冷藏车里走下来时,一个个目光呆滞、行动机械,如同被人操纵的机器人一样。接着,他们开始拆卸帐篷里的演出道具,把笼子里的动物演员们牵出来,然后,一声不响地朝着广场东边的地铁入口走去,三只狮子跟在最后面。

　　当东方的第一缕曙光快要擦过楼房的尖顶照射到广场上时,整个明星马戏团全体演员魔术般地消失了。不! 不是全体,还有一位魔术演员留了下来,他由于有失眠症,夜里睡不着,听到外面有轻微的响声,从门缝里看见狮子们叼走自己的同伙,他便机灵地躲进自己的把活人变没的魔术箱里。当他从魔术箱里钻出来时,发现帐篷里已经空无一人,便急忙向前追去,远远看见一群人已经到了地铁入口。

　　"你们去哪儿?"魔术演员焦急地叫喊起来。

　　他的同伴们头也不回地走下地铁通道,只有后面的三只狮子回过头来望望他。魔术演员吓得大叫:"救命啊!"狮子们也仓皇地跑下了地铁入口。大概它们跑得太慌了,把玩具袋鼠丢在了地上。

　　柔和的阳光照射到广场,天亮了。魔术演员等了一会儿,胆怯地走过去,从地上捡起玩具袋鼠。他的伙伴全被劫走了,只留下这么一个东西，他感到很伤心，掉下了眼泪，沮丧地把玩具袋鼠丢到路边的垃圾桶里。这时，通往地下铁道的楼梯口，一个细小的影子在晃动，吓得他腿都软了。仔细一看才发现，那黑影竟是大鼻鼠。大鼻鼠的样子狼狈至极，身上的警服成了碎片片，满脸是灰。

"大鼻鼠先生，我的朋友全被三只狮子劫走了！"魔术演员悲伤地说。

"狮子？"大鼻鼠一惊，马上问，"你看见哈克了吗？"

魔术演员摇摇头，丧气地走了。他一点也没注意到，躺在垃圾桶里的玩具袋鼠正用一双邪恶的眼睛注视着他……

垃圾桶里的玩具袋鼠

太阳把温暖的阳光洒满了广场，广场中央的圆顶帐篷被映成了金黄色。明星马戏团的演出无法进行了。演员们的神秘失踪，惊动了所有的人，人们都聚集在广场上，惊愕地注视着空荡荡的排演场和兽笼。

一个捡废品的老人朝广场走来，他身后跟着一条肥大的黑狗。老人以捡废品为生，他原以为人们都来看马戏，在这热闹的场所会捡到不少废品，现在似乎不大可能了。广场上的地面干干净净，他只好在地铁入口旁边的垃圾桶里寻找。蓦地，在一个垃圾桶里，老人看见一只漂亮的玩具袋鼠坐在废包装纸和果核中间。

"谁把这么漂亮的玩意儿扔了！"老人惊喜地自言自语，接着用手去拿，但一阵剧烈的疼痛使他抽回了手。却发现自己的拇指变成了紫色，指尖上渗出血来。"一定是被钉子或碎玻璃扎了！"他猜想着，又一次伸出手，却发现玩具袋鼠的蓝眼珠似乎眨动了一下，用一种凶狠的目光瞪着他，老人不由得哆嗦了一下。他身边的黑狗蹿上去，咬住了玩具袋鼠的腿，但很快呻吟了一声，像踩了弹簧一样，被弹出了垃圾桶，重重地跌倒在地上。

老人惊愕地叫喊："这东西会咬人！"

人们都围过来看着那玩具袋鼠，忍不住赞叹："多好玩呀！它怎么会咬人呢?"在众人的目光中,玩具袋鼠显得十分温顺可爱:眼睛碧蓝碧蓝的,一动不动,显得那么柔和。老人怀疑自己刚才是眼花了,大概是陷入了一种幻觉。他看见几只手同时伸向玩具袋鼠,赶紧抢先抓起来,放进自己的怀里了。奇怪,这东西变得软绵绵的,使人感到很舒服。老人背起筐,领着狗急急忙忙地走了,他怕有人来要走这可爱的玩意儿。

回到家里,老人把玩具袋鼠放在他的小桌上,和他捡来的那些小泥人摆在一起。他觉得很好玩,左看右看,看得累了,便眯缝起眼睛休息一会儿。后来,他迷迷糊糊睡着了,鼻孔里发出轻轻的鼾声。大黑狗伏在老人的身边,眼睛一眨不眨地注视着桌上的玩具袋鼠。

忽然,袋鼠的腿动了一下,黑狗马上敏捷地扑上去。黑狗这回变得机灵了,它躲开袋鼠的腿,去扑咬它的肚皮,可依旧被弹了回来,但忠于主人的黑狗不屈不挠,似乎断定袋鼠有伤害主人的企图。只要袋鼠的腿在桌子上移动,黑狗就立刻顽强地扑上去。终于玩具袋鼠的嘴咧开了,眼珠里放射出幽幽的凶光,肚皮上的袋子噗的一下打开了,眨眼间,它的前爪上握着一把亮亮的手术刀,刀柄上还有一排排黑色的按钮。手术刀闪着变幻不定的光泽,黑狗呜咽着,感到极其恐怖。惊醒过来的老人也被这恐怖传染了,他浑身僵硬地一动不动,眼睁睁地看着玩具袋鼠轻轻跳下桌子,握着手术刀向他和黑狗跳过来。老人吓得晕了过去。

等他醒来时,玩具袋鼠已经不见了,他感到有点异样,低头一看,发现自己的身躯变成了黑狗的躯体。天哪!可怕的袋鼠对他和黑狗施用了换头术。老人吓坏了,慌乱地跑到街上,街上的人立刻惊愕地围住了他,谁也没见过这样的"人头狗"。一群小孩子还追着他掷石子。老人想起了大鼻鼠和哈克,他们也许能帮助他。他不由自主地摇着尾巴(天知道他怎么会做这种动作),向哈克和大鼻鼠的住所跑去。

大鼻鼠和哈克正在为马戏团的失踪而苦恼,看见门口冲进来一个有着狗的身躯的老人,不约而同从椅子上蹦起来。

"请救救我!一个玩具袋鼠把我的头换到了狗的身上。"老人流着眼泪恳求。

"它在哪儿?"哈克掏出了手枪。

"它不见了。"

"那么它可能去哪儿呢?"大鼻鼠皱着眉头苦苦思索着,猛然,他眼珠一亮,大叫道,"我猜到了,它一定是寻找那个魔术演员去了。既然他们想劫走整个马戏团,也一定不会放过这位著名的魔术师!"

被换脑的魔术师

大鼻鼠和哈克把老人安顿在自己的屋子里,便匆匆忙忙直奔魔术师下榻的饭店。他们乘电梯到十一楼拐角上的一个房间。门紧锁着,大鼻鼠顺着钥匙孔向里望去,被眼前的景象惊呆了:魔术师俯卧在写字台上面,玩具袋鼠用手术刀切开了他的后脑勺,把一个亮亮的东西放了进去。手术刀一离开肉,头皮又自动地合拢了,没留一点痕迹。玩具袋鼠又把魔术师的身体翻转过来,从自己肚皮的袋子里取出一小瓶灰色药水,打开来,企图灌入魔术师的嘴里。

"不许动!"哈克和大鼻鼠撞开门冲了进去。

玩具袋鼠愣了一下,随即动作极敏捷地向玻璃撞去。

"啪!啪!"大鼻鼠和哈克同时发射激光枪,打中了玩具袋鼠的腿,但它的头已撞破了玻璃,从十一层楼跌了下去。大鼻鼠顾不得危险,抓起屋角的一把雨伞撑开后也跳了下去。

玩具袋鼠落在饭店前的台阶上,后腿已经无法蹦跳了,坐在原地,仰脸用一种可怕的目光看着慢慢下降的大鼻鼠。等大鼻鼠离它有十几米远时,它突然按动肚皮袋子里的一个按钮,它的耳、鼻、口都冒出烟来。

"不好!"正往下降落的大鼻鼠急忙用尾巴钩住旁边的凉台,身体一扭,蹿了上去。

"轰隆!"玩具袋鼠爆炸了,气浪冲腾开来,裂成了无数碎片。

"看来,这个机器袋鼠制造得极其精密,还会自动引爆!"大鼻鼠赞叹地咂着嘴。

"得了，这下线索又断了！"气喘吁吁跑下楼的哈克望着地上的碎片说。

"没断，我想，我们恰恰找到了线索。"大鼻鼠笑着说。

"在哪儿？"哈克四下乱看。

大鼻鼠简洁地讲了三个字"魔术师"，他们重新上了十一层楼，魔术师还在写字台上昏睡。

"怎么叫他醒来呢？"哈克有点发愁。

大鼻鼠弯腰钻到写字台底下摸索了一阵，手里拿着闪亮的手术刀和一瓶灰色的水，说："这些都是玩具袋鼠丢下的。"

"啊！手术刀！"哈克叫道，"用它可以给魔术师做手术，让他重新醒来？"

"当然可以。"大鼻鼠笑道，"不过，那样就掐断了线索，我想应该用这个！"他举起了那小瓶灰色的药水。

大鼻鼠把药水灌进魔术师的口中。不一会儿，魔术师的身躯颤抖了一下，睁开了眼睛，眼珠变成了灰色，和药水的颜色一模一样。

"你感觉怎样？"哈克凑上前去问。

魔术师却像没看见他一样，一言不发，直坐起来，跳下桌子，开始在床底下摸索，拖出大变活人的魔术箱，又从柜子里取出演出用的小道具，通通放进皮包里，然后扛着魔术箱，拿着皮包，默默无言地向门口走去。他动作僵硬，目光始终是呆滞的，就像屋里除去自己再没有别人似的。

哈克吃惊地问："他这是怎么了？发神经了？"

大鼻鼠却拍手笑道："好极了！正如我所料，他的大脑被控制了！他也会走向一个地方，如同昨天所有马戏团演员的消失一样。快跟上他！"

大鼻鼠的话没错，魔术师头也不回，一步一步走向了广场的地下铁道入口。

黑蝙蝠的眼睛

被换了脑的魔术师，目光呆滞地走向城市广场的地下铁道入口。路过邮局时，大鼻鼠叫哈克紧盯着魔术师，自己飞跑进去，写了张纸条，放进一个事先准备好的小邮袋里，丢进邮箱。他再回来时，手里拿着一小瓶灰色的水。

"你干什么去了？"哈克问他。

大鼻鼠神秘地一笑："你以后就知道了，来，咱们眼里也抹点这个！"

"也抹那药水？"哈克吃了一惊。

"不！这是假的，用灰颜料水配的！"

哈克明白，他们要假装被换过脑，同魔术师一样去当木偶人。于是哈克和大鼻鼠眼珠全成了灰色的，他们也目光呆滞地梗着脖子，伸直胳膊，机械地迈着步子，跟在魔术师后面，一步步走下地铁的台阶，跳到地铁的轨道上。幽深的隧道一片漆黑，两边是冰冷的石壁。

魔术师突然停了下来，原来，面前碰到一堵高高的石壁。

"得！这下没路了，再往前走就撞墙了。"哈克不由自主地说。

"嘘！别说话，看墙壁！"大鼻鼠低声制止他。

哈克这才发现，硬石壁上画着一只漆黑的蝙蝠，蝙蝠的翅膀张开，两眼凶神恶煞地瞪着他们。正在这时，魔术师的灰色眼睛突然亮了，两束灰色的光射向蝙蝠。蝙蝠的眼睛也渐渐地亮了，接着嘟嘟地响了起来，随着响声，巨大的石壁分向两边，露出了一扇门，魔术师像木偶人一样走了进去，大鼻鼠和哈克紧紧贴住他。石门在他们身后关上了，他们面前是一级级通向深处的石阶。接近石阶尽头时，前面亮起来，他们看见那里停着一辆流线型的地铁机车。

"车厢里好像有人，咱们上吗？"哈克有点紧张。

"上！但再也不要说话！"大鼻鼠果断地说，"学魔术师的样子，他怎么做，咱们就怎么做。"

他们上了车厢，哈克吃惊得几乎要发出声来。马戏团的全体演员，包括三只狮子，都在车厢里。每个人都一动不动地坐在自己的位子上，如泥塑木雕。魔术师走到一个空位子坐下，大鼻鼠和哈克也装模作样地瞪直眼睛在他身后坐下。他们看到，司机的位子上，坐着一只玩具袋鼠。

"你是马戏团的最后一位演员？"玩具袋鼠肚子里发出声音。

"是的，我是最后一个演员。"魔术师梦呓般地说。

"你们人都到齐了？"玩具袋鼠又问。

"是的，全到齐了！"所有的马戏团演员梦呓般地齐声回答。

"好！现在机车可以启动了！"玩具袋鼠说着，按动开关，机车风驰电掣般飞驰起来。流线型的机车头，就像是锋利无比的钻头在地下钻着，把前面的石头分向两边。机车一过，后面的洞顶立刻坍塌下来，把后面的路全堵死了。

"糟了，这下回不去了！"哈克担心地想。

黑色金字塔

机车开着开着，前面骤然亮堂起来，原来它冲出了地面，驶入了一个巨大的峡谷。四面山峰林立，直插云端，机车在峡谷中央停了下来。

"举起双手下车！"开车的玩具袋鼠发出命令。

马戏团的人个个举着双手走下车，大鼻鼠和哈克也混在中间。一下车，他们看见一群手持微型激光枪的玩具袋鼠如临大敌，列队站在两边，中间只留下一小条通道。哈克和大鼻鼠夹在中间走着，紧张得几乎喘不过气来。再往前走，路的左边有一个银白色、草帽状的飞碟，右边仿佛是一座漆黑的大金字塔，塔身上画着许多形状怪异的蝙蝠，给人一种十分恐怖的感觉。

马戏团的演员们举着手向飞碟走去。哈克稍稍松了口气，心想，幸亏没进那黑家伙里面去，它太可怕了，简直像个坟墓。进了飞碟，他们被带到一间屋子，所有的玩具袋鼠都退了出去，门关上了。

屋顶上传来温柔的声音："请你们把衣服脱掉，放在传送带上。"屋里的演员们顺从地脱下了衣服，哈克和大鼻鼠也装模作样地脱。哈克看见大鼻鼠悄悄从衣袋里取出微型手枪迅速拴在一头狮子长长的鬃毛里，他也学着把激光枪往一头大象的嘴里一塞。坏了，咕噜一声，激光枪滑到大象的肚子里去了。

传送带把衣服运走了。屋子的四壁上出现了许多小孔，温暖的水流喷射出来，洒在身上非常舒服。"噢，这原来是让我们洗澡呀！"哈克乐了。他觉得这水好像加了什么特殊的洗涤剂，他从来没有洗得这么干净过。一股清水洒过，接着屋顶亮了起来，一束束和煦的阳光照射下来，仰脸仿佛还可以看见蓝色的天空和一朵朵飘过的白云，听到轻轻的海浪拍击声和海鸥的叫声。多么舒适的日光浴呀！就像来到了海边浴场。

他们个个浑身轻松。从墙壁上的一个个小空隙里又飘出芬芳的香雾。多香啊！恐怕他们这辈子也没闻过这种香味。缈缈香雾越来越浓，在他们身边缭绕，把他们的身体、胳臂、腿、脚丫，全熏得香喷喷的。

"这是怎么回事？"哈克被熏得迷迷沉沉，他真有点不明白了。

"沙沙沙！"传送带又轻轻转回来了，送回来的不是他们原来的旧衣服，而是缀满各种珍珠、钻石的华丽服装，珠光宝气弄得他们眼花缭乱。

哈克乐了，他再也憋不住了，小声说："哈！这么漂亮的衣服，是请咱们出席高级宴会吧？"

"也许事情会更糟呢！"大鼻鼠压低声音嘟囔道，一边偷偷地凑到狮子跟前，摘下微型手枪，悄悄塞到了衣服里。

屋子里所有的人都顺从地换上了华丽的服装。门开了，他们依次走出去，每出去一个人，门上面便降下一个透明的玻璃罩子，把人罩在里面，装到一辆车上去。哈克还没想出应付的措施，便被装进了玻璃罩。他想挣扎，但看见大鼻鼠在另一个玻璃罩里装模作样地一动不动，便也不动弹了。

车子满载着玻璃罩子驶出了飞碟，驶向漆黑的金字塔。金字塔的铁门自动打开了，车子开了进去，把他们全卸下来，按次序排好。车子退了出去，铁门又关上了。

哈克和大鼻鼠发现，这是一个富丽堂皇的大厅，墙壁上缀满宝石，地上铺着镶金地毯。大厅中间是一个高高的大理石台，放着一具水晶棺材，棺材里躺着一个头戴金冠的蛇头小怪物。啊？这是坟墓，让他们来当殉葬品了！哈克脸上不由得淌下汗来。

"这原来是个太空坟墓！"大鼻鼠在另一个玻璃罩子里望着台下的那一排精密的仪表自言自语。他开始行动了，从口袋里取出微型激光枪，三拆两卸，便组装成了一把小巧的激光钻，无声无息地把玻璃钢罩子截下一个方块，然后轻巧地从里面跳了出来。

"还有我呢！别把我忘了！"哈克焦急地喊。

大鼻鼠向他摆摆手，把玻璃罩子也锯开了。哈克跳出来，两人蹑手蹑脚地在大厅里面走。大鼻鼠爬上高台，注视着水晶棺里戴金冠的怪物说："这一定是他们的国王了。他那样子多么凶恶呀，生前也一定干过不少坏事！"

哈克看着那怪物也生了气："这家伙活着吃得脑满肠肥，死后还想让我哈克来陪着他，真是可恶透顶！"说着，他狠狠地敲了敲棺材，好像触动了什么机关，突然响起一阵哒哒声。大鼻鼠和哈克急忙跳下高台，只见水晶棺突然放射出异样的光泽，接着，激光四射，擦过哈克和大鼻鼠的头顶，把他们身后墙上的钻石都熔化了。金字塔门大开，一队队玩具袋鼠蹦跳着冲进来，端着激光枪，把他们两人围了个水泄不通。

"傻模傻样"的大侦探

在黑色的金字塔里，玩具袋鼠们把大鼻鼠和哈克团团围住，他们被捕了，被带回银色的飞碟。在一间布满各种复杂仪表的房子里，他们看见了曾在狮笼里施展阴谋的小怪物。

"咱们又见面了！"一个小怪物冷笑着，扭动着蛇一样的头颈，手里握着闪亮的手术刀。

"我们的秘密，你们全知道了？"另一个小怪物凶恶地龇着牙齿，"我甚至可以把全部秘密告诉你：我们从遥远的银河系外来，驾驶着飞碟和一座宇宙坟墓，到这里来是为我们死去的国王弄一些殉葬品。你们很快就会成为活殉葬品的，不过没有痛苦，因为我们马上就要给你们做脑部手术，你们将会成为没有知觉的人。"两个小怪物说着，晃动着手术刀向哈克、大鼻鼠逼近，刀锋都快顶到他们脑门儿了。

"等一等!"大鼻鼠突然叫道，"我有一个建议!"

"你们又要耍什么花招?"小怪物讥笑地问。

"不是花招，是建议。"大鼻鼠假装一本正经，"你们知道，我过去破过无数惊险案例，立过不少功勋，得了一长串勋章。我在进坟墓之前，把勋章全取来佩戴在身上，这也会给你们国王增加不少荣耀的。"

哈克也急急忙忙地喊："我也有许多勋章!"

小怪物们冷笑着，"你们可以去取，不过要在给你们做换脑手术之后。"说罢，手术刀的寒光一闪，大鼻鼠和哈克顿时失去了知觉……

傍晚，暮色降临，星星又开始在天空中眨眼。谁也没有注意到，一架小型直升机无声无息地降落在广场的一个角落里。机舱的门打开了，跳下一个面无表情的玩具袋鼠。后面，大鼻鼠和哈克也动作缓慢地下了舷梯。他们目光呆滞，动作僵直，这会儿，他们真的成了被换过脑的木偶人，不会思考，没有记忆，对周围任何人的呼唤毫无反应，只听从大脑控制器的指挥。

"去吧! 取到你们的勋章，马上回到这里来!"玩具袋鼠声音平板地说。

大鼻鼠和哈克一步一步地向前走去，他们绕过街角，在一座大楼里穿行一阵后，走进了自己的房间。屋子里面有人，是警察局长和哈克的几位同事。

"你们终于回来了!"警察局长热情地招呼大鼻鼠。

大鼻鼠默不作声，仿佛没看见局长。他走到屋角，打开了电子门，开始整理自己的勋章。

几位警察奇怪地扒住哈克的肩膀："哈克，发生了什么事情?"哈克也像呆子一样，毫无反应。

警察局长急忙从口袋里取出个信袋，那是大鼻鼠从邮局寄给他的。局长撕开信封，里面装着一把闪亮的激光手术刀和一张纸条，纸条上写着：

> 局长先生，如果发现我们成了失去记忆的木偶人时，请用
> 这把激光手术刀打开我们的后脑，取出其中的异物。

警察局长让他的部下把大鼻鼠和哈克平放在床上。他颤抖的手握住激光手术刀，对准大鼻鼠的后脑勺，按下刀柄上的按钮，一道亮光闪过。大鼻鼠的后脑打开了，他的脑内有一粒亮晶晶的小东西。局长把这个小东西取出来，手术刀刚一离开，刀口立刻复原了，一点血也没流，一点痕迹也没有。

大鼻鼠翻身坐起来，他的眼珠里又重新闪烁着机灵狡黠的光，记忆力也全部恢复了，他抓起刀子，利索地给哈克也做了手术，然后小心地把激光手术刀和那粒亮晶晶的东西在自己的口袋里藏好，对哈克说："赶快把所有的勋章都戴上，重新装出那副傻样子走回去！"

当胸前佩满勋章的大鼻鼠和哈克迈着机械的步子回到广场的角落时，他们头顶上响起一个细微的声音："顺着软梯爬上来！"随即垂下一副软梯子。哈克和大鼻鼠爬上了直升机，飞机冲上夜空，直奔那不知名的大峡谷，降落在峡谷中的草坪上。

最后的殉葬品

大鼻鼠和哈克被玩具袋鼠带进飞碟的指挥中心，两个小怪物正得意洋洋地在那里等候。玩具袋鼠退了出去，把门掩上。

哈克和大鼻鼠像木头人一样仁立着，小怪物打量着他们胸前光灿灿的勋章。

一个小怪物说，"这么多勋章，大概是将军吧！"

另一个小怪物说："可以把他们放在水晶棺材旁，这样，我们死去的国王陛下一定会心满意足！"说着，他们仰面狂笑起来。

笑完了，小怪物眼里射出冷冷的目光，对哈克和大鼻鼠发出命令："按照原来的指令，走进黑金字塔，回到你们自己的位置上去！"

"是，主人！"大鼻鼠和哈克机械地回答，僵硬地转过身，形同木偶般地移动着步子，走出飞碟，一步步朝那三角形的巨大黑色建筑物走去。

两个小怪物从电视屏幕上看见巨大的铁门在哈克和大鼻鼠的身后关上，他们踌躇满志地笑了。

"我们成功了！"

"是的，成功了！那些玩具袋鼠对我们来说已毫无用途！"

"按照原来的计划，应该把它们全部毁掉。因为黑色金字塔的秘密，不能让任何人知道，即使对机器人也是如此！"

小怪物们说着，按动手中的奇异的小电筒，小电筒嘟嘟地响着，闪着五彩的光环，射向四面八方。玩具袋鼠从各个角落缓慢地走来，脸上呈现出痛苦的表情，似乎预料到了它们的命运。但奇异的力量令它们无法反抗。它们排着队进入飞碟中间的一个金属柜子中，随着吱吱呀呀的响声，它们粉身碎骨了，化成了一缕缕白烟。

"走吧，我们去开动金字塔启动器，就可以把它放入遥远的太空了！"

"然后我们乘飞机离开这里！"

两个小怪物说着，牵着手走下了飞碟，来到巨大的黑色金字塔前。黑色的金属门慢慢地打开，他们走进去，看见了大厅前一排排蜡人般的殉葬品。小怪物们走到旁边的一个角落，打开保险门，开动了里面的启动器，金字塔立刻发出了嗡嗡的响声。

"有点不对头！我好像看见那只狮子眨了一下眼睛。"一个小怪物说。

"那个哈克的嘴角好像也动了一下。"另一个小怪物说。

金字塔的响声更大了，地面也开始微微颤抖起来。两个小怪物正准备退出去，突然他们发现，中间的水晶棺前面，有一团亮亮的闪着绿色亮光的东西。

"这是什么?"两个小怪物不约而同地凑上前去低下头看。他们顿时大吃一惊：那是一堆绿色的颗粒，是他们用来操纵人的大脑的微型遥控器。"怎么都跑到这里来了？它们应该在殉葬人的大脑中才对呀！"两个小怪物感到不妙，可他们还没来得及抬起头，两道亮光在他们脑后一闪。原来是大鼻鼠挥动了激光手术刀，把两粒绿色的颗粒移入了他们的大脑中。两个小怪物立刻一动不动，成了木偶。

那些该做殉葬品的马戏演员都活了起来，原来大鼻鼠把他们脑中的绿色颗粒取出来了。刚才，他们按照大鼻鼠的吩咐装模作样地站在那里。

这时候，整个金字塔都在颤动，两扇铁门隆隆作响，开始一点点向中间合拢。

大鼻鼠急忙大叫："赶快跑，冲出去！"

人群顿时轰动起来，纷纷向门口拥去。等大鼻鼠最后一个跳出来时，两扇沉重的大门已在他们身后轰然关闭。随着一阵呼啸声，巨大的黑色金字塔从地面腾空而起，像巨型火箭一样飞向遥远、浩瀚无边的太空。

黑色的金字塔中，没有光明，没有生命，只有两个小怪物永远守候着高台上的水晶棺。他们想使别人成为殉葬品，然而最后做殉葬品的却是他们自己。

哈克和大鼻鼠全传

银面人和海魔

可怕的绿色草原

"菠萝"号邮船在大洋里陷入了空前未有的灾难之中，它碰到了"绿色草原"。"绿色草原"这名字虽然好听，实际上却是一种可怕的陷阱，无边无际的水草覆盖着海面，从四面八方向游船压来，把它团团困在里面，水草间冒出一串串葡萄似的气泡，跳跃着一群暗绿色的小鱼、小蟹、小虾，使人感到整个草原都在不安地躁动。

邮船上的旅客，一个个面色苍白，表情极度惊恐，他们早已听过关于这种浮动"绿色草原"的种种可怕传说，有人把它比喻成海上船冢。看来，这么比喻一点也不过分，在邮船近旁的海草中，就有仰天翘首的遇难船残骸、龙骨、破碎的船板、朽烂的桅杆……此刻，"菠萝"号已在水中挣扎了一个多星期，可还是一点望不到"绿色草原"的边际。也许他们像其他落入这张"绿网"里的船只一样，将永远地被困死在里面了。要是那样的话，世界上就会失去两名伟大的侦探家——刑警哈克和大鼻鼠。因为他们破了"太空囚车"案，警察局特意嘉奖，让他们免费乘坐这艘邮船做环球旅行，没想到却把他们送到这座坟墓里来了。

"大鼻鼠，怎么办？"哈克愁眉苦脸地问。仅两三天，他身体瘦了一圈，过去吃了那么多减肥药丸，也没起过这么大作用，当然，即使再瘦一圈，哈克的身体也还是球形。

"我也没办法!"大鼻鼠也是一副愁眉苦脸的样,他的鼻头更大了,像一只熟透的超级大杏挂在嘴唇上面。

"大鼻鼠,你有世界第一聪明的脑瓜,这点小事还能难倒你?"这会儿,哈克变得特别谦虚,一个劲儿地给大鼻鼠戴高帽。

"可是……可是……不到最危险的时候,我也是想不出来的。"大鼻鼠支支吾吾。哈克转身就往船舱里走,他要找只猫来,大鼻鼠不是说不到最危险时他想不出办法来吗,那就用猫来吓吓这只老鼠。

哈克刚打开船舱的小门,船头就传来一阵叫嚷声,声音里带着慌乱和不安。他急忙向船头跑去,几乎所有的游客都集中在这里了。一个个都探着脖子,往"绿色草原"的前方眺望,距船头三百米远的地方,一大片圆形的水草在旋转,仿佛水底涌起了巨大的旋涡。圆形的水草面越旋越快,随着旋涡被吸到深水中去,旋涡中露出了蓝色的海面。接着,蓝色的海水掀起波澜,一大团金色的云慢慢浮上海面,金色的云朵一点点扩大,向四处蔓延,又沿着一个方向向前飘浮。金色云朵飘过的地方,绿色的水草消失了,露出了蓝色的航道。

"快! 船长,快把船开过去! 跟上金色云朵!"大鼻鼠醒悟似的大喊。

刹那间,船上的人也清醒了,这也许是他们一个逃生的机会。于是船员们各就各位,邮船一直向前开去。金色的云朵像一条游龙,在暗绿的水草间向前飘移,邮船远远地跟在它身后的航道上。在死亡线上挣扎了许多天的人们,现在有了复生的希望,船上的气氛变得轻松一些了,又有了说笑声,有的抓起瓶子喝啤酒、大嚼香肠,有的哼起了歌曲,有的举起照相机拍照,也有的举起望远镜,想把金色的大云朵看得更仔细些。

"它好像不是云朵,是个金色的怪物!"一位游客说。

"不,好像不是一只,是几十只!"另一位游客疑疑惑惑地嘟囔。

"船长,请再提高一下速度,离云朵再近一些!"哈克对船长说。

"已经到了最高速度了,可是船怎么走得这么慢呢?"船长奇怪地皱起眉头。

这时,一个船员惊慌失措地跑进驾驶室,结结巴巴地说:"报……报告船长，好……好像有个……有个怪物，在……在追踪我们的邮船。"于是，人们又向船尾跑去，虽然个个心里都有点害怕，但好奇的心理总是不由自主地诱惑着他们去看一看。

船后面的蓝色航道里，鼓起了一座粉色的肉山，山中间，有两个亮亮的脸盆大的东西，是一条巨大的章鱼懒洋洋地仰在水面上。它伸出几条长长的巨腕，抓住船尾的铁锚，被邮船缓缓地拖着前行。看到船上的人唧唧喳喳地乱叫，章鱼伸出一只大桅杆似的腕足，嘲弄地一拍击海水，白色的浪头，掀落到甲板上，船上的人全被浇得水淋淋的，四散逃开。

"快！快用斧子把铁锚砍掉！"船长大喊。

"不！不要！"大鼻鼠急忙劝阻，"即使砍断铁锚，这条章鱼还会抓住船上别的东西，它的身体那么巨大，弄不好会把船掀翻的。何况，我看它的神态并不想进攻我们，也许，它仅仅是想让邮船拖住它走，当个不花钱的乘客！"

果然，大章鱼始终不紧不慢地跟着，不时用大眼珠斜睨着邮船。船走快时，它就用腕足紧紧拉着；船有时慢了，它又不耐烦地用腕足推船。它就像一个驾马车的驭手，始终让邮船驯服地保持一个速度，距离前面的金色云朵总是三百米远。

接近黄昏，海风变得更湿润凉爽了，似乎在无言地暗示，"绿色草原"的尽头快到了。船上也摆出了正经的晚饭，人们坐在甲板上，边吃边欣赏夜景，他们对前面古怪的云朵和后面的大章鱼已稍稍习惯了，他们现在感兴趣的，仅仅是摆在白色餐桌上的美味佳肴。哈克手里拿着刀叉，望着面前摆满的烤肉、熏鱼、香肠、面包，他舔嘴咂舌，恨不得长出六张嘴来同时吃，这些天，他的肚皮受的委屈简直太大了。

大鼻鼠不慌不忙，用一把小刀在一条鸡腿上雕刻着，他的手灵极了，不一会儿便刻出一个猫头来，随即有滋有味地一口咬掉。用大鼻鼠的话说，他每顿饭都吃"猫"，替所有被猫吃的耗子报仇。他又把一个小面包捏成完整的猫，正要往嘴里放，突然他闭住嘴巴，使劲吸溜起鼻子来，硕大的鼻头在他的脸中间颤动，他的眼里闪出一种惊愕的神色。

"怎么？闻到真猫的味儿了吧！"哈克开心地问。

"不！一种难言的古怪味道！"大鼻鼠耸耸鼻头，竖起耳朵，"还夹杂着一种可怕的声音。"

大鼻鼠的话没错！渐渐地，船上所有的人几乎都听见了，随着迎面吹来的潮湿的海风，一股瘆人的、可怕的声音飘了过来，凄凉阴森，几乎使船上所有人的心脏都停止了跳动……

小邮船上的神秘乘客

所有的人听到这种可怕的声音都吃惊得张大了嘴。

"船长，快点开！离开这可怕的声音！"哈克紧张地说。

"不！先把船停住，让我再仔细听听！"大鼻鼠紧蹙着眉头，突然，他脸色骤然一变，"有人在呼救！我们快去！"

哈克遗憾地望望满桌丰盛的食物，随手抓起两个面包、三块火腿肉塞进自己的口袋里，跟在大鼻鼠后面，向左侧船舷跑去。茫茫的暮色中，他们隐隐约约地看见一艘小邮船陷在重重的海藻中，船的一头插入水下，另一头却高高地翘起，指向天空，弯弯的月牙从云隙洒下的光泽，把船的影子歪斜地印在海草面上，投出一个神秘古怪的影子。那种低沉可怕的声音像是从小船上或是船后传来的。哈克不由得打了个冷战，他从口袋里揪下两块小面包团，塞到自己的耳朵里。听不到那种声音，他的胆子大多啦！

大邮船上缓缓坠下一只小舢板。哈克和大鼻鼠坐在小舢板里，他们费力地用桨拨开船头的水草，一点一点向那神秘古怪的船影划去。冰凉的海风迎面吹来，风中那令人恐怖的声音渐渐变小了，等他们划到船边上，那吓人的声音已经完全没有了，像是消失在夜空中，又像是隐藏在船上某个可怕的角落里。大鼻鼠和哈克顺着船边垂下的一条缆绳爬上这陌生的小邮船，甲板上死一般的沉寂。

他们在船上弓着腰一点点摸索着前进。哈克的脚先是踩到一块柔软的东西上，站立不稳，滑倒在甲板上，他想爬起来时，手摸到一个带棱角的盒子，被狠狠地夹了一下。哈克几乎吓昏了，他惊慌失措地叫起来："妈呀！妖怪！"回头就想跑。

"镇静！"大鼻鼠忙拦住他，压低声音嘲弄地说，"妖怪还没出来呢，刚才你只不过是踩了块香蕉皮，手又摸到了一只爬到甲板上的海蟹背，就把你吓成这个样子！"

哈克定神一看，果真一个黑糊糊的小东西正慌乱而笨拙地向船边爬去。他松了口气，嘴里嘟囔着。忽然感到屁股有点疼，随手一摸，他紧张得又一咧嘴，但这次没出声。他的手正抓到一只小海蟹的硬壳上，哈克一使劲，把海蟹抓起来，然后悄悄地往大鼻鼠身后一丢。刚才被大鼻鼠嘲笑，哈克很狼狈，这回也让他的战友出出丑，夹尾巴可比夹屁股带劲多了。哈克畅快地想着，眼看着小海蟹正悄悄地向大鼻鼠的尾巴爬去。但小海蟹还没来得及靠近，那尾巴已灵巧地一甩，像条鞭子似的把小海蟹抽翻了个儿。

"别来这一套！"大鼻鼠低声笑着说，"别忘了，我们老鼠从来都是在夜间工作，看东西比白天还清楚。"说着，他轻巧地向前跳跃了几步，打开通往船舱的小门。

哈克也急忙一个跨步跟了上去。船舱过道弥漫着一股浓烈的消毒水气味，尽头的一间小屋门半掩着，从门缝里透出一丝亮光。哈克和大鼻鼠蹑手蹑脚地走到门边，从门缝向里张望，发现屋中间的一张小桌上，即将燃尽的蜡烛摇曳着昏黄的火苗，一个身材高大的男人正坐在一把转椅上，背对着门，无法看清他的脸。

"不许动！"哈克举枪冲了进去，那人身体笔直，耸着双肩，一动不动，被烛光映在墙上的昏暗影子挺像一只垂着翅膀的大鸟。莫非这人死了？哈克惊异地想着，一面警惕地用枪紧紧对准他，一面用另一只手去推转椅。吱扭扭，转椅发出刺耳的声音，旋转过来，哈克看见了那个人的脸，他惊愕得眼睛都睁大了一圈。他看见了一张像银子一般的雪白的脸，紧闭双眼，带着一种十分痛苦的表情。

"这个人死了！"哈克颤着声说。

大鼻鼠跳上桌子，眯缝起眼睛，吸了吸鼻子，说："不！没有死，他只是晕过去了，好像是被什么东西咬的，你看他的脖颈。"

真的，哈克发现那银面人的喉结上有一个黄豆大的梅花状血痕。"啊，是个吸血的怪物咬的!"哈克自言自语，顿时感到一阵恐惧。说不定这个怪物就在这屋子里呢，他这么想着，不由得打了个冷战。

桌子上的蜡烛已经完全燃尽了，跳跃出一个亮亮的火花，随即熄灭了。屋里陷入一片黑暗之中。突然有一只毛茸茸的手从背后搭在哈克的肩膀上。刹那间，哈克的心都停止了跳动，黑暗中，他听见大鼻鼠厉声叫喊："不许动!"巨大的黑影一闪，哈克被推得撞在墙上，眼冒金星，接着砰的一声，桌子被那个大家伙一掌击得粉碎，大鼻鼠随着碎木片一起跌到桌子底下。

"黑星，不得……不得无理!"坐在椅子上的银面人嘴里费力地发出低沉的声音。黑色的大家伙吱吱叫着，但总算安静下来了。

"黑星，点上一支新蜡烛!"银面人又费力地说。

小屋里重新亮了起来。哈克看清楚了，这个黑色的大家伙是只大猩猩，但比他见过的所有黑猩猩都高大。

"对不起，让你们受惊了!"银面人抱歉地翕动着嘴唇，"其实，黑星的心肠是蛮好的，它不知道你们是来帮助我们的。"

大鼻鼠从桌子的碎片中爬出来，抖掉身上的木屑，咧嘴笑着说："没什么，小事一桩! 您的伤不重吧? 好像您的脖子被什么东西咬了一下。"

"是吗?"银面人脸上顿时显出惊恐，慌乱地叫，"太可怕了! 请赶快把我的手脚捆住，也许我马上就会发疯跳到海里去，有几个人已经这样跳进海里了。"

"不会的! 请放心，您要是真的疯了，有黑星在，也会帮我们一同阻止您跳海的，对吗?"大鼻鼠说着对大猩猩微笑地瞥了一眼，大猩猩面无表情，仿佛没有听见。

哈克揉着被撞痛的肩膀，对银面人说："在上我们的大邮船之前，您是否用链子把这位黑星锁起来，免得它惹是生非。"

"绝对不会的，其实黑星是很友善的，和它相处的时间长了，也许您会喜欢它呢!"银面人沉吟着，"只是这几天我们遇到的恐怖事件太多了，黑星失去了理智……"接着，他又转过脸温和地对大猩猩说，"背上我，跟着这两个人走！"

大猩猩顺从地把银面人背起来，又从屋角里拖出一个封闭的铁箱子，用手提着。

"我来帮你拿吧！"哈克好心地说。

大猩猩凶狠地瞪着他，嘴里发出咝咝的威吓声。哈克心想，这家伙一点也不友善。

来自海底的恐怖叫声

他们艰难地回到大邮船上，发现邮船前边的金色云朵和后面跟踪的章鱼都消失了。邮船已到了"绿色草原"的边缘，前方不远的地方，可以看见月光映照下的平静海面。这会儿，甲板上冷清清的，人们都已经休息了，只有船长和几个船员还在等待他们。起初，这黑糊糊的大猩猩也把他们吓了一跳，但哈克和大鼻鼠很快使他们平静下来。

银面人被安置在一间空闲的客舱里。一进房间，大猩猩把银面人平放在软床上，然后提着铁箱子无声无息地躲进墙内的大壁橱里。船长找来了医生，经过检查，发现银面人的身体状况尚好，只是由于过度疲劳和失血，显得有些虚弱。

哈克在床边俯下身来问："您能讲讲您在海上遇难的经过吗？"

床头传来轻微的鼾声，银面人已经睡熟了。哈克和大鼻鼠从房间里悄悄退了出来。

"你觉得那大猩猩怎么样？"大鼻鼠笑着问。

"有时候很凶，有时候又很温顺，叫人捉摸不透。"

大鼻鼠皱着眉咕哝着："也许它根本不是猩猩，我的鼻子不会出现错误，它身上可没有一点真正猩猩的味道。"

哈克有点吃惊："那，它是什么呢？"

"现在还不清楚，但如果船上再出现什么奇怪的事情，我一点也不会感到吃惊了。"大鼻鼠沉思着自言自语。

这一夜，哈克睡得很香，他做了一个挺不错的梦：梦见自己在啃一只烤鸡。他正津津有味地啃着，那烤鸡突然活了，伸着长长的脖颈，尖嘴一下子夹住了哈克的鼻头。哈克拼命一挣扎，他醒了，发现是大鼻鼠正使劲捏自己的鼻子。

"快醒醒！天都大亮了。"大鼻鼠压低了声音冲他耳朵喊。

哈克一面揉着惺忪的睡眼，一面嘟囔："看样子真得找只猫来，否则跟一只老鼠在一起，连觉都睡不安稳。"

"你听！"大鼻鼠耸着耳朵向他示意。

哈克也竖起耳朵，顿时睡意全无，他又听到了那种阴森、可怕、凄凉的叫声，一阵一阵，仿佛就发生在附近，接着，便又无声无息了。

"快！"大鼻鼠冲了出去。

哈克一个鲤鱼打挺，从床上坐起来，提起手枪，也跟了出去。到了门口，他又退了回来——他忘了穿裤子。大鼻鼠虽然也没有穿，但他是只老鼠，有没有裤子都无所谓，人可不行，何况船上还有那么多女士。哈克觉得，在这方面老鼠比人自由多了。等哈克穿好衣服，跑到甲板上时，已经出来了不少人，大家都往驾驶室跑。

虽已是清晨，但邮船驾驶舱里的情景仍然令人恐怖。和哈克昨天在遇险小邮船上看到的情况一样，两个海员背对着舱门，站在驾驶台前，耸着双肩，一动不动。他们的表情呆滞，脸色惨白，脖颈上也都各有一个细小的梅花状的血痕。

"把他们放倒！"大鼻鼠站在驾驶台上指挥，大家七手八脚，把两个海员放倒。他们躺在地上，渐渐地发出了轻微的喘息声，终于像从幻梦中醒来一样，慢慢地睁开了眼睛。

"你们怎么了？"哈克关切地问，"说一说，你们都看见了什么？"

一个海员迷迷糊糊地讲："真是奇怪，我正往前方望着，突然感觉浑身凉极了，就像掉进冰洞里一样，接着眼前飘起一团雾，我看见一架灰色的飞机，从空中风驰电掣地向我们的船冲来，接着我就什么也不知道了。"

另一个海员说："我见到的情况和他不一样。我好像看见整个驾驶舱从地板到四壁都燃起了火，我想躲开，可浑身软软的，一动也不能动，后来，我就失去了知觉。"

"奇怪，两人在一个地方，看到的情景怎么会不一样呢?"哈克疑惑不解地皱起眉头。

"这完全有可能!"大鼻鼠却笑嘻嘻地说。

"您说得对极了!"背后响起一个低沉的声音，是银面人，他望着海员的脸说，"我很同情你们，因为我的遭遇也和你们有相似的地方。在那条小邮船上，我在昏迷之前，看到云雾中飘来的是一只黑篷的古船，在我之前，还有一些人看过，不过他们都已经不在了。"

"去哪儿了?"旁边的人问。

银面人说："消失了。"

"消失了?"两个海员吓得牙齿打战。

"是的，在以后几天夜里，海里突然响起一种奇怪的响声，那仿佛是在召唤他们，于是，他们一个个都去了。"

"去哪儿了?"海员惊恐地问。

银面人面无表情地说："不知道，但愿我们别遇到他们那样的命运。"说完，他分开人群，低垂着头，步履沉重地向自己的住舱走去。

"天哪! 我们怎么办呀?"

"快救救我们!"两个海员令人可怜地大叫起来。

"不要怕，有我哈克在，我来保护你们，决不会让妖怪拖走你们，我们可以二十四小时守卫在你们身边!"哈克见义勇为地说。

大鼻鼠望着银面人消失的背影，转着眼珠，大声说："你真是说得对极了!"

空中的黑影

两个受伤的海员搬到了哈克和大鼻鼠的房间。哈克让他们睡席梦思软床，自己和大鼻鼠睡在地板上。虽然天气有点热，可哈克把门窗关得紧紧的，即使这样，他还有点不放心，又从皮箱里拿出一挺小机关枪对准门口架好。

"海怪只要敢进来，我就用机关枪把它打得浑身洞眼！"哈克神气地说。

"可是，"大鼻鼠骨碌着眼珠说，"那个银面人并没有讲海怪上来，而是说一种可怕的叫声把海员召唤到海中去。"

"是吗？"哈克有点泄气了，他搔着脑门儿，"但是……我总不能把机关枪对着海员吧！"

大鼻鼠出主意："你可以用手铐把他们锁在床栏上，这样他们就走不了啦！"

哈克乐了，他觉得这主意不错。他把两位海员的一只手分别铐在两边的床栏上。

这回大鼻鼠乐了，他笑嘻嘻地说："正好！"

"正好什么？"哈克摸不着头脑。

大鼻鼠说："海魔一召唤他们时，两个海员正好可以抬起床来走。"

哈克这才明白自己干得有点蠢。他哼唧着："你懂什么？我还没弄完呢，我还要把他们两人的脚锁在一块！"顿时，哈克觉得自己脑瓜里突然冒出的这个主意妙极了，这样一来，他们无论如何也走不了了。他望着两位海员手连床、脚又连在一起的难受样，抱歉地安慰他们："没办法，只有这样才是最安全的保护方法。"

夜幕降临了，邮船陷入了一片寂静，只有静静的海风和高悬在暗蓝色天空中的月亮。正缩在墙角打瞌睡的大鼻鼠一下子站立起来，警觉地睁大了眼睛说："听！"

"听什么？"哈克虽然始终没敢合眼，可他什么也没听见。

"那种令人恐怖的叫声！"大鼻鼠耸着耳朵说。

"它来了？"两位海员立刻显出惊恐的神情。

啊！哈克也听到了，那是一种低沉恐怖的吼声，刺激着人的耳鼓，使人感到一种撕心裂肺的惊恐。哈克浑身的汗毛孔都收缩起来，他太紧张了，腾地从地板跳到席梦思床上。

"您……您不保护我们啦?"两位海员牙齿打战。

"当……当然……要保……保护!"哈克牙齿也打着战,他有点不好意思地胡乱解释着,"我坐在……床上,你们要被……海魔拉走,也会连床同我……一块抬去,我好……好和海魔搏斗!"刹那间,哈克被自己生动的联想吓坏了,显然床上是最不安全的,他想下去,可又实在找不出借口,再说两位海员也紧紧拉住他的手唠叨着:"有您在,我们就放心了!"瞧,他们对哈克多信任啊!

那恐怖的叫声更响了,而且变得尖细、凄厉起来,还夹杂着一种"沙啦、沙啦"的微响,像是用爪子刮金属的声音。大鼻鼠从墙边跳到了门口,他的耳朵紧贴在墙壁上,使劲耸动圆鼓鼓的肉鼻头。

"嗯!这是一种饥饿暴怒的叫声。"大鼻鼠自言自语,"好像是噬肉吸血前的狂躁。"

两个海员吓得浑身哆嗦地叫:"它要吃我们的肉和骨头吧?它要吸干我们的血吧?"他们颤抖的身体使整个席梦思床都随之抖动,在地板上发出扑通扑通的声音。

大鼻鼠有点奇怪,这两位海员瘦瘦的身体也不至于让床发出那么大的声音呀!他仔细一看,原来哈克抖得更厉害,是他胖胖的身体把整张床带动起来的。

"不要哆嗦,床发出的响声都干扰我的听觉了!"大鼻鼠说。

"不……不要哆嗦!"哈克也哆嗦着对两位海员说,"没……没什么……可怕的!"

"我说你呢!"大鼻鼠指着哈克颤抖的肚皮。

"我……哆嗦了吗?"哈克低头一看,真是有点丢脸,两腿扑棱扑棱抖得正来劲呢!"我让你抖!"哈克狠狠地在自己腿上拧了一把,奇怪,这一拧还真不抖了。

"奇怪!"大鼻鼠脸上显出一种诧异古怪的神色,吃惊地说,"恐怖的叫声不是从海里,而是从船上发出来的!"

"从船上……难道海魔已经到了船上?"哈克吃惊地问。

"快!我们出去看看!"大鼻鼠从自己口袋里取出了微型电子枪,悄悄地把门推开了一条缝,哈克也赶紧跳下床去拿枪。

"你们走了,我们叫海魔拖走怎么办?"两个海员一齐叫。

哈克愣了一下,随即胡乱答道:"不用怕,反正海魔在船上了,它怎么召唤,你们也下不了海了,顶多从这个船舱被召到那个船舱。"说着,不等海员回答,他忙跟在大鼻鼠身后跑了出去。

每个房间的小门都紧闭着,船上的乘客都躲在里面,连大气都不敢出。通道里连个人影都不见,大鼻鼠吸溜着鼻子,轻轻地跳跃着,闪过一个又一个小门,然后跳上甲板。夜色朦胧,大海变得极其神秘,清冷的海风和厚重的涛声衬托着那种凄厉的怪叫,使人的心都不禁收缩起来。哈克打了个寒噤。

"隐蔽!"大鼻鼠突然急切地轻声叫。

哈克急忙躲到一个大空桶后面,紧张地瞪着眼四面搜寻,奇怪,什么也没有。

"注意头顶上!"空桶里传出大鼻鼠低低的喊声。

哈克一抬头,看到斜上方有一团漆黑的云,在距甲板三米高的空中飘着……啊!不是云,是个漆黑的怪物,月光在甲板上映出它那巨大的影子。那怪物从桶旁边轻轻飘过去,哈克看得清楚些了,他吃惊得几乎要喊出声来——"是黑星!"是银面人带来的那只大猩猩。它飘在空中,背上有个旋转的螺旋桨,在桶的右边打了个旋儿,朝邮船前面的驾驶舱飞去。大鼻鼠一边忙不迭地从桶里跳出来,一边嘟囔着:"我早就看出,它不仅仅是个大猩猩!"

哈克和大鼻鼠蹑手蹑脚地跟了上去。在驾驶室前面,大猩猩像大鸟一样无声无息地降落在甲板上,它按了一下自己的鼻头,背上的螺旋桨突然渐渐变小,缩进它的后背里。

"这猩猩真奇怪!"哈克忍不住低声自语。

"它身上奇怪的地方多着呢!"大鼻鼠冷笑着。

真的，哈克看见，大猩猩又按了一下自己的鼻头，它右臂上的皮毛突然向上退出半尺，露出一支奇怪的枪筒。大猩猩身体贴住墙壁，像壁虎一样，爬上了舱顶，从上面的天窗向驾驶室里张望。大鼻鼠机敏地按动微型电子枪柄上的一个按钮，电子枪变成了小电钻，大鼻鼠用它轻轻地在舱壁上钻了两个小孔，这样，可以清晰地看到里面的情景：驾驶室里，两个全副武装的海员，一边驾驶着邮船，一边警惕地用枪瞄准门窗。他们一点儿也没有料到，一个可怕的危险正向他们逼来。

天窗口上，有白色的光点闪动，那是大猩猩右臂的枪口发出的。接着，两条白色细管从枪口射下来，正射在海员的脖颈上，而他们毫无知觉。白细管变成了红色了，大猩猩在吸食他们的血。随着红色血液往上流动，两个海员的身体变得僵直，他们喃喃自语，仿佛陷入了梦境。

"原来这只大猩猩就是所谓的海魔！"哈克恍然大悟。

"是它吗？"大鼻鼠反问，"那恐怖的叫声又是从哪儿发出来的呢？"

哈克这才感觉出，这会儿，恐怖的声音一直在耳边响呢。而此刻，大猩猩飞离驾驶室舱顶，从船的另一边飘进了客舱。

"我们快去银面人那儿！"大鼻鼠低声说。

小铁盒里的吸血鬼

哈克和大鼻鼠进了客舱的走廊。哈克耸起耳朵，惊愕地说："这叫声好像就是从银面人房间里传出来的！"

"不错！你判断得很对！"大鼻鼠说。

"是银面人自己在叫吗？"

"除非他是世界上第一高明的口技家！"大鼻鼠摇摇头，"而这第一绝对轮不到他，至少我就比他强！"

就在这时，从银面人的房间里传来了"哐当、哐当"的声响。大鼻鼠和哈克钻进了旁边房间的小门，这是个货舱，里面堆满了食品。他们趴在一堆熏鸡上面，在墙壁上钻出个小孔向银面人房间里张望。他们看到了一种从没想到的奇异景象：银面人躲在墙角，咬着嘴唇，扭曲的脸上，显得焦躁不安。他的衣服被撕破了，手臂上有被刮伤的血痕，手里拿着一把亮亮的短柄匕首，近似疯狂地挥舞着，喉咙里发出低低的，却是咬牙切齿的咒骂："可恶的畜牲，该死的吸血鬼！你竟敢伤害主人，这可不是第一次了……"

"他怎么啦？怎么对空乱舞匕首，是不是发疯啦？"哈克睁大眼睛说。

"不是对空乱舞，你仔细看！"大鼻鼠头也不回地说。

哈克的眼睛又睁大了一圈，他这才发现，在银面人面前，还飘着一些闪亮的蓝丝线，银面人在竭力躲闪飘浮的丝线，想用匕首砍断它们，而它们是那样灵活柔软，一次又一次伸向银面人的手臂、脖颈。"这是什么怪物？"哈克颇感奇怪地想着，他顺着蓝丝线寻找，发现它们是从桌子上的一个封闭的铁箱子里飘出来的，也正是从这个箱子里传出恐怖饥饿暴怒的叫声。地面上，一个很大的黑影一闪，是大猩猩从上面敞开的天窗飘了进来，落在地板上。

"快！黑星，快给它，畜生！"银面人扭曲着脸孔怒吼，不知是骂大猩猩，还是骂箱子里那个怪物。

大猩猩忙乱地按自己的鼻头，它的胸前出现了一扇小门。大猩猩打开小门，从里面取出两瓶红色的血液。蓝色的亮丝线像噬血的蚊子一样，马上飘过来，线头插进瓶子里去，一瓶血被吸干了，又是一瓶，随着瓶里血液的减少，恐怖的叫声减弱了、消失了。蓝丝线渐渐变得极松软、温柔，轻轻地飘着，无限殷勤地轻舔和摩挲银面人和大猩猩的手臂、脸……

"滚！你这畜生！用不着你来讨好！"银面人咒骂着，但也变得温和了，蓝丝线慢慢地缩进了铁箱子，屋子里又重新安静了下来。

"它吃饱了？"银面人皱着眉头问。

"它吃饱了！"大猩猩低眉顺眼地说。

银面人命令道："把铁箱子打开！"

大猩猩哆嗦了一下，迟疑着。

"把箱子打开！"银面人又一次命令，接着冷冷地说，"你放心，这畜生吃饱了，暂时就不会再咬人了!"

大猩猩顺从地走到桌子旁边，小心翼翼地打开铁箱子上的大锁，慢慢地把箱子打开。哈克紧张得屏住了呼吸。大猩猩从铁箱子里面取出个小一点的铁箱子，打开来，又取出一个，一直打到第七层，最里面的是一个只有肥皂盒大小的铁盒子，银面人接过铁盒子，放在耳边，仔细听了听，"好! 很好!"他脸上露出了邪恶的笑容，吩咐大猩猩，"你可以回去了!"

大猩猩默默地点点头，转过身钻进了壁橱。银面人把小铁盒子放进内衣口袋中，接着，打开床头柜，从里面拿出紧身潜水衣穿好，戴上头盔，像一条鱼似的溜出了房间。

"不好! 他要逃跑!"哈克在隔壁房间里紧张地说，"我们快把他抓住吧!"

"不! 跟上他!"大鼻鼠却显得极其兴奋。

穿潜水衣的银面人溜上了甲板。起风了，月亮躲在云彩里，远处传来了低低的飓风的呼啸，海上掀起了狂涛巨浪，一排排，一层层，向邮船压来，大邮船随着海浪颠簸着，就像是大海中的一片树叶。哈克和大鼻鼠的全身都被海水打湿了，在呼啸的海浪中，他们看见，银面人的身影一闪，便消失在大海中了。

"快，把它吹起来!"大鼻鼠递给哈克一个小气球似的东西。

哈克憋足了劲，猛往里吹气，呼呼呼，那东西胀大了。哈克看了，喜不自禁：原来是个半透明的小潜艇，像汽油桶一样大。他俩打开门钻进去，里面各种仪器俱全，应有尽有。小潜艇随着一个大海浪颠下邮船，沉入海面。尽管海面上是巨浪滔天，下面却是平静的，各种鱼好奇地从小潜艇旁边掠过，吞吐着一串串气泡。潜艇里，哈克举着超级红外线潜望镜，透过窗子左看右看。这种潜望镜可高级了，可以看清千米以外一只小虾的须子。可是哈克向四周看了一圈，目标却连个影子也没有。

"银面人跑到哪儿去了呢?"哈克奇怪地自语。

大鼻鼠吸溜一下鼻子，自信地说："看下边!"

哈克忙低头，往下一看，镜头里，一个小黑点正往海的深处游去。

"快跟上他，在下面！"哈克大喊。

大鼻鼠熟练地操纵仪器，小潜艇急骤下潜，一千米……两千米……八千米……一万米，一直下潜到一万五千米的海底了，哈克看见海底有一条深深的大裂缝。啊，是海沟！银面人沿着海沟的边沿徘徊，似乎要下去却又畏畏缩缩。

"下面怎么了？咱们潜下去看看！"哈克好奇地操纵方向盘。

"等一等！"大鼻鼠注意观察银面人。

银面人在海沟边沿迟疑了一阵，忽然又升起来了，向上游动了一千米。大鼻鼠急忙驾驶潜艇跟上，嘴里自言自语："难道这家伙发现咱们了？"

银面人停住了，悬在他们头顶的水中，他的头盔骤然亮了起来，一闪一闪，发出五彩的光。

"他这是干什么？"哈克惊奇地问。

"挺像钓鱼的诱饵！"大鼻鼠也疑疑惑惑地咕哝道，"你知道海里有一种鱼叫钓鱼鱼，它头顶上就冒出一个亮亮的小球灯，吸引好奇的小鱼游过来，然后一口吞掉。可是银面人又是干什么呢？难道他想利用自己的脑袋钓鱼？"

大鼻鼠的话还没说完，拿着潜望镜的哈克已经慌乱地叫开了："不好了！祸事来了！这回肯定鱼钓不着，银面人的脑袋也完了！"他们感觉一股强大的水流把小潜艇挤向一边，一个铁青色的大家伙从他们旁边十米远的地方擦过，箭一般向银面人冲去。"大鲨鱼！"哈克和大鼻鼠一齐惊呼。

这条大鲨鱼足有三十米长，刀锋似的牙齿，脸盆般大的凶恶眼珠，银面人在它面前显得很小。要不是闪亮的头盔，鲨鱼是不会发现他的。鲨鱼张开的嘴似乎已触到银面人的身体，锋利的尖齿就要戳到他的头盔了。就在这时，一道光波闪过，银面人袖口里似乎放出了什么东西，大鲨鱼难堪地咧着嘴，再也合不拢了。

"闹了半天，他在捕捉鲨鱼！"大鼻鼠恍然大悟。

哈克也乱猜："可能是用鲨鱼的血来喂铁盒子里的怪物！"

海沟里的秘密

银面人把一条绳索拴在了鲨鱼的鼻孔上，然后用手牵着绳子，赶着鲨鱼往下游。哈克看了情不自禁地拍手笑着："他这是把鲨鱼当牛一样放呢，嘻嘻，这家伙大概是想做海里的放牛娃。咱们要是捉住这样一条鲨鱼，就可以拖着小潜艇周游整个大海了。"

银面人把鲨鱼赶到了海沟边上，一松绳索，鲨鱼慌乱地想往海沟里逃窜。突然，哈克和大鼻鼠在小潜艇里明显地感觉到海水变凉了，就像掉进了冰川里，银面人好像也冻得在哆嗦。

"快看！"大鼻鼠指着海沟厉声叫。

哈克顺着他手指的方向望去，只见一团巨大、漆黑的东西从海沟深处浮了上来，那黑团摇摆着，看不清它的嘴、眼。大鲨鱼似乎被吓坏了，笨拙地晃着身躯，想逃开，然而，它的身躯却软软的，连一点声音都没发出，便被那黑团儿拖向了海沟的深处。过了一会儿，海水又渐渐变得清澈、温暖起来，银面人在水中舒展一下冻僵的身躯，然后轻轻地进入了海沟。

大鼻鼠笑着说："我明白啦，这家伙是抓一条鲨鱼来当替死鬼了！我们也下去！"他一旋转方向盘，小潜艇便悄悄地进入了海沟。

深深的海沟，两边怪石嶙峋，他们就像行进在悬崖峭壁的深谷中，奇形怪状的岩石间有一个个黑洞，黑洞里面一亮一亮的，似乎是某些怪异动物的眼睛。哈克不禁有些毛骨悚然，大鼻鼠却大大咧咧地说："哈克，用不着怕，银面人给我们带路呢！他肯定以前来过这儿，要是有危险的话，他早就不敢往前游了！"

果真，银面人在前面游得很自在，对旁边洞里那些"亮眼"，看也不看，偶尔，随着洞里"眼睛"的眨动，飘出一条长长的软触角，搭在银面人的肩膀或腰背上，银面人毫不在意地用手把触角扒开，长触角立刻胆怯地缩了回去。哈克也变得胆大了，看见旁边洞里一只软触角伸出来，他马上开着小潜艇碰上去，软触角慢慢缩回去，于是，哈克又去碰另一条。小潜艇左扭右扭，哈克挺开心，他觉得这有点像玩碰碰车。前面，银面人游到一个大洞口前，突然停住了。这个洞与众不同，洞口拦着一道亮亮的水晶似的栅栏，在幽暗的海水中仍放射着晶莹的光。栅栏后面很深的地方，有一团黄灿灿的漂浮物。

"金色云朵！"哈克惊愕得几乎要喊出声来，他急忙捂住了自己的嘴。这正是在"绿色草原"中为他们游船开拓道路的奇怪的云朵，没想到躲在这么深的海沟中。

银面人贪婪地向洞里望着，不由自主地向洞口一点点靠近，当离洞口只有一尺远时，水晶栅栏突然一阵闪烁，银面人立刻胆怯地后退，然后，他小心翼翼地从口袋里拿出了小铁盒子。哈克和大鼻鼠紧张地注视着，他们都认出，这是那只能发出恐怖叫声的盒子。银面人打开小铁盒盖，盒里立刻发出蓝色的光泽，慢吞吞地爬出一个长相狰狞可怕的小怪物来，那是一只透明的红嘴蓝蜘蛛。它的身躯亮亮的，肚子里紫红的血，尖细针尖似的嘴，腿上的汗毛都看得十分清晰。这会儿，它没有发出那恐怖的叫声，相反地，十分温顺地舒展着八条细腿。假如不是它的嘴一吸一吐地戏耍着一颗血珠，真容易把它当成一颗名贵美丽的小钻石呢。

银面人把蓝蜘蛛放在平摊的掌心中，注视着，欣赏着，嘴里不知喃喃地说着什么。蓝蜘蛛轻轻地蠕动着，一根亮亮的蓝丝线从它的嘴里穿过血珠吐了出来，在海水中婆娑地漂动，一点点地往前伸延，漂向了水晶栅栏。水晶栅栏抖动着，间歇射出一束束白光，蓝丝线却灵巧地躲闪着，穿过了水晶栅栏，径直向洞深处的金色云朵伸去。终于，伸延到云朵边上，蓝丝线像章鱼的触手一样弯曲起来，从大块云团中撕下一块，缠绕着，然后迅速地收缩，把小云团向洞口拖来。

"银面人在偷金色云朵！"哈克忍不住小声地说。

"不是云朵，是一种奇怪的小动物！"大鼻鼠用激光红外线潜望镜眺望着说。

"叫我看看！"哈克抓过潜望镜，瞪大眼睛使劲看。从镜筒里可以清晰地看见：蓝丝线卷着的是一种可爱的小动物，像兔子一样大小，长着小羊羔似的脑袋，前半身是卷曲的金色软毛，后半身却是鱼的尾巴。"金绵羊鱼!"哈克在心里给这个小动物起了个好听的名字。他恍然明白，那大块的金色云朵是由许多多金绵羊鱼组成的。

蓝蜘蛛把金绵羊鱼拖到了洞口，挤在水晶栅栏上，用力撕扯着，小金绵羊鱼无声地动着，现出痛苦的表情，卷曲的金色软毛在水晶栅栏上擦出了火花。最后，总算被拉出来了，银面人脸上现出狂喜的表情。他用早已准备好的绳索穿过小金绵羊鱼的鼻孔。蓝蜘蛛又转回身，放出丝线去拖第二条了……

不一会儿，银面人已经偷了四条小金绵羊鱼，它们都被绳索穿过鼻孔，连成一串，在海水中游游摆摆。贪心的银面人正要偷盗第五条时，他突然浑身哆嗦了一下，急忙把蓝蜘蛛塞进小铁盒子里，十分狼狈地牵着四只小金绵羊鱼离开了洞口，往上游去。

"这是怎么回事?"哈克诧异地自语，他望着已经空无一人的洞口说，"那鱼尾巴小绵羊挺好玩的，咱们也去看看!"说着操纵小潜艇就要往洞口行驶。

大鼻鼠一把拽住他，急促地说："快走吧! 傻瓜，人家偷驴，你去拔橛，想当替死鬼! 你往右边看看!"哈克扭脸向右一看，海沟的远处，一团墨黑的东西正急促地向这边游来，他顿时感到一阵寒冷。妈呀! 那怪物又来了! 哈克顾不得再看，调转方向盘，驾驶小潜艇飞快地向海沟上方驶去。

小潜艇到达海面上，已临近清晨了。东方的晨曦在风平浪静的海面上涂上一片淡黄色，大邮船静静地泊在那里，就像停在一面镜子上。哈克和大鼻鼠悄悄爬上邮船，溜到银面人隔壁的房间，从墙壁上的小孔向里看: 一条小金绵羊鱼躺在桌子上，银面人同大猩猩一起用力挤压它的肚子。小金绵羊鱼表情痛苦地挣扎着，从它的尾巴下面掉出一粒粒金晃晃的东西来。啊! 金子，是金子! 哈克和大鼻鼠一下子全明白是怎么回事了，显然，在这无人知晓的深深的海沟里，生活着一种吃海藻屙黄金的金绵羊鱼。

"这家伙要发大财了! 而且不犯法!"哈克嘟囔着。

"恐怕没这么简单!"大鼻鼠冷笑着。

"这种鱼既然是海里的，谁都可以捕捞。当然，我们能以豢养蓝蜘蛛、盗食人血的名义逮捕他！"哈克说。

"用不着我们逮捕，也许会有人找他算账呢！"大鼻鼠思索着自言自语。

"谁？你说的是谁？"哈克迷惑不解地问。

"海魔！咱们谁也没见过的海魔，那个用栅栏圈金绵羊鱼的海魔！"

海魔？！哈克不由得倒吸了一口凉气。

"我总有一种不祥的预感，海魔迟早要报复的！"大鼻鼠吸溜着鼻子说。

网中的海魔女

"快呀！快把大网拉上来！"

"咦？这是什么东西？"

甲板上传来沸沸扬扬的叫嚷声，哈克被吵醒了，他赶忙坐起来，才睡了一个小时，他的眼睛还有些红肿。他们捞上什么东西来了？是小金绵羊鱼吗？哈克听大鼻鼠说过，银面人肯定会带小金绵羊鱼下海去吃海藻的，因为只有这样，他才能得到更多的金子。

哈克快步跑到甲板上。人们都拥挤在船栏杆旁边，个个探着脑袋向海里望。银面人也站在人群中，他戴了一顶白色软边凉帽，把帽檐压得低低的，几乎遮住了眼睛。在他身后不远的地方，大鼻鼠正一声不响地注视着他。四个海员站在船边上奋力向上拉着渔网，一边叫喊着，一边小心翼翼地使着劲，好像网里是什么容易碰碎的东西。渔网终于被拉上来了。

"真美呀！漂亮极啦！"人群中发出一片赞叹声。

原来网里面是一尊半卧着的美人鱼雕像，她的面孔俊美，怀里抱着个小洋娃娃。这雕像不知是用什么材料做成的，像大理石，又像是一种奇异的塑料，雕刻得非常精细，小巧的鼻翼和嘴巴，惟妙惟肖，都像真的一样，美丽动人的眼睛，一动不动地凝视着怀里的洋娃娃。人们欢呼着，把美人鱼从网里抬出来，放在一张铺着白布的长条桌上。银面人始终站在远远的地方注视着，突然，他咬着嘴唇，脸上显出一副十分凶狠的样子，嘴里恶狠狠地低声咒骂着，回到自己的房间里去了。

"你觉得这尊雕像怎么样？"大鼻鼠走到美人鱼雕像旁问。

哈克说："挺漂亮的！"

"当然漂亮了！我是说……"大鼻鼠说着跳到桌子上，仔细地打量她，看美人鱼的眼睛、鼻孔、耳朵，一边用鼻子使劲地闻着，又用手去拽美人鱼怀里的洋娃娃，一点也拽不动，洋娃娃同美人鱼似乎十分结实地连在一起了。

"你这样淘气，会把雕像弄坏的！"一个游客忍不住说。

大鼻鼠猛地松开手跳到一边，慌乱地说："您说得对极了！"他又笑嘻嘻地端详了一会儿，终于走开了。路过哈克身边时，他用几乎耳语般的声音说："盯住这尊雕像，刚才我拉那洋娃娃时，看见她眼里闪过一丝凶狠的光。"

哈克躲在甲板上的角落里耐心地监视着，美人鱼雕像却一动不动。已近午夜，乘凉的人们都回客舱了，甲板上寂静冷清，只有暗蓝色的天空中星星在闪光。哈克也困倦了，他也想回客舱里睡一会儿，可这会儿大鼻鼠却不知钻到哪里去了。

"叮咚！"哈克听到轻微的声响。这是从长条桌上传来的，那美人鱼雕像仿佛扭动了一下。哈克忙揉揉眼睛，没错，美人鱼的身躯似乎变得柔软了，缓缓地动了起来，接着她摆动漂亮的尾巴，飘向空中。可是她很快就被一条细细的绳索拽住了，绳索拴在美人鱼抱着的洋娃娃的腿上。大鼻鼠从桌子底下跳出来，手里抓住绳索的另一头，原来这是他干的。

"我早就料到你会活的！"大鼻鼠笑嘻嘻地望着美人鱼说。

美人鱼没有答话，向高空升起，绳索把大鼻鼠都带了起来。大鼻鼠的两腿都悬空了，他狠命地抓住绳子喊："哈克，快来帮忙！"

哈克这才猛醒，连骨碌带蹦地冲上去，一把揪住了大鼻鼠的尾巴。哈克的身体可重多了，足顶一百只大鼻鼠，一下子就把美人鱼怀里的洋娃娃拽下来了。美人鱼也呻吟了一声，像一条大鱼似的落到了甲板上。

"我预料这个海魔女不会放弃这个洋娃娃的！"大鼻鼠得意地把洋娃娃

拿在手里，"让我看看这里面有什么机关！"他开始仔细端详洋娃娃漂亮的脸蛋、黑亮的大眼睛，突然，他哆嗦了一下，说，"咦？这洋娃娃肚子上还有一只奇怪的眼睛！"

"什么眼睛？叫我看看！"哈克也好奇地凑上来。

那眼睛确实有点古怪，就像一颗内有花心的大玻璃球嵌在洋娃娃的肚皮上，球心的花儿在晃动，看不清是什么东西。大鼻鼠发现洋娃娃额头上有一颗漂亮的红色美人痣，他不由自主地按了一下。洋娃娃肚皮中间那颗大眼睛骤然亮了，从里面放出一圈一圈彩色的光环。大鼻鼠感觉有点不妙，想扔掉洋娃娃，然而已经来不及了，彩色光环把大鼻鼠紧紧地圈在里面。

大鼻鼠眼冒金星，浑身酥软，他惊慌失措地喊："快！躲……"他是想叫哈克快闪开，哈克反而扑了上来。其实，就是哈克真听清了大鼻鼠的话也会这么做的，他怎么能在危险的关头丢掉朋友呢？哈克紧紧拽住大鼻鼠的尾巴，想把他拉开。可是，洋娃娃肚皮上的眼珠里放出愈来愈多的彩色光环，一圈圈扩大，反而把哈克也罩在里面了，哈克浑身软绵绵的，他迷迷糊糊地感觉到，自己的身体在一点点缩小，几乎小得像花生米一般大了。他同大鼻鼠一起，被光环吸了起来，随着光带，飘飘悠悠地被吸进那只大玻璃眼珠里。甲板上又平静下来，海魔女微笑着，捡起了地板上的洋娃娃，轻轻地飘了起来，她也同在水里一样，可以自由自在地在空气中飘动。她摆动着尾巴，眼里闪着嘲弄的光，摇摇摆摆地飘进了客舱，飘到了银面人的房间门前。她稍稍犹豫了一下，终于一晃身躯，穿过了紧锁的门。显然，她的身体是可以随意穿过任何墙壁的。

屋里没有人，只有地板中间放着一个大铁箱子，海魔女用手一指，箱子砰的一声打开了，四条金绵羊鱼都在里面。海魔女迅速地把洋娃娃对准金绵羊鱼，按动洋娃娃额上的红痣，洋娃娃肚皮上的那只大眼睛立刻放出了五彩的光环。四条金绵羊鱼身体渐渐缩小了，被吸进洋娃娃肚皮上那亮亮的玻璃眼珠里。

"你的戏该收场了！"她背后突然响起一个冷冷的声音，是银面人，他手里拿着一把短粗筒的奇特手枪，他狠狠地一扣扳机，"砰！"枪筒里射出一张大网，一下子把海魔女罩在里面。

"哈哈！"银面人狂笑着，可是他随即又惊慌失措起来：网子里根本没有海魔女，她的影子像一幅画似的印在墙壁上。"快！黑星，抓住她！"银面人气急败坏地叫喊。

砰的一声，大壁橱的门被撞开了，大猩猩硕大的身躯冲了出来，冲向墙壁，用爪子猛抓。壁板裂成了碎片，然而海魔女的影子又在另一侧墙壁上出现了，大猩猩又狂吼着冲向另一侧。

海魔女站在墙壁上，用洋娃娃肚皮上的玻璃眼睛对准大猩猩，放射出五彩光环，把大猩猩照得松软地瘫在地上。随后银面人也在光环的照射中晃晃悠悠地跌倒在地板上，身体开始变小。海魔女微笑地注视着已缩成矮子的银面人，她一点也没有发现，一条亮亮的蓝丝线从天花板的吊扇上垂落下来，无声无息地向她的脖颈缠绕上去……

四条金绵羊鱼

长长的蓝丝线从天花板的吊扇上垂下来，落到海魔女的脖颈上，轻轻地缠绕着，像蛇一样缠进了她的皮肤。海魔女感到了剧烈的疼痛。她挣扎着，竭力想把洋娃娃的"眼"对准天花板上的吊扇，但是已经晚了，躲在吊扇后面的蓝蜘蛛已把毒液通过蛛丝注射到海魔女的皮肤中了。海魔女的动作变得呆滞、迟缓了，她手里的洋娃娃掉在地板上，光环熄灭了。海魔女像泥塑木雕一样，垂着双肩，一动不动地立在屋子中央。

银面人醒来了，从地板上费力地爬起来，他望着自己变得矮小的身体，歇斯底里地大喊大叫，握着手枪对海魔女乱放一气，一层一层的渔网几乎把海魔女包裹得看不见了。发泄够了，他才又垂头丧气地坐在地上，用脚端开始蠕动的大猩猩："喂！黑星，你也该醒醒了！"大猩猩晕晕乎乎地坐了起来，它的身躯也缩小了一截。

银面人望着大猩猩，突然拍手狂笑着叫："好极了！矮小的身体对我也许更有用，我可以装扮成金绵羊鱼，把你装扮成海魔女，当然我得彻底改换你这副蠢样。"说着，他蹦起来，捡起洋娃娃，骂道："我知道怎么对付你！"银面人闭上眼睛，伸出尖尖的手指，狠狠地把洋娃娃肚皮上的玻璃眼珠抠了出来，轰的一声，洋娃娃肚皮里冒出一股白烟。银面人抓起洋娃娃，让其肚皮朝下，用力摇晃着，骨碌碌掉出一粒黄豆大的东西来，落到地板上，立刻胀大了，这是一条金绵羊鱼。

银面人望着他，笑眯眯地吩咐大猩猩："把它的皮剥下来，披在我身上也许正合适！"

大猩猩把金绵羊鱼按在地板上，用激光手术刀，动作敏捷地剥下金绵羊鱼的皮，把它递给银面人。

银面人又狞笑着说："现在该这位海魔女啦！你把她的皮换到你身上。"大猩猩把被渔网紧紧缠住的海魔女拖进了大壁橱。

银面人又拿起洋娃娃，用力甩着，继续往外倾倒，洋娃娃肚皮里咕嘟咕嘟地响，却什么也倒不出来。银面人皱起眉头，疑惑地自语："奇怪！明明看见洋娃娃把四条金绵羊鱼全吸了进去，怎么才出来一条？"他一点也不知道，这是大鼻鼠和哈克在里面捣的鬼。

大鼻鼠和哈克被吸进洋娃娃的肚皮里之后，他们隐约感到自己来到一幢圆形的大厅里，没有门也没有窗子，厅里到处都弥漫着一种香喷喷的白色的雾。这种雾熏得他们浑身筋骨酥软，躺在软软的地毯上，动也动不了。不一会儿，大鼻鼠和哈克发现大厅里又多了四条金绵羊鱼，同他们一样，瘫软在地上。厅里的香雾越来越浓，他们都像喝了醇酒一样，醉意朦胧，马上就要睡着了。这时候，轰隆一声，大厅的墙壁突然伸进一个巨大的手指，将大厅的这面墙壁抠出了个大圆洞，香喷喷的白雾全从洞口冒了出去，一条金绵羊鱼也摔出了大洞，新鲜凉爽的空气流溢进来。大鼻鼠和哈克顿时清醒了，透过大厅的破洞，他们看见了巨人一般的银面人和大猩猩。哈克和大鼻鼠明白，他们还在洋娃娃的肚子里，身体变得很小很小。银面人和大猩猩的谈话，他们在里面一字不落地全听见了。

大鼻鼠悄悄地对哈克说："咱们也来个浑水摸鱼，装扮成金绵羊鱼！"他从小口袋里取出一把小电光刀，十分灵巧地把两条金绵羊鱼皮剥了下来。

"来！披在身上！"大鼻鼠招呼哈克。他手中的小电光刀灵便极了，既能剪裁，又能黏合，金绵羊鱼皮披在哈克身上，把电光刀背一擦，裂缝立刻一点不露痕迹地黏合在一起。唯有哈克的肚皮太大了，虽然他现在身体缩小了，可肚皮还是圆的，并且那里的脂肪特多。大鼻鼠使劲拽，两边的金绵羊鱼皮还有一道宽宽的裂缝。

喔唧喔唧，大厅突然像大地震一样天旋地转。原来是银面人又继续往外倒金绵羊鱼了，大鼻鼠和哈克如同土豆一样在里面乱骨碌。凑巧大鼻鼠的头撞到哈克的肚皮上，哈克痛得一收缩，大鼻鼠手疾眼快，用电光刀把他肚皮上的金绵羊鱼皮粘到了一块，成功了！大鼻鼠奋力一推，已完全被金绵羊鱼皮裹在里面的哈克晕头晕脑地跌了出去，落在地板上，他的身体渐渐胀大，胀成像兔子那么大的金绵羊鱼。哈克被包在里面，肉紧紧地挤在一块，难受得都快喘不过气来了。他一使劲，咔吧一声，屁股蛋被挣开了一条细缝。

"什么声音？"银面人紧张地四下张望。

哈克忙坐在地板上，把屁股蛋藏起来。银面人从洋娃娃的肚皮里又倒出两条小金绵羊鱼，渐渐胀大。他们长得一模一样，哈克简直判断不出哪条是大鼻鼠装扮的。这时旁边的壁橱打开了，里面走出"海魔女"，是大猩猩装扮的。

银面人得意地望着假魔女，笑着说："装得像极了，和真的一模一样，看来你装什么像什么！"

假魔女讪笑着："这归功于您的杰出制作！"

哈克看着假魔女，心里觉得有点奇怪。猛然，他感到屁股一阵刀割似的疼痛，一条金绵羊鱼正紧贴他坐着，从尾部伸出小巧的电光刀在他屁股上一划便不见了。这是大鼻鼠在给他黏合屁股上的金绵羊鱼皮，可太使劲了，割着了他的屁股，哈克疼得蹦了起来，刚跌到地上，他又目瞪口呆，吓得几乎晕了过去：一条细亮的蓝丝线从上方垂过他的鼻梁，邪恶的蓝蜘蛛正落在他的鼻头上。

"不用怕！"银面人微笑着拍拍哈克的脑袋说，"它吃饱了，不会咬任何人，是一个挺可爱的小乖乖呢！"

银面人轻轻地从哈克的鼻头上把蓝蜘蛛拿下来，放进小铁盒子里，然后把金绵羊鱼皮披在身上，对假魔女说："我们走吧，你赶上这三条金绵羊鱼，紧紧跟着我！"

在海底壁画后面

假魔女赶着四条金绵羊鱼下了海。一到水中，哈克顿时感到舒适多了，他发现这种金绵羊鱼皮简直是最超级的潜水服，不仅柔软轻松，还可以直接把氧气过滤进他的皮肤里。

"喂！这衣服可不错！"他悄悄对身后装扮成金绵羊鱼的大鼻鼠说。身后那条金绵羊鱼却鼓着眼珠，一声不吭，怔怔地看着他。

糟了，他认错人了，这是条真金绵羊鱼，幸亏不是银面人装的那条。哈克前面那条金绵羊鱼用大尾巴啪地甩了他嘴巴一下，这是大鼻鼠在暗示他，可这嘴巴打得哈克直冒金星。哈克总不能老靠挨嘴巴来辨认大鼻鼠啊！不行，他得想个办法。

披着金绵羊鱼皮的哈克一边摆着尾巴跟在他们身后游着，一边绞尽脑汁地想办法。假魔女在前面装模作样地抱着洋娃娃。洋娃娃在水中变得亮亮的，像一盏灯，照亮了周围的海水。一只章鱼笨拙地晃着触角躲进黑暗的海草里，一条大鲨鱼也慌乱地逃开了。假魔女带着金绵羊鱼一直往深深的海底游去。哈克身边漂浮着一朵红色的小海花，他乐了，有办法了！他偷偷抓住小海花，把它放在前面那只金绵羊鱼的尾巴上。做了记号，这回他能准确无误地辨认大鼻鼠了。

金绵羊鱼游到了深深的大海沟边上，领头的那条毫不犹豫地游进了海沟。排在第三位的哈克有点吃惊，他忍不住悄悄地问大鼻鼠："喂，它怎么直接下去了，不怕那黑海怪？"

前面那条金绵羊鱼回过头来，鼓着眼愣愣地望着他。哈克以为它没听清楚，又说了一遍，可那条金绵羊鱼仍死死地鼓着眼珠。哈克瞟了它尾巴一眼，清清楚楚地看见那上面有一朵红色的小海花。这是大鼻鼠，没错，可这小子还装蒜！哈克想："这回我也治治他！"哈克憋足了劲儿，抡圆了尾巴，狠狠地给了那条金绵羊鱼一个嘴巴，然后低声说："喂！别装相了，大鼻鼠！"哈克的话还没说完，猛地又挨了一个嘴巴，打得他的头嗡嗡作响，是他后面那条金绵羊鱼甩的尾巴。

"你又认错了！"后面那条金绵羊鱼悄悄地说。

哈克愣了，他这才注意到后面那条金绵羊鱼尾巴上也有一朵红色的小海花，该死的大鼻鼠又把他要了。哈克正要骂，屁股上又狠狠地挨了一掌，是假魔女，原来他们俩离队伍太远，假魔女转身来轰了。大鼻鼠扮的那条金绵羊鱼机灵地一摆尾巴向海沟游去，哈克也赶忙跟上，他怕屁股上再挨第二掌。

他们进入了深深的海沟，在两边悬崖峭壁的海底巨谷中往更深的地方游动，海水变得寒冷起来，远处几簇墨黑的大云团向他们疾速涌来。哈克已看见每个云团中都有个模模糊糊、轮廓不清的大嘴巴，他的心怦怦地乱跳起来，他感到像掉到冰洞里一样寒冷。就在这时，假魔女举起了手中的洋娃娃，洋娃娃闪亮的身体似乎晃花了墨色团状怪物的眼睛，它们都懒洋洋地退后了，中间空出一条通道，假魔女从容地驱赶着四条金绵羊鱼从它们旁边游了过去，游过一个个海底洞穴。这些洞穴亮亮的，闪着红的、绿的、蓝的，各色各样的光。假魔女和银面人扮的金绵羊鱼似乎也不认识路了，他们在这些洞穴前徘徊着，犹豫不决。

银面人摆着尾巴，试探着溜进一个闪着粉色亮光的洞穴。刚进去十几步，又立刻惊恐万状地蹿了出来。他身后紧跟着一个粉红色僧帽状的大水母，摆动着无数粉红色的触角，刺向金绵羊鱼。假魔女急忙用手中的洋娃娃去照它。粉红色的水母畏惧地缩进了洞穴，它的触角分泌出的毒液，使附近的海水都带了毒素。哈克他们都感到眼睛肿胀，嘴唇发麻，这回他们不敢随意乱闯了。

前面不远的地方有一盏浮动的小灯，那是一个海魔女也举着一个小洋娃娃在水里游着。假魔女立即赶着四条金绵羊鱼悄悄地跟了上去。

他们来到了海底一处沉船废墟，破旧的古船肢体歪七扭八，横躺在海沙间。前面的海魔女绕过一艘巨大的破船体，突然消失了。破船后面的岩石上画着一张壁画，画的是一个大洋娃娃，和假魔女手中的一模一样。他们一起看着这张壁画发愣，其中一条金绵羊鱼摆着尾巴游上去，一头撞进了壁画上洋娃娃肚皮上的第三只眼，立刻有一扇圆月形的小门向两边划开。这条金绵羊鱼是大鼻鼠扮的，他发现了洞口的秘密，感到很兴奋和得意。他没有注意到，另一只金绵羊鱼正在背后用异样的眼光注视着他，那是银面人，他似乎发现了某种破绽。

黑色石头上的小艇

　　假魔女带着金绵羊鱼进了圆月形小门。他们惊奇地发现，海底还有另一个奇异的世界。美丽的大珊瑚组成了一片又一片彩色的海底大森林，海水完全是天蓝色的，亮亮的，无比透明。金色的海沙地上漂浮着金紫色的水草，一群群金绵羊鱼散布在这海底草原上。它们头顶上空漂浮着一些透明的飞碟状房屋。房屋里豪华的生活设施令人眼花缭乱：随人体摆动自动变化的软床，圆球形多视角彩电，墙壁上输送各种鲜花、水果、食品的传送带……哈克还没完全看清里面的情景，房屋就漂过去了。

　　他们又往远处巨大的珊瑚森林游去。森林后面金光闪闪，是一片金碧辉煌的宫殿群。哈克正仰着头望得发呆，蓦地，哈克的屁股被撞了一下，原来是一大群吃海藻的金绵羊鱼游过来了。糟糕！他们被冲散了，哈克前后左右都是金绵羊鱼，他认不清哪个是大鼻鼠装扮的。

　　"喂！大鼻鼠？"哈克慌慌张张地低声叫。他用身子撞左边的金绵羊鱼，左边的金绵羊鱼愣呆呆地望着他。

　　"大鼻鼠，是你吧？"哈克又用身体撞撞右边的金绵羊鱼。右边的也愣愣地瞪着他。

　　前面两个海魔女向金绵羊鱼头顶上游来了，哈克听到两个海魔女细细的说话声："这条金绵羊鱼怎么不吃海藻，还老东张西望？"

"一定是得了什么病，大概是消化不良吧！"

这是在议论他呢！哈克有点发慌，他匆忙低下头，像一条真正的金绵羊鱼一样，张嘴去啃食金紫色的海藻。那海藻又苦又涩，哈克心里发愁地想："吃了这水藻，大概也得像那些金绵羊鱼一样屙金子了，我也成了金哈克了。"

海魔女赶着这一大群金绵羊鱼往前走，哈克也混在里面，跟其他的金绵羊鱼一样，不时地摆摆尾巴、摇摇头，并且竭力摆得更像、摇得更标准些。

突然，嚼动海藻的声音变小了。哈克发现周围的金绵羊鱼嘴巴都停止了蠕动，像是害怕什么危险似的，一个挨着一个，轻轻地往前游，连海魔女也神情严肃、小心翼翼地注视着前面的金色沙滩。

前面的沙地上有一个又宽又大的湖，墨绿的湖水平得像镜子一样。在湖边一块黑色的石头上放着一艘小巧的汽艇，上面写着"危险！危险！勿动！勿动！"

哈克学着其他金绵羊鱼的样子，悄悄地从黑石头边溜过去。他用手摸了一下湖水，冰冷的，硬硬的，根本不是水，而是石头。哈克吓了一跳，他屏住呼吸，连大气也不敢喘。好容易走过去了，没出什么事。蓦地，他听到背后有响声，回头一看，离他不远处有一条金绵羊鱼，笑嘻嘻地离开了队伍，跳出黑色石头。这家伙不守规矩，多危险呀！哈克急得几乎要喊出声来。糟糕！他看见那条金绵羊鱼跳上了汽艇，一定是大鼻鼠！没错，一看那嬉皮笑脸的模样儿，就知道是他。这家伙就爱冒险，对什么都好奇，总爱惹是生非。

哈克真猜对了，那就是大鼻鼠。大鼻鼠混在金绵羊鱼群里，一看到那牌子，抓耳挠腮，浑身痒痒得不得了。尤其是那小汽艇，他觉得自己坐上去，一定会舒服极了，何况他天生喜欢冒险。就这样，他跳上了小汽艇。两个"牧鱼"的海魔女惊恐地叫着，飞速地向他游来。可是已经来不及了，大鼻鼠已经启动了小汽艇。

"嗖——"小汽艇怪叫着，打着旋儿，绕着大湖兜开了圈子，大鼻鼠感觉有点不对劲儿。汽艇猛烈地震颤着，在湖面上滑动。他回头往水里一看，吃惊地发现，黑色的小汽艇就像拉锁一样把湖面拉出了一条条墨黑色的圆圈。湖面似乎变得柔软了，整个湖水都随着黑圈旋转。大鼻鼠手忙脚乱，小汽艇却像发了疯一样，速度越来越快，把旋涡搅得更大更深，一圈圈，一环环，把湖底的黑水都旋了上来，使整个大湖就像一个竖立着的不停旋转的大桶。

"轰隆！轰隆！"大旋涡中涌出一股股黑浪，接着冒出了一个巨大的海蛇头，水缸般大的眼睛闪着灼灼吓人的凶光。山洞般的巨嘴中，一条黑色的长舌从两颗大獠牙间伸出来。哈克感到一股强大的吸力，他同岸上许多金绵羊鱼一起被吸向大海蛇的巨嘴。

"这下完了！"哈克绝望地自语着，在黑浪中挣扎。猛地，他的手臂抓住了一根粗粗的冰冷的上尖下圆的柱子，那是海蛇嘴边的大獠牙，哈克连忙紧紧抱住。然而吸力越来越大，而且大海蛇似乎对牙齿上塞了块多余的东西感到不舒服，两片大嘴上下翕动。"尖柱子"顶端涌出了一滴足球大小的毒液，在哈克头顶上空晃动着，眼看就要坠落下来。就在这时，一艘小汽艇飞驶过大海蛇嘴边，是大鼻鼠，现在，他已经开始习惯并能轻松驾驭那艘小艇了。他用尾巴飞速地卷起哈克的身体，奋力一拉，小汽艇的强大惯性使哈克摆脱了海蛇的吸力。小汽艇拖着哈克冲向岸边，砰的一下撞在岸边的黑色石头上，并深深地嵌进黑色石头中。哈克和大鼻鼠猛地被甩了出来，重重地跌到金色的沙地上。

海蛇巨大的身躯从深深的湖底往上蠕动，凶恶地昂着头颅，嘴里发出咝咝的震耳欲聋的吼声，吓得金绵羊鱼四散奔逃。两个海魔女同时紧按手中洋娃娃的脖颈，洋娃娃嘴里发出尖尖的警报声。一个个透明的飞碟式房屋从四面八方向大海蛇涌来。霎时，布满了大海蛇头顶的空间，房屋里都伸出透明炮筒，瞄准大海蛇，不断喷射出带有刺鼻气味的液体，这些液体泛着白色泡沫，把大海蛇的身躯罩住了。大海蛇愤怒地扭动着，用头奋力撞落一些透明的房屋，但其他的透明房屋立刻顶上去，泡沫越来越多，渐渐地连大海蛇的头也淹没了。大海蛇似乎被这种奇特的泡沫麻醉了，身体扭动得越来越慢，渐渐地缩进湖里。

"快！把湖面锁上！"一个头插蓝羽毛的海魔女大喊。

一个海魔女从透明房屋里跳出来，游到黑色石头跟前，不知按了黑色石头的哪一个按钮，夹在石缝里的小汽艇立刻退到湖中，反方向地旋转起来，一圈又一圈，像拉锁一样，把这奇特的湖面锁上了。小汽艇转完了最末一圈，又停在了黑色的石头旁，整个湖面又平得像镜子，硬得像石头，一切都趋于平静。

"是谁把这关海蛇的洞穴打开的？"头插蓝羽毛的海魔女严厉地问。

"牧鱼"的海魔女垂着头："是一条金绵羊鱼！"

"金绵羊鱼？这绝不可能！"头插蓝羽毛的海魔女怀疑地自语。

另一个海魔女走上来，她除去怀里抱的洋娃娃之外，手里还拿着一个娃娃，"这是在湖边捡的！"说着把捡到的洋娃娃递了上去。

头插蓝羽毛的海魔女表情严峻："一定是哪个海魔女遇到了灾难，否则，我们的海魔女至死也不会丢掉自己的护身武器的。"她接过那个洋娃娃，旋转它肚皮上的眼睛，从洋娃娃肚里掉出两个米粒大的东西，旋即胀大，是两条剥了皮的金绵羊鱼。原来这洋娃娃是大猩猩扮的假魔女的，刚才遇见大海蛇，惊慌之中，他把洋娃娃丢了。

头插蓝羽毛的海魔女望着两条剥了皮的金绵羊鱼厉声叫："有人冒充金绵羊鱼！"

"得！这回银面人该倒霉了，谁让他们把洋娃娃丢了呢！"躲在金绵羊鱼群里的哈克幸灾乐祸地想。他看见海魔女们开始把大群的金绵羊鱼分散成小群，心里有点奇怪："她们这是干什么呢？"

"喂！还不快跑！"身后一条金绵羊鱼低低地说，是大鼻鼠的声音。哈克这才感觉有点不妙，他一回头，发现一条金绵羊鱼正飞快地朝沙地边的珊瑚林蹿去，是大鼻鼠。哈克这才明白，他也应该跑了。

"刷！"他们头上撒下了一张网，是海魔女把哈克和大鼻鼠一同罩住了。海魔女收住网口后又是一甩，把他俩丢进小的金绵羊鱼群里。

"看住所有的金绵羊鱼，我马上把微波显形机运来，假的即可识破！"

上方传来头插蓝羽毛的海魔女的喊声。一个透明的大飞碟房屋旋转着离开了。

哈克竭力把身体缩得小小的，挤在十几条金绵羊鱼当中，他听见看守金绵羊鱼的两个海魔女在谈话。

"其实不用显形机也可以区别真假金绵羊鱼，真的金绵羊鱼能屙金子，假的不会！"

"我们可以先试试看！"

两个海魔女说着真的动手干了起来，她们拉过一条金绵羊鱼开始检验。

哈克这下可吓坏了，他可屙不出金子来。要早知道这样，还不如多吃些金海藻，也许能造出点金子。可是现在，怎么快吃，也消化不了，哈克有点六神无主了。他看到左边有一条金绵羊鱼像钻进了痒痒虫，不安地晃动着身子。再仔细一看，险些笑出声来，原来大鼻鼠（肯定是他）正偷偷从这条金绵羊鱼尾巴里挖金子呢。"噗！"挖下来一块亮亮的金子，大鼻鼠忙塞到自己的尾巴里。

"这小子用别的金绵羊鱼的金屎冒充自己的，这我也会！"哈克带劲地想着，他也决定这么办。他悄悄地往前挪了一步，瞅准一条金绵羊鱼的尾巴，伸出手去拽住，猛地一挖。

"妈呀！"那条金绵羊鱼大叫一声，接着用尾巴猛甩了哈克一下。多巧，这条金绵羊鱼正是银面人装扮的，哈克一拽，正拽在他的屁股蛋儿上，而且用指甲盖抓破了一点点皮肉，像刀割似的疼。

"这条是假的！"两个海魔女一齐扭过脸来。

银面人忙捂住嘴，但已经晚了，他已经暴露了。他蹭地一下蹿出金绵羊鱼群，指着哈克大叫："这条金绵羊鱼也是假的！"

这银面人可真够坏的，哈克顿时慌了，也往上一蹦。两个海魔女立刻分头向银面人和哈克扑来，但还没来得及扑到跟前，又出现了意外。假魔女从一株珊瑚树后面抢先蹿出来，抓起银面人就跳进旁边一间敞着窗子的透明飞碟式房屋，接着，飞碟飞起来，很快飞远了。这边，大鼻鼠在金绵羊鱼群里乱喊："不好啦！有人又去弄湖边的小汽艇放大海蛇啦！"这么一喊,海魔女们急忙又冲向湖边,围成一个圆圈,保护小汽艇,金绵羊鱼们也受惊地乱了群。

"快跑!"大鼻鼠趁机拉住哈克就往珊瑚林里钻。

海底殿堂

大鼻鼠和哈克在红的、黄的、粉的、蓝的珊瑚林里乱钻。珊瑚林上面,海魔女们驾驶着透明飞碟紧紧追踪。在珊瑚林里,哈克和大鼻鼠感觉穿金绵羊鱼的服装就不那么舒服了,老有一股浮力,把他们往珊瑚林上拉,还多了一条鱼尾巴,碰撞着旁边的枝丫发出嚓嚓的响声。哈克和大鼻鼠索性脱掉身上的金绵羊鱼皮。脱掉金绵羊鱼皮之后他们的身体又渐渐长大,和原来一模一样了。

又跑了许久,他们来到了珊瑚林的尽头,前面竟然出现一片巍峨的宫殿式建筑群,建筑群前矗立着一座高大的镶嵌着宝石的金色宫门,门上一块大牌子上写着"严禁入内,违者必死"。

大鼻鼠和哈克都胆怯地停住了脚,他们身后的喧哗声响成一片,透明的飞碟已布满了上空。海魔女们愤怒地叫着,但谁也不敢靠近宫门。大鼻鼠和哈克在门前徘徊着,犹豫着,门上的字使他们胆战心惊,而后面的追击又使他们无路可逃。突然,哈克一拍脑袋乐了,他勇敢地迈出一步,一条腿跨进门里,一条腿留在门外。

"你这是干吗?"大鼻鼠奇怪地问。

"你说我是在里边还是在外边呢?"哈克笑眯眯地反问,"你要说我在门里边,可我左腿在外边呢;你要说我在外边,可我右腿在里边呢。这样,我既不在里边,也不在外边,我就死不了,她们也抓不住!"他觉得自己这个主意聪明极了。

哈克正在得意,从海魔女们的透明飞碟里射出几束强烈的光柱,直向他射来。大鼻鼠手疾眼快,抢先一下子用头撞向哈克,两个人一齐跌进了金色的宫门。强光照在门前的地面上,迸出一串串火星,哈克吓得倒吸了一口凉气。他和大鼻鼠坐在地上等待着灾难的降临。然而，外面的喧嚣声越来越小，海魔女们似乎离开了。

四周静静的，没有一点声响。

"这会儿，她们一定都埋伏在外面的珊瑚林里面等着我们呢！"大鼻鼠说。

"再往里面走，也必死无疑！"哈克愁眉苦脸地说。

"可总比待在这里等死强，说不定里面还有什么好玩的东西呢！"大鼻鼠笑嘻嘻地从地上站起来，轻松地吹了声口哨，往里走了。哈克不安地跟了上去。

门里面是个金碧辉煌的大厅，镶满珍珠、钻石的墙壁光彩夺目，高大的八角形立柱，用金子铺成的黄灿灿的地面。大厅里到处散乱着黄金、钻石、古玩、珠宝，随手就可以捡起一把，这简直是世界上最大的秘密宝库。哈克和大鼻鼠都惊呆了，他们眼花缭乱，几乎忘记了危险，忘记了死亡。突然，哈克不由得双腿一颤，他前面五十米远的地方，一排排身披古代铁甲的高大武士正虎视眈眈地注视着他。

"大鼻鼠，快看！"哈克紧张得声音都变了调。

大鼻鼠吸溜一下鼻子，不以为然地撇撇嘴："那是假的，是木偶人！"

哈克这才看清，其实都是一些高大的木偶人，不光有武士，还有亭亭玉立的古代侍女，以及穿着各种古代服装的木偶人。这些木偶人面无表情地立在那里，每个人手中都拿有一把号角。他们身后，紧靠着墙壁，矗立着一根蓝色的水晶圆柱，柱顶上，一个透明红色的水晶球放射着光芒，它的奇异光泽几乎使大厅里所有的珠宝都黯然失色。然而，它却没有引起哈克的注意，哈克的目光始终盯在一个穿古代服装的木偶人身上。这个元帅的衣服太帅了：威风凛凛的大元帅帽，带着金穗子的元帅绶带和坠满星花的肩章。这些叫哈克羡慕极了，他早就想过过当大将军的瘾了。

"喂！"他对大鼻鼠说，"咱们化化装怎么样？这样就不会让海魔女发现了！"

不等大鼻鼠答应，哈克已跑上去，不客气地剥下那位元帅的衣服，往自己身上套。可惜，比起那位元帅来，他的宽度倒是够，可高度就差多了。穿上后，哈克的头还在元帅服的裤腰里呢。

"呸！"哈克丧气地吐了口唾沫，把元帅服丢到一边。他眼睛又瞄上了旁边的穿杂技演员服装的木偶人，那服装做得精致漂亮，哈克的眼珠亮了。

"当不了元帅，当个艺术家也不错，他的身高和我差不多。"哈克急急忙忙把杂技演员的服装往头上套，可惜，这回身高倒是够了，可哈克的圆肚皮顶人家五个腰粗，他一使劲，咔嚓一声，漂亮的衣服从中间裂开了。

"哈克，我看这套衣服对你合适！"大鼻鼠从身后笑眯眯地把一堆衣服扔给他。

哈克扭头一看，鼻子几乎都气歪了。他看见一个光着身子的木偶人，胖得像个球，咧着嘴，手里拿着把宰羊的刀子。这肯定是个屠户。

哈克正要发作，"有人来了！"大鼻鼠低低地叫了一声，身子一晃，躲到木偶群里不见了，哈克也赶快蹿到那光着身子的元帅身后，躲了起来。

一阵窸窸窣窣的脚步声，大厅里出现了两个黑影，是银面人和大猩猩，他们身上的伪装服也全都脱掉了。

"我们终于找到了这个地方！"银面人向四面打量着狂喜地说，一面从口袋里拿出一张地图来摊在地上看着，嘴里喃喃自语，"我父亲来过这儿，不过他什么也没得到。他已经死了，仅给我留下了这么一张图，并告诉我在这儿可以找到我需要的东西！"

"主人，您需要什么？金绵羊鱼，或是这里所有的珍宝？"

"不！我需要的不仅是这些，是真正能控制海魔女的东西。有了它，所有的海魔女就会成为我的奴隶！"银面人得意忘形地狂笑着，突然面孔一变，仰起脸来，指着蓝色圆柱上闪光的水晶球，厉声叫道，"我要的就是这个！"

蓝蜘蛛和红色水晶球

银面人迅速从口袋里取出了小铁盒子，铁盒子发出刷啦刷啦的响声，里面的蓝蜘蛛似乎已经急不可耐了。银面人打开盒盖，蓝蜘蛛爬上了他的掌心，唑唑地叫着，显然被圆柱上的水晶球吸引住了，大概它是把红色的水晶球当做一团滚热鲜红的血吧。几条蓝丝线从蜘蛛嘴里吐了出来，贪婪的像毒蛇攫取的长舌一样，在空中曲折蜿蜒，伸向圆柱上的红红的水晶球。蓝色的丝线马上就要触到红色水晶球了。红水晶球猛然抖动起来，光亮闪动，蓝丝线像被烧灼了一下，倏地缩了回去。银面人手中的蓝蜘蛛似乎感到了疼痛，猛地咬住了银面人的手。银面人脸上现出痛苦狰狞的表情，但他忍住疼痛，又挣扎着往水晶圆柱前走了几步，走到红色水晶球的光照圈中，他的身体都被映红了。

红色水晶球射出的光芒仿佛更加刺激了银面人掌心中的蓝色小怪物。"刺啦刺啦!"蓝蜘蛛发出难听的怪叫，蓝丝线又一次从它的嘴里飘出来，飘向圆柱上的红色水晶球。

"刺啦啦——"蓝蜘蛛的叫声变得凄厉吓人，它的身体在收缩，一缕乌黑的血从它的嘴里冒出来，顺着细管般的蓝丝线涌上去，乌黑的血喷在红色的水晶球上。被污染的红色水晶球光泽黯淡了。蓝丝线趁机缠绕上去，更多的蓝丝线从蜘蛛嘴里吐出来，一圈圈，一重重，把水晶球完全包裹住了。银面人开始用尖尖的手指轻按蓝蜘蛛的肚腹，蓝丝线开始收缩，拽动了柱顶，随着圆柱的颤动，大厅的四壁也轻轻颤动，地面上那些穿着衣服的木偶人突然活动起来，滑向摇摇欲倒的蓝色水晶柱。那位没穿衣服的元帅先是愣在原地不动，继而也晃晃悠悠地挪动了，不过不是向前滑，而是向墙根后退。原来是躲在后面的哈克看见其他木偶人都在动，这位被他脱光衣服的元帅却动不了，孤零零的太暴露了，哈克只好费劲地拉着这位元帅慢慢退到一边去。银面人显得很惊慌，他同大猩猩一起，拼命拽住蓝丝线。水晶柱摇晃着，轰隆一声，红色水晶球被从柱顶上拽了下来，落到银面人的手中。

"我终于得到它了!"银面人欣喜若狂。

"呜呜呜!"大厅里响起了奇怪的号角声，那是木偶人吹出来的，声音低沉而凄凉。刹那间，大厅四周的墙壁上开了许多小窗子，从窗外游进来许多身体被裹得严严实实的海魔女。她们急促地在大厅上空盘旋、游飞，最后一齐降落下来将银面人和大猩猩团团围住。

银面人紧抱红色水晶球，冷笑着："可惜，你们来晚了一步，左右你们命运的东西已经到了我的手里！再靠近，我就摔碎它！"他威胁地把红色水晶球举过头顶。

魔女群中，一个头插红羽毛的海魔女走上前一步，平静地说："你错了，这红色水晶球并不能掌握我们的命运，它只不过是一面宇宙透镜，透过它能看到其他星球的情景。"

"这不可能！"银面人惊慌失措地叫着，翻看着红色水晶球，水晶球里果真晃动着太空和星星的影子。

"把水晶球交给我！"头插红羽毛的海魔女说。

银面人的手臂微微抖动，从他袖口里飘出了蓝丝线。原来噬血成性的蓝蜘蛛看到红色的羽毛，又贪婪地伸出了吸血的丝管。头插红羽毛的海魔女不露声色，举起手中的一个小圆筒。一束光闪过，银面人袖口里的蓝蜘蛛立即变成了粉末，散落在地上。银面人吓呆了，他看见一个海魔女举起了洋娃娃对准他，他想逃走，可已经来不及了。洋娃娃肚皮中间那只玻璃眼睛放出一圈一圈的彩色光环，使他和大猩猩变得浑身酥软，瘫倒在地上。红色水晶球滚到了头插红羽毛的海魔女身边，她轻轻地捡了起来，退到后边。其余的海魔女从四面八方向银面人和大猩猩围拢过来，一步步逼近。

正在这时，一个海魔女指着蓝色水晶柱顶突然恐怖地尖叫了起来："海妖！海妖！"所有的海魔女一齐扭过脸去看，她们仿佛看到了最可怕的东西，异常惊恐地愣在那里，一动也不敢动。

整个大厅里死一般寂静，银面人爬起来仰脸看，水晶柱顶端，有一个小金黄点儿在爬动，接着一扇翅膀飞了起来。那是个比米粒还小的东西，它嗡嗡地飞着，掠过一个又一个海魔女的头顶，最后落到靠近银面人的一个海魔女的头顶上。那个海魔女立刻像触电一样浑身战栗。金黄色的小虫钻进了她的头皮，那个海魔女立刻倒在地上。顿时，其余的海魔女如同受惊的鸟一样，忽啦啦乱飞乱游，眨眼间便逃得无影无踪，只剩下倒在地上的海魔女。金黄色的小虫从她的耳朵里钻了出来，又落到银面人手臂上。银面人吓得失魂落魄，一动不敢动。但小虫只是顺着他的手臂爬着，爬上脖颈，爬上头顶，又沿着另一侧爬下来。银面人胆子壮了些，试着用手指捏起小虫，软软的，用指甲盖一挤，小虫被挤瘪了。

"哈！这小虫只伤害海魔女，对我们人可一点不起作用！"银面人放心了，从地上爬起来。倒在他身边的海魔女不知什么时候不见了，但银面人一点也不在乎，他猖狂地自语："我明白了，我明白了！海魔女的真正克星不是红水晶球，而是这种金黄色小虫，只要抓住了它们，就能制伏海魔女。我想这种小虫绝不止一只。快！快帮我找到它们！"银面人对大猩猩喊叫着。

"大海妖"

银面人指挥大猩猩，把挡在面前的木偶人纷纷推开，绕到蓝色水晶柱后面。

"啊！这儿还有一道门呢！"银面人惊喜地推开蓝色水晶柱，拉开墙壁上的一扇门，一条漆黑的隧道出现在面前，金黄色的小虫又从里面飞出来，擦过他们的头顶。

"在里面！在里面！"银面人和大猩猩快活地叫着冲了进去。

门在他们身后自动关上了。大鼻鼠和哈克分别从木偶人后面跑了出来。

"抓住那只金黄色的小虫！"大鼻鼠轻声地喊。

"要这咬人的东西干什么？"哈克疑惑地嘀咕，但还是顺从地用手去扑。金黄色的小虫打了几个旋儿，从他身后滑开了，经过大鼻鼠的头顶时，大鼻鼠灵巧地一卷尾巴，把小虫逮住了。

大鼻鼠从口袋里取出个小盒，小心地把小虫放进去，然后装进口袋里，"这总会有用的！"他眯缝着眼睛若有所思地自语。

大鼻鼠和哈克从木偶胖元帅后面抬出一个海魔女来，原来，刚才被金黄色小虫咬了的海魔女被他们偷偷藏起来了。大鼻鼠把耳朵贴在海魔女的胸部听了听，兴奋地说："她心脏好像还没完全停止跳动，我点点她的心脏启动穴。"

"心脏启动穴?"哈克第一次听说。

"当然，只要点这个穴位，即使在地下埋了三年的人，心脏照常可以跳动，不过这个穴位太秘密了，在耳朵眼儿深处，一般人是绝对找不到的!"大鼻鼠神气地说着，一边把尾巴伸进海魔女的耳朵眼儿里……

海魔女微微动了一下，睁开眼睛，脸上露出惊恐的神色。

"不要怕，我们是来救你的!"哈克竭力露出微笑，把刚才的事情讲给了海魔女。哈克惊奇地发现，海魔女的头发由金黄渐渐变白，脸上多了一道道皱纹。

海魔女急促地喘息着说："我……我马上……就要死了，被这种小虫咬过的任何海魔女都是逃脱不了死亡的。现在海魔女的灾难日马上就要到了，我把一切都告诉你们，但愿你们能帮助……"她断断续续地向大鼻鼠和哈克讲述了关于海魔女的事情。

在一个遥远的陌生星球里，几乎没有陆地，全是天蓝色的海洋。海里长满金色的水草，游弋着一群金绵羊鱼。海魔女也生活在这个星球中。金绵羊鱼吃含有黄金元素的海藻，产生含有黄金的羊奶，供海魔女们享用。海魔女是靠吸收黄金元素生存的，她们生活得很平静幸福，并且有了自己的高度文明。然而有一天，那个星球突然濒于毁灭，海魔女们只好乘坐飞船离开了那个星球。她们在大洋深处找到了自己的栖息地，在深深的海沟里建成了一个新的家园。偶尔，她们也游出海沟，在海底沉船的废墟间找一些好玩的东西或是搭救一些遇难的船只。一次，她们在沉船的废墟里发现了一个封闭的金属圆筒，好奇的小海魔女们把金属圆筒拿了回来，一打开，里面金黄色小虫便飞涌出来。这些小虫对海魔女如同邪恶的魔鬼一样可怕，它们吸食海魔女身上含金的血液，使海魔女染上奇异的病毒，坠入死亡。

金黄色的小虫源源不断地从金属圆筒中飞出，直到吸食饱了血液才又飞回去。这种小虫有一种穿越任何空间的能力，只要它们想出来，没有任何障碍物可以阻止它们。幸亏它们一年只吸食一次，只要不触动这金属筒，不去招惹它们，它们还能待在金属筒里。海魔女们对这些小虫又恨又怕，她们在金属圆筒外面罩上一个丑陋的恶魔似的外壳，称之为"大海妖"，表示她们厌恶的感情。海魔女们担心自己的敌人得到这个金属圆筒，在它周围布起了一重重迷宫，迷宫外面又是一重重殿堂，在门口挂上牌子，警告所有的海魔女不得入内。每年只有一次，即这种金黄色恶魔感到饥饿，想钻出铁筒吸食血液时，海魔女们就驱赶大群的金绵羊鱼和十几个海魔女前来奉献，以免除更大的灾难。现在这一天又快来到了，因为大厅里震动的声响已经使得金黄色小虫耐不住，钻出来了……

躺在地上的海魔女说到这里停止了，她的嘴唇翕动着，似乎陷入昏迷之中，渐渐地缩成了干干的一小团儿，她死了。

"我们怎么办？"哈克着急地问。

"要赶快抢在银面人前面找到那个披着邪恶外壳的金属圆筒！"大鼻鼠急促地说。

"可里面布满了迷宫，这只能靠你的鼻子了！"哈克说。

"不！有比鼻子更灵的东西！"大鼻鼠欢喜地说。他发现了地上那个红色的水晶球，这是海魔女们在逃散时丢下的。大鼻鼠拿起水晶球，打开大厅后面的小门，把水晶球对准里面，一按上面的按钮，透明的红色水晶球亮了起来，光滑的球面上出现了画面，是一重重密密麻麻蜘蛛网似的迷宫道路，哈克看得眼睛都直转圈，晕乎乎的，更不用说到迷宫里去走了。

"在这儿！"大鼻鼠指着迷宫似的蛛网的中心叫道。

那是一间圆形的厅室，中间高高的神坛上有一尊面目狰狞、丑恶无比的神像，披散着暗绿色的头发，棕色的模糊不清的眼珠及血红的嘴，它的肚腹上画满神秘古怪的纹路。几个金黄色的光点在它的头发中、眼眉上、耳朵边闪烁。

"就是它！"哈克也认出来了，忍不住叫出声来，"这家伙长得真凶！"

"我们再看看银面人在哪儿。"大鼻鼠笑嘻嘻地转着水晶球，仔细察看里面一重重的蛛网路，终于看到银面人和大猩猩了。他们似乎迷了路，正在阴暗迷宫里的交叉路口徘徊。他们企图靠飘飞的金黄色小虫带路，可小虫飞着飞着便穿过了墙壁，而银面人和大猩猩却不能。他们简直像没头苍蝇一样乱闯乱撞，但撞来撞去，却总又回到了原地……

"嘻嘻，这回他们出不来了！"大鼻鼠望着红色水晶球上的画面兴高采烈。

然而，就在这时，水晶球画面里的银面人突然示意大猩猩躺下，接着，他从口袋里取出一件小巧的工具，拆卸开大猩猩的腿、头、胳臂……

大鼻鼠注意地盯着，情不自禁地赞美道："啊！闹了半天，这大猩猩是个高级的机器人，做得真是巧妙极了！可是为什么要把它拆了呢？"

哈克乱猜："银面人准是想把机器人的腿安在自己身上，他在迷宫里走了那么多路一定很累了，四条腿总比两条腿省点劲！"

"不对！不对！"大鼻鼠连连摇头，他看着看着，突然惊叫起来，"不好！这家伙想把机器人改装成'钻探车'，我们得赶快行动，抢在他前面！"

大鼻鼠抱起红色水晶球，同哈克一起冲进小门。他们面前有十几条黑漆漆的迷宫隧道，但哈克和大鼻鼠不怕，他们有水晶球这个活地图，可以找最近的路。

黑漆漆的迷宫道路中，银面人满身汗水，小巧的炮弹形"钻探车"都快安装好了。但由于光线太暗，有两个零件掉在地上找不到了。银面人咒骂着，从口袋里取出一只电子打火机燃着了，一点点地寻找，也许他嫌太慢，用打火机点燃了大猩猩的皮毛。为了自己的罪恶目的，他是不择手段的。

"钻探车"终于安装好了。银面人抹抹脸上的汗水，跳上了车，合上顶盖，一按旋钮，"钻探车"像个钻头一样，从坚硬冰冷的墙壁上穿了过去。发现前面有个飘飞的金黄色小虫，"钻探车"便紧紧跟上，穿过一道又一道墙壁，直向蛛网中心驰去……猛地，银面人发现，他已经到了迷宫中央的圆形大厅，他看见了神坛上那个丑陋的怪物，一只只金黄色小虫在怪物的毛发上闪烁。

"就是这个！"银面人自言自语。怪物张开的红嘴中忽悠悠地飞出两只金黄色的小虫。

"啊！我终于找到了！"银面人欢喜地从钻探车里跳出来，"有了它，我就可以奴役所有的海魔女了！"银面人哈哈狂笑起来。

祭祀"海妖"的典礼

一年一度祭祀海妖的大典来临了。这是一个充满神秘而又悲惨的日子，所有的海魔女都集中到神殿前来了。她们默默无语，低垂着头，金黄的头发上系着条黑色的带子。在她们前面是一群金绵羊鱼，它们身上披着镶嵌着珠宝的银毯。再前面则是十位服饰华贵的海魔女，她们目光茫然，脸色苍白得像大理石，因为她们的生命很快就要结束了。她们将同这些金绵羊鱼一起作为献给"海妖"的祭品进入迷宫。

在十个祭"海妖"的海魔女中，有一个十分奇怪的小海魔女，她的身高仅及正常海魔女的一半，但头顶上却插着一支红色的长长的羽毛，似乎这羽毛显示出了她在海魔女中华贵至尊的地位。她挺胸昂首，一副旁若无人的样子。

沉重的乐曲鸣奏起来，悠扬而悲哀，海魔女的队伍缓缓走进了殿堂，她们绕过巨大的蓝色水晶柱，进入了迷宫，一圈一圈，海魔女的队伍布满了迷宫的蛇盘路。终于，她们默默无声地进入了迷宫中央的圆形殿堂。那面目狰狞的"海妖"正立在高台上注视着她们。突然，殿堂大门在海魔女们身后轰然关上，顿时，海魔女们都吓得胆战心惊。

"哈哈！"高台上的"海妖"发出狂笑，不！是银面人，他从"大海妖"后面闪出身来，狞笑着说，"现在你们都掌握在我的手心里了，哪个要是敢反抗，我就立刻叫她死！"银面人说着，威吓地用手拍拍"海妖"的雕像。几乎所有的海魔女都虔诚地跪下来，银面人得意地笑了。

"等一等！"海魔女中突然响起个声音。

"是谁这么胆大妄为？"银面人瞪圆眼睛四下寻找。他看清了，是那个头插红羽毛的小海魔女冲到他面前。小海魔女个子太矮，站着还没有其他海魔女跪着高，银面人只能低着头跟她讲话。

"你是什么人？"银面人凶狠地问。

"海魔女呗!"小海魔女笑吟吟地说。

银面人盯住她头上的红羽毛猜想,这小海魔女说不定是海魔女的首领呢,只要制伏她,别人就好办了,银面人决定先来个下马威。他使劲一拍"大海妖"的雕像,雕像似乎受了震动,三只金黄色小虫从"大海妖"的嘴里飞出来了,在空中划着亮亮的轨迹,直飞向小海魔女,钻进了她的衣缝。小海魔女惊叫一声,扑腾了一下,直直地倒在地上,一动不动了。

"怎么样? 你们都看到了!"银面人向其他海魔女冷笑着。

"一点儿也不怎么样!"躺在地上的小海魔女突然发出声音,接着站了起来,嬉皮笑脸地望着银面人。

银面人慌了,这是怎么回事? 难道这小海魔女抵抗力强? 银面人决定再放出些小虫把小海魔女彻底咬死。于是,他狠狠踢了"大海妖"屁股一下,没想到"大海妖"突然大叫起来:"哎哟! 好疼!"接着转过身来,狠狠地给了银面人一个嘴巴,"大海妖"摘下自己的脑袋,扔了过来,正砸在银面人的脑门儿上,把银面人砸得晕乎乎的。

银面人愣愣地站在那里不知所措,直到看见"大海妖"的脖腔里探出了哈克胖乎乎的满是汗水的脸,他才明白是怎么回事,想跳进高台后面的"钻探车"逃跑,可是已经来不及了,海魔女们手中抛出了一张张网,把银面人团团罩在里面了。

"银面人先生,您好!"小海魔女一把扯下自己的面具,露出了大鼻鼠的脑袋。原来,昨天大鼻鼠和哈克抢先来到迷宫中心,早把"大海妖"肚腹中的金属圆筒转移了地方。哈克用一个小铁盒装了三只小虫,躲在"大海妖"外壳中,骗过了银面人。银面人的阴谋终于彻底破产了。

幽蓝的海水中,一个透明飞碟旋转着从深深的海沟底旋向海沟的边沿。飞碟里,大鼻鼠押着被网缠作一团的银面人,旁边的哈克紧紧抱住金属圆筒,忙不迭地用手拍死从圆筒中钻出的金黄色小虫。他们要把这些小东西带到很远很远的地方去,离海魔女们越远越好。飞碟旋出了海沟,在他们身后的远处,响起了一片低沉的轰隆声,那是海魔女们在炸毁海底世界的那个"神圣"殿堂……

附一 葛冰和哈克、大鼻鼠 QQ 对话

大鼻鼠：我听说有人叫你"蓝皮大脸猫之父"？

葛冰：不敢当，那是别人为我加上的，大脸猫不是名气大吗？我是沾他点儿光。

大鼻鼠：大脸猫有什么名气？要沾光，你也应该沾我的光啊！

葛冰（怀疑地）：不对吧？大脸猫可上过动画片，全国都播放过。

大鼻鼠：我和哈克没上过？你再好好想想。

葛冰（皱着眉头）：你的故事倒上过录音带，在收音机里广播过。

大鼻鼠（不屑地）：广播是小事一桩，你再好好想想。

葛冰：啊，我想起来了，哈克和大鼻鼠的故事倒是制作过动画片，还排了一集，还准备制作长篇系列的。

聊天记录 (H)　　　　　关闭 (C)　发送 (S)

大鼻鼠（得意地）：这不就得了吗？

葛冰：可是后来由于资金不够，半途流产了，没拍成。

大鼻鼠：反正是拍了，没拍成，因为我那是大制作，需要资金多。

葛冰：那还不是一样，动画片不播，没人知道。实事求是地讲，你的名气不大。

大鼻鼠（生气地）：我名气不大？还不是你没给我宣传。现在什么都要靠炒作，你不炒我，我怎么红啊？

葛冰：怎么炒？

大鼻鼠：比如《哈克大鼻鼠和"黑蜘蛛"》的破案故事，由于小学生特喜欢，在十家报刊上连载十次。这个纪录大脸猫有吗？

葛冰：没有，这个纪录好像是没人破过。

大鼻鼠：现在网上有人专门找我的书，可是我的书绝版了，大脸猫有过吗？

葛冰：那倒是没有。

聊天记录 (H)　　　　　关闭 (C)　发送 (S)

大鼻鼠：还有，我破了那么多有名的大案，你怎么一次也没和别人提过？你看人家名侦探柯南名气多大！

 葛冰 *打断他的话*：等等。

 大鼻鼠：怎么啦？

 葛冰：你和柯南好像还不太一样。柯南那是动漫，你这是童话。

 大鼻鼠：可你是按照一般童话的路子写我的吗？你没异想天开地把我往侦破、科幻的方向写？

 葛冰(笑了)：这倒是，我写你和哈克破案是最无拘无束的了，怎么好玩怎么写，怎么惊险离奇怎么写，怎么吸引人怎么写。里面全有些软科幻的成分。

 哈克：什么是软科幻？

 大鼻鼠 *(自以为是)*：就是我的那些天花乱坠的发明创造。对了，我想起一件事儿。

 葛冰：什么事儿？

 大鼻鼠 *(责怪地)*：我发明了那么多神奇的破案工具，你

聊天记录(H)　　　　　　　关闭(C)　发送(S)

怎么一样也没为我宣传过，一样也没为我去申请专利？

 哈克　*（忙阻拦）*：别申请，大鼻鼠的发明专利，你一样也别申请。

 葛冰：为什么？

 哈克　*（愤愤不平）* 你写大鼻鼠的每一次发明，都让我大吃苦头。

 葛冰：怎么吃苦头？

 哈克：比如他发明的那个"万能投影机"，把影子投到哪儿，人就可以飞到哪儿。大鼻鼠先拿我试验，用投影机照了我的影子，把我挂在天花板的电风扇上了。

 大鼻鼠：还说呢！你那个笨劲儿啊，简直没法说。在动物园，我让你用万能投影机把我投进孔雀笼子里，你呢，把我投进旁边的老虎笼子里了。我让你赶快把我的影子我投出来，你又照到老虎影子上，而且照了一半影子，把老虎屁股给投到笼子外面了。让老虎前半身在笼子里，把我吃进去，又掉出来，好家伙，快吃了一百回。

聊天记录(H)　　　　　　　　　关闭(C)　发送(S)

葛冰 （笑了）：不过最后，你们还用这投影机破了大案了。

 哈克 （生气地）：你别笑，我对你意见大着呢！

 葛冰：我又怎么啦？

 哈克：你把我写得又胖又圆，碰见大盗，经常拿倒了手枪，往自己的肚子上打！

 **葛冰 （笑）**：可每次子弹都是臭子儿，你伤不了自己。还有一次，我让你瞎打，一下子子弹打断了大楼顶上的避雷针尖，把匪徒们全吓坏了，以为你是神枪手。我把你写成了一员福将呢！

 哈克：可脸呢？福将的脸不一定特别丑啊！

 葛冰 （笑）：其实，我把你写得也不丑，就是有点儿胖。可你呢，非要去换一张帅哥脸。这一换也好，虽然出了好多丑，但破了一桩大案。

 大鼻鼠 （得意地）：我们破的其他案子也不小啊，而且都太离奇了。比如"隐形染料案"、"变形电话案"……

聊天记录 (H)　　　关闭 (C)　发送 (S)

哈克 *(也得意地)*：与我们较量的对手也都太离奇，比如黑蜘蛛、银面人、海魔、绿脸大盗……个个智商极高，都有奇特的绝招。

大鼻鼠：那些案子离奇曲折得让你想象不到，就说那件"世界名酒失窃案"吧，已经存放八千五百二十一年、价值五千万的名酒，在展览会上众多人的注目之下，突然一点点消失，后来经过许多曲折，才在一个会放电的灰衣人身上发现线索，灰衣人却自我引爆。原来灰衣人是个机器人，智商极高，看情况不妙，事先把手臂拆下来，组装成一只机器鼠，把线索转移了……

哈克：后来情况更复杂，好容易追踪到蜡像馆，我们被做成了蜡像。

葛冰 *(忍不住)*：算啦算啦，我知道这案子特复杂，你再讲半个小时也讲不完，别吹啦。还是让小读者们自己去看吧。

聊天记录(H)　　　　　　　关闭(C)　发送(S)

附二 作品出版年表

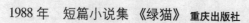

1988 年　短篇小说集　《绿猫》　重庆出版社

1989 年　短篇童话集　《蓝皮鼠大脸猫》　湖南少年儿童出版社

1989 年　短篇童话集　《哈克和大鼻鼠》　少年儿童出版社

1990 年　短篇童话集　《调色盘师长和绿毛驴》　安徽少年儿童出版社

1990 年　短篇童话集　《隐形染料》　四川少年儿童出版社

1991 年　短篇童话集　《太空囚车》　甘肃少年儿童出版社

1991 年　中篇童话　《魔星杂技团》　少年儿童出版社

1992 年　短篇童话集　《小狐狸的爆米花机》　二十一世纪出版社

1992 年　中篇童话　《小糊涂神儿》　福建少年儿童出版社

1992 年　短篇童话集　《哈克大鼻鼠全传》　四川少年儿童出版社

1993 年　中篇童话　《追捕猫魔》　重庆出版社

1993 年　长篇童话　《胖胖龙上天入地记》　浙江少年儿童出版社

1993 年　《魔鬼机器人》　台湾天卫文化图书有限公司

1994 年　长篇童话　《魔法大学校长》　湖北少年儿童出版社

1994 年　长篇童话　《怪眼麒麟奇遇记》　湖南少年儿童出版社

1995 年　科幻小说　《奇异的峨眉怪兽》　浙江少年儿童出版社

1995 年　短篇童话集　《哈克大鼻鼠和黑蜘蛛》　福建少年儿童出版社

1995 年　《小狐狸的新式汽车》　华夏出版社

1996 年　《老鼠品尝师》　福建少年儿童出版社

1996 年　短篇小说集　《吃爷》　台湾民生报出版公司

1997 年　"葛冰童话系列"　作家出版社

1999 年　"悬疑惊奇小说系列"　（六册）　中国少年儿童出版社

1999 年　"悬疑惊险小说系列"　（五册）　中国少年儿童出版社

1999 年　短篇武侠小说集　《矮丈夫》　台湾民生报出版公司

2001 年　"七绝侠探案系列"　（四册）　台湾民生报出版公司

2004 年　"少年大惊幻系列"　（三册）　少年儿童出版社

出版低幼图书五十余册，书名从略

附三 主要获奖记录

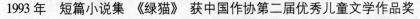

1993 年　短篇小说集　《绿猫》　获中国作协第二届优秀儿童文学作品奖

1996 年　系列动画片剧本　《小精灵灰豆儿》　在全国儿童电影、电视、
　　　　动画片剧本征文中，获系列动画片一等奖

1996 年　短篇小说集　《吃爷》　获台湾　"好书大家读"　优秀作品奖

1997 年　《梅花鹿的角树》　获第五届宋庆龄儿童文学奖低幼文学大奖

2000 年　《妙手空空》　获陈伯吹园丁奖

大型系列动画片　《小糊涂神儿》，由中央电视台播出，获动画片金鹰奖
首奖、金童奖一等奖

二十六集动画片　《小精灵灰豆儿》，由中央电视台播出，获金童奖一等
奖

大型系列动画片　《蓝皮鼠和大脸猫》，由中央电视台播出，获动画片金
鹰奖

葛冰童话全明星票选总动员

谁是你心目中最闪亮的葛冰童话明星（SUPER STAR）？是大脸猫、小糊涂神儿，还是……

你想让自己最喜欢的童话明星成为最终的冠军吗？

那就加入葛冰童话全明星票选总动员，赶快投票支持他吧，这可是属于你们自己的全明星哦！

还要叫上你的同学、朋友一起参加哦！^-^

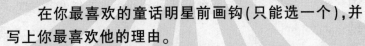

在你最喜欢的童话明星前画钩（只能选一个），并写上你最喜欢他的理由。

编辑部将完全根据读者的投票多少选出最终的SUPER STAR，选中的小朋友将有机会参加抽奖。

奖品包括：

一等奖：葛冰、葛竞父女签名新书+葛冰亲笔签名童话　　　　全明星宣传海报一张，10 名。

二等奖：接力社最新图书一本，50 名。

三等奖：接力社经典好书一本，100 名。

票选单

□1.大脸猫　□2.蓝皮鼠　□3.大脚丫的小狐狸　□4.小糊涂神儿　□5.乔宝　□6.小精灵灰
豆儿　□7.八戒大剩　□8.哈克　□9.大鼻鼠　□10.胖胖龙　□11.怪眼麒麟　□12.三寸教
授　□13.魔法大学校长

你最喜欢他的理由：

联络方式：

姓名：

E-mail：

联络电话：

填好票选单后（复印无效），请寄至（100027）北京市东城区东二环外东中街58号美惠大厦C—1201
接力出版社"葛冰幽默奇幻童话星系"编辑部。